Arena-Taschenbuch
Band 50536

Weitere Bände in der Reihe Das Tal:
Season 1 (1) – Das Spiel
Season 1 (2) – Die Katastrophe
Season 1 (3) – Der Sturm
Season 1 (4) – Die Prophezeiung
Season 2 (1) – Der Fluch
Season 2 (2) – Das Erbe
Season 2 (4) – Die Entscheidung

Das Tal ist auch als Hörbuch erhältlich.

Weitere Titel von Krystyna Kuhn im Arena-Taschenbuch:
Schneewittchenfalle (Band 50576)
Dornröschengift (Band 50577)
Märchenmord (Band 50578)
Aschenputtelfluch (Band 50579)

Krystyna Kuhn
wurde 1960 als siebtes von acht Kindern in Würzburg geboren. Sie studierte Slawistik, Germanistik und Kunstgeschichte und arbeitete als Redakteurin. Seit 1998 ist sie freischaffende Autorin und schreibt mit großem Erfolg Thriller. Ihre Romane bei Arena wie »Schneewittchenfalle« oder »Dornröschengift« wurden allesamt zu Bestsellern. Und die Mysterythriller um »Das Tal« haben sich zu einem echten Kult entwickelt. Krystyna Kuhn lebt mit ihrer Familie in der Nähe von Frankfurt.

www.krystyna-kuhn.de

Krystyna Kuhn

DAS TAL – Season 2

Die Jagd

Band 7 der Serie

Thriller

Arena

Für Laura Scherg

19.10.1993 – 23.11.2012

Eine der Besten

FSC
www.fsc.org
MIX
Papier aus verantwortungsvollen Quellen
FSC® C110508

1. Auflage als Arena-Taschenbuch 2015

Covergestaltung: Frauke Schneider
Umschlagtypografie: knaus. büro für konzeptionelle und visuelle identitäten, Würzburg
Gesamtherstellung: Westermann Druck Zwickau GmbH
ISSN 0518-4002
ISBN 978-3-401-50536-7

www.das-tal.com
www.arena-verlag.de
Mitreden unter *forum.arena-verlag.de*

Dead Days

No. 4

Meine Tage sind gezählt.

D. Y.

The End

Der Mond spiegelte sich auf der Wasserfläche des Lake Mirror und erhellte den Saal unter der Glaskuppel auf natürliche Weise. Es war die schönste Zeit hier unten. Er legte den Stein vor sich auf den Tisch, den er aus dem Gestein des Ghost gelöst hatte. Die Fläche war so glatt geschliffen wie Marmor. Er begann, mit dem Messer das letzte Zeichen einzuritzen. Das Rad mit den acht Speichen, die Himmelsrichtungen anzeigten. Er kannte bereits den Ort, an dem er ihn niederlegen würde.

Die Welt war ein Rätsel. Die Erde nur ein Abbild seiner Macht im Universum. Er meißelte mit dem Messer die Linie der Tagundnachtgleiche in den Stein. Der Tag, an dem die Sonne auf ihrer Bahn am Himmel den Äquator von Süden nach Norden durchlief. Noch neunzig Grad und der Kreis, er wäre vollendet.

So viele waren auserwählt, das Geheimnis zu ergründen und zur höchsten Erkenntnis zu gelangen. Doch noch nie war er so voller Hoffnung gewesen wie jetzt.

Acht Namen, von denen er bereits sechs gelöscht hatte. Blieben nur noch zwei. Und zwei Aufgaben, die zu lösen waren, bevor seine Seele endgültig zur Ruhe kam.

Was sie fürchteten, war das Ende. Das Ende, das jeden Anfang in sich trug, so wie der Kreis es vorhersagte.

Er murmelte leise den Songtext vor sich hin:

Wir sehen das Ende
Hält die Zeit für uns still

Und es wird uns finden
Wenn es uns will

Ein Lächeln überzog sein Gesicht. Erst dann legte er den Kopf in seine Hände und begann bitterlich zu weinen.

Dream On

Mein Kopf ist seltsam klar. Meine Sinne gespannt. Ich habe nicht das Gefühl, betäubt zu sein oder in einem Flash, wie es oft der Fall gewesen ist, wenn ich mir mit Ronnie einen Joint nach dem anderen reingezogen habe.

Nein, ich kann klar denken. Zumindest so weit, dass ich meine Umgebung bewusst wahrnehme. Aber ich bin total irritiert. Etwas hat sich verändert, als sei mein Körper in eine andere Dimension gerutscht. Meine Klamotten sind nass und dreckig, Putzlumpen, mit denen ich gut und gern das ganze Foyer des Grace geputzt haben könnte.

Hey, Ben, was hast du gemacht?

Licht dringt in den Raum. Grell, als blickte ich direkt in den Strahl einer Taschenlampe. Ich blinzele mehrfach, doch der Lichtstrahl dringt weiter in meine verklebten Augen. Offenbar liege ich mit dem Gesicht auf einer Matratze, die einen muffigen Geruch verbreitet und sich klamm anfühlt. Mein erster Gedanke ist: Ich befinde mich im Bootshaus und lausche auf die Wellen des Sees. Aber ich irre mich, das Geräusch klingt eher wie ein Rauschen. Wind, der über Felsen streicht.

Vom Gefühl her muss es irgendwann am Nachmittag sein. Langsam beginne ich, meine Umgebung genauer zu scannen.

Eine Matratze reiht sich an die andere. Links liegen zerwühlte Schlafsäcke, die merkwürdig altmodisch aussehen. Olivgrün und aus einem Material, das nicht so wirkt, als könnte man es sich damit gemütlich machen. Und noch etwas anderes. Ein durchdringender Gestank nach irgendetwas, das mir vertraut vorkommt, aber gleichzeitig Übelkeit verursacht. Es riecht nach Tod und Verwesung, kurz, es stinkt wie die Hölle. Und bald habe ich die Ursache gefunden. Rechts von mir türmt sich ein Kleiderhaufen. Ein schwarz-weiß gepunkteter Slip ganz oben, der von einem Stringtanga so weit entfernt scheint wie eine Schlange von einem Nilpferd. Und ein langer Rock, der mit orangefarbenen Blüten bedruckt ist, lässt meine Übelkeit auch nicht besser werden. Ganz abgesehen von der weißen Fransenjacke aus Lederimitat. So etwas trug man in den 70er-Jahren. Wie auch alle anderen Kleidungsstücke und die Schlafsäcke. Offenbar bin ich in irgendein historisches Machwerk geraten.

Ich habe immer noch keinen blassen Schimmer, was passiert ist und wo ich mich befinde. Ich taste nach meiner Kamera, finde sie im ersten Moment nicht, was mich total panisch macht. Ich versuche, mich zu erinnern, wo ich sie zuletzt benutzt habe, aber auch da ist alles schwarz.

Ich richte mich auf und sehe direkt auf meinen Rucksack. Offenbar habe ich darauf geschlafen. Leicht panisch taste ich nach der Kamera. Sie ist da, wo sie hingehört. Hektisch ziehe ich sie hervor, prüfe, ob alles in Ordnung ist. Alles scheint okay. Ich schalte sie an und beginne, den Raum zu filmen. Als ob ich mich so besser orientieren könnte.

Hinter mir entdecke ich ein schmales Fenster in einer Wand aus Holzbrettern. Es ist das eine, in einem völlig fremden Raum aufzuwachen. So etwas kann ja passieren. Ist mir sogar schon passiert. Aber als ich in diesem Moment einen Blick durch das Fenster werfe, ehrlich, das ist der totale Schock.

Nein, das kann nicht die Realität sein. Sondern vermutlich einer dieser Flashs, in die ich von Zeit zu Zeit gerate. Eine Folge der Pilze. Diese magic mushrooms, ich hatte sie genommen, ohne zu wissen, dass es der Trip meines Lebens werden sollte.

Offensichtlich befinde ich mich irgendwo zwischen Himmel und Erde. Unter mir Felsen, über mir ein strahlend blauer Himmel. Und rechts erhebt sich ein Gipfel, der immer näher zu kommen scheint, je länger ich ihn anstarre. Was mich wirklich irritiert, ist, wie klar meine Wahrnehmung ist. Ich spüre nichts von Taubheit in meinem Kopf, ich fühle mich nicht schwindelig, sondern seltsam erholt. Das Einzige ist diese Übelkeit, aber die kommt daher, dass ich mich einfach nicht auskenne. Und von dem Geruch, der im Zimmer hängt.

Ich drehe den Fensterhebel zur Seite und die hereinströmende frische Luft wirkt wie ein Gefrierschock. Obwohl die Sonne scheint, ist es kalt. Die weiße Schneefläche unter dem Fenster blendet mich.

Stück für Stück versuche ich zu rekonstruieren, wo ich mich befinde. Andererseits ist es nicht schwer, es zu erraten. Bei dem Bergmassiv, das rechts von mir in den Himmel reicht, kann es sich nur um den Ghost handeln. Nur bin ich ihm ziemlich nahe. Ich habe fast das Gefühl, dass ich ihn berühren kann. Und seine Höhe hat merklich abgenommen. Ich sehe direkt auf das Gletscherfeld, das sich bis zum Einstieg in den Gipfelpass zieht. Was nichts anderes heißt, als dass das Tal endlos weit unter mir liegt. Und ich mich in der alten Berghütte befinde, die am Fuß des Gletschers liegt.

Wie, verflucht noch mal, bin ich hier hochgekommen?

Ich schaue an mir hinunter. Ich trage meine hellblauen Nikes und nichts, aber auch gar nichts weist darauf hin, dass ich einen Gewaltmarsch hinter mir habe. Vermutlich bin ich geflogen. Ein seltsamer Humor überfällt mich. Es ist einer der besten Drogenflashs, die ich je hatte. Benjamin, sage ich mir, daraus möchtest du nie wieder erwachen.

In diesem Moment wird die Stille von einem hellen Lachen durchbrochen, das mich an Rose erinnert. Ich muss grinsen. Okay, alles scheint in Ordnung. Die anderen sind auch hier.

Schnell stehe ich auf und verlasse den Raum, aber nicht ohne die Kamera.

Gesprächsfetzen dringen von unten herauf.

Ich stoppe.

Das Lachen von Rose ist das Einzige, was mir vertraut ist. Die restlichen Stimmen kann ich nicht zuordnen. Wie fremd sie mir sind, wird mir allerdings erst klar, als ich auf der schmalen Holztreppe stehe, die nach unten in den Gemeinschaftsraum der alten Berghütte führt. Ich halte die Hand vor die Augen, um mich vor der grellen Sonne zu schützen, die durch die Tür dringt.

Ich wage mich weiter vor, bis ich durch die Tür eine Gruppe von jungen Männern und Frauen erkenne, die sich draußen in zwei Reihen aufstellen. Im Hintergrund erstreckt sich der Wahnsinnsgletscher vor einem strahlend blauen Himmel. Ein Mädchen mit wilden Locken hat mir den Rücken zugewandt. Sie trägt eine knallenge, ausgebleichte Jeans, auf der am Oberschenkel das Peacezeichen aufgestickt ist. In den Händen hält sie einen riesigen Fotoapparat. Eine dieser uralten Polaroidkameras, deren einziger Vorteil es war, dass man Sekunden später schon ein Foto in der Hand hielt.

»Ich will den Ghost im Hintergrund sehen«, gibt sie lautstark Anweisung.

Ein unglaublich gut aussehendes Mädchen in der vorderen Reihe zieht einen Spiegel aus der Tasche, fährt sich ein paar Mal durch die Haare, schüttelt sie und zieht sich dann gekonnt die Lippen nach.

»He, Kathleen.«

Ich zucke zusammen. Das Mädchen hat exakt die gleiche Stimme wie Rose. »Wo hast du eigentlich die Kamera her?«

»Geliehen«, gibt das Mädchen zurück.

Einer der Jungen – stopp!

Was ich bis jetzt nicht wahrhaben wollte, spätestens jetzt muss ich es glauben. Nicht einer der Jungen. *Sondern eindeutig Paul Forster. Ich kenne ihn von dem alten Super-8-Film, der in Brandons Besitz ist. Und alle aus der Gruppe tragen exakt die Klamotten wie auf der Polaroidaufnahme, die wir von den verschollenen Studenten aus den 70er-Jahren gefunden haben. Es stimmt alles bis ins letzte Detail.*

So etwas kann man nicht träumen, oder?

Ich schließe die Augen und hole mehrfach tief Luft. Das hier ist nicht real. Gleich wird David mich wecken wie jeden Morgen.

Besser ich nehme in Zukunft diese verdammten Medikamente wieder, damit dieses Kopfkino ein Ende hat.

»Grace, Martha und Eliza nach vorne, sonst sieht man euch nicht.«

Nein, kein hartnäckiger David, der mich weckt.

Ich öffne die Augen. Nichts hat sich verändert. Die Szene ist dieselbe wie noch vor einer Sekunde. Paul Forster steht genau hinter dem Mädchen, das nur Grace sein kann, und kitzelt sie mit einem Grashalm im Nacken. Grace kichert, bis das Mädchen mit den Locken – Kathleen - sie zur Ordnung ruft und endlich auf den Selbstauslöser drückt.

»Beeil dich, Kathleen«, kreischt Grace und Kathleen rennt los und positioniert sich lachend neben Eliza.

»Eins, zwei, drei …«

»Cheese!«

Marshmallows

Die Werbung für das neueste Deo von *Axe* schallte durch den Supermarkt.

Debbie spürte, wie ihr der Schweiß die Achseln hinunterlief und der Metallbügel unter ihrer Brust so tief einschnitt, dass sie sich am liebsten hier und jetzt ihres BHs entledigt hätte. Das kam davon, wenn man sich Unterwäsche im Internet bestellte. Aber hier oben im Tal gab es nun mal kein *Victoria's Secret*. Und der Laden in Fields führte nur Unterwäsche, wie Debbie sie beim Ausräumen von Grandma Marthas Wohnung entdeckt hatte. Zwei Monate war es nun her, dass ihre Großmutter gestorben war, und noch immer hatte die Testamentseröffnung nicht stattgefunden. Debbie gab die Hoffnung nicht auf, dass sie die Alleinerbin war, denn das würde bedeuten, nie wieder in das Haus von Superdad Wilder zurückkehren zu müssen. Aber was noch viel wichtiger war, sie lauerte darauf, dass sie irgendwo in den Sachen von Grandma Martha (dieser Lügnerin), den Beweis finden würde, nach dem sie seit Monaten suchte. Den Beweis dafür, dass ihre Großmutter *die* Martha war, die in den Siebzigerjahren des letzten Jahrhunderts mit den anderen auf dem Ghost war. Denn dann würde sie endlich dazugehören wie Julia, Robert und alle anderen bis auf Benjamin.

Debbie schob ihre Tasche auf die linke Schulter, zog das iPhone aus dem Seitenfach, um zum x-ten Mal an diesem Morgen ihre Einkaufsliste zu kontrollieren:

drei Dosen Coca Cola

eine Flasche Schokomilch
eine Batterie Fruchtjoghurts (Smartiesgeschmack)
ein Eimer Schokopudding
fünf Schokoriegel (Marke Wonderbar) im Sonderangebot
drei Dosen Cashewnüsse
eine Tüte Muffins

Ihre weißen Cowboystiefel klackten bei jedem Schritt. Sie konnte kaum die Nachrichten verstehen, die über die Lautsprechanlage des Supermarkts schallten. Sie stoppte kurz, bevor sie in den nächsten Gang einbog.

Über Guatemala zieht seit heute Nachmittag eine rote Staubwolke, deren Herkunft noch unklar ist.

Apropos Staub. Das grelle Licht der Halogenbeleuchtung brachte den schmutzigen Fußboden des Supermarktes zum Vorschein. Debbies rechter Stiefel zeigte seitlich einen braunen Streifen, der vorher noch nicht da gewesen war. Wieder einmal war hier drinnen nicht gründlich geputzt worden. Debbie würde sich bei der Collegeleitung beschweren und eine Kurznachricht im *Grace Chronicle*, der Campuszeitung, veröffentlichen. Wozu war sie, Deborah Wilder, schließlich die Chefredakteurin?

Sie machte an der Kühltheke halt, wo ein dünner pickeliger Angestellter gerade die Fächer mit Smoothies, Joghurts und Riesenpackungen Pudding auffüllte. Seine Blicke flogen über sie hinweg und blieben am Saum ihres Kleides hängen. Spanner. Debbie warf ihm einen angewiderten Blick zu und zog das Kleid nach unten. Es rutschte sofort wieder in die alte Position.

Unschlüssig hing sie über dem Regal mit den Milchprodukten.

Ersten Meldungen zufolge hat die tödliche Wolke bereits über fünfhundert Menschenleben gekostet.

Debbie beugte sich weiter vor.

Alle Flüge wurden gestrichen. Die Bevölkerung wurde aufgefordert, Wohnungen und Häuser nicht zu verlassen.

Debbie stellte sich auf die Zehenspitzen und griff ganz nach hinten in das Fach mit den Joghurts. Die eisige Luft drang durch den dünnen Stoff ihrer Oversize-Jacke und überzog ihre Arme mit Gänsehautpickeln, die sich anfühlten, als sei sie in einen Schwarm aggressiver Moskitos geraten. Mit einem Blick stellte sie fest, dass das Haltbarkeitsdatum des Joghurts bereits zwei Tage abgelaufen war. Dasselbe bei zwei weiteren Bechern. Wenn man nicht aufpasste, dann vergifteten die einen mit ihren Ladenhütern.

Entrüstet wandte sie sich um. »Hören Sie mal, das hier...«

Doch der Angestellte hatte sich in Luft aufgelöst. Stattdessen tauchte Benjamin in ihrem Gesichtsfeld auf, schräg nach unten gebeugt und die Kamera verdächtig locker in der rechten Hand.

»Hast du heute Morgen vergessen, dich anzuziehen?«, fragte er grinsend.

Debbie zerrte das Kleid nach unten. Mit Sicherheit hatte er ihren Stringtanga gefilmt.

»Fuck off, du Schwein.«

Benjamin lachte. »Ich mache gerade eine Serie über unentdeckte Orte der Welt. Dein Hintern kommt aufs Cover.«

Debbie griff nach einem Eimer mit Sahnepudding. »Keine Ahnung, was mit dir los ist, Fox. Oh Mann, siehst du scheiße aus. Und ich weiß auch, warum. Du nimmst deine Medikamente nicht mehr. Schon seit Tagen. Denk daran, wie schnell sich das Zeug abbaut. Und dann fährst du wieder zur Hölle.«

»Was geht dich das an, Deb?« Aus der Art, wie er die Schultern gleichgültig hob, merkte sie, dass sie recht hatte.

Ihr Blick fiel auf den Zwölferpack *Super Barbecue Marshmallows,* der unter seinem Arm klemmte.

»Warum habt ihr mir nicht Bescheid gesagt?«

»Was meinst du mit Bescheid?«

»Über die Party!«

»Party?«

»Du willst die Marshmallows doch nicht alleine essen, oder?«

»Wer weiß, was die Zukunft so bringt. Ich bereite mich jedenfalls gern vor. Vorräte sammeln und so. Macht man als Eichhörnchen.«

Debbie spürte, wie ihr die Hitze ins Gesicht schoss. »Ich bin sehr genau im Bild, dass später eine Grillparty stattfindet.«

»Und?«

»Und? Ich bin nicht eingeladen.«

Benjamin grinste. »Ich auch nicht. Aber wir leben in einem freien Internet. Gott segne Facebook.«

Debbie behauptete gerne, sie sei aus Facebook wieder ausgetreten, weil es einfach zu gefährlich sei. Im Grunde war das auch richtig. Sie spionierte zwar anderen gerne hinterher, aber hatte keine Lust, dass jemand Daten über sie sammelte. Nein, sie hatte ihre eigenen Wege, sich in die Community einzuschleusen.

Sie stiefelte weiter, ohne Benjamin noch einen Blick zuzuwerfen.

Was seine Medikamente betraf, so hatte sie die Packungen in einer Plastiktüte im Papierkorb neben seinem Schreibtisch entdeckt. Ja, sie interessierte sich für die Mülleimer ihrer Freunde. Warum auch nicht? Schließlich hatte Benjamin auch ihren Hintern auf seinem Speicherchip.

Vielleicht sollte sie mal bei Gelegenheit mit dem Vampir reden, der Krankenschwester am Grace. Schließlich trug man Verantwortung für seine Freunde.

Heute muss mit weiteren heftigen Schneefällen gerechnet werden, plärrte es aus dem Radio. *Ein Tief aus Alaska …*

Tief? Welches Tief?

Dort draußen brannte die Sonne vom Himmel, sodass Debbie sich einen Sonnenbrand im Gesicht zugelegt hatte. Ihre Haut war nun einmal außergewöhnlich empfindlich. Auch wenn es als Zeichen für eine 1-a-Abstammung galt, so war es doch lästig.

Als Debbie mit ihrem Wagen um die Ecke in Richtung Kasse bog, sah sie, wie Professor Brandon gerade einen riesigen Sack Hundefutter auf das Laufband hievte und der Kassiererin seine Scheckkarte reichte. Sie beeilte sich, um einer Studentin, die ebenfalls auf die Kasse zusteuerte, den Weg abzuschneiden.

»Morgen, Mr Brandon.«

Der Philosophieprofessor schreckte aus seinen Gedanken, wandte sich kurz um und musterte sie. Deborah stapelte ihre Süßigkeiten, Chips, Limonade und Pudding auf das Band.

»Deborah.« Brandon zog die Augenbraue hoch. »Was macht Ihr Essay? Kommen Sie mit der Literatur zurecht?«

Debbie wollte ihm gerade antworten, als seine Scheckkarte wieder aus dem Apparat sprang.

»Tut mir leid«, meinte die Verkäuferin. »Funktioniert nicht.«

»Mist.«

Oh Mann, Brandon fluchte wie ein ganz normaler Mensch.

Debbie erkannte eine Chance, wenn sie ihr sich bot. »Kann ich Ihnen etwas leihen?«, fragte sie eifrig, und bevor Brandon noch antworten konnte, drückte sie der Frau an der Kasse bereits einen nagelneuen Zehndollarschein in die Hand.

Brandon hob die Hand: »Miss Wilder, ich bin Ihnen etwas schuldig.«

Das klang gut. Er war ihr etwas schuldig.

Debbie war zufrieden.

Die zehn Dollar würden zwar ihre Note in Philosophie nicht verbessern, weil es nichts zu verbessern gab, aber man musste immer die Zukunft im Auge behalten. Und das hieß noch ein Jahr College.

Sie packte die Muffins aufs Band und ließ zur Sicherheit noch einmal den Blick über den Laden schweifen.

Womöglich hatte sie irgendetwas übersehen, vergessen oder...

Ihr Blick blieb am Zeitschriftenständer hängen. Ein Cover starrte ihr entgegen. Sie fasste es nicht! Dort steckte eine Sonderausgabe von *Mysteries*. Normalerweise erschien die nur alle zwei Monate.

Debbie liebte diese Zeitschrift. Ihr Appetit auf Storys über verschollene Schätze, paranormale Phänomene und mysteriöse Orte war unersättlich.

»Fünfundreißig Dollar und...«

Debbie ignorierte die Kassiererin, die Schlange, die sich hinter ihr gebildet hatte, und auch Benjamin, der ihr nachrief: »Die Marshmallows sind ausverkauft.«

Sie zog die Sonderausgabe aus dem Ständer und überflog die Schlagzeilen. Vor Aufregung vergaß sie, dass sie die Kasse blockierte. Sie blätterte sie auf und holte tief Luft.

»Apokalypse. *Dead Valley or Death Valley?*«

Während sie las, schlurfte sie zurück, übersah einen herrenlosen Einkaufswagen und blieb mit der Schnalle ihres Stiefels an einem der Räder hängen. Sie bemerkte nicht, dass alle ihr ungeduldig entgegenstarrten. Stattdessen legte sie die Zeitschrift aufs Band. Mann, die Kassiererin war vielleicht lahm. Wie lange es dauerte, bis sie auf den Hundertdollarschein herausgegeben hatte. Debbie ließ das Restgeld einfach in ihre Tasche fallen und schlug die Zeitschrift erneut auf. Wer hatte den Artikel geschrieben?

Ihr Blick wanderte nach oben.

Sammy T. Linford. Nie gehört.

Barbecue

Chris beugt sich nach vorne und löst eine Batterie Marshmallows vom Stock. »Scheiße, sind die heiß.« Er wirft einen nach dem anderen in die Luft, um sie abzukühlen. »Irre. Mitte März im Hochgebirge, und wir grillen draußen. Normalerweise müssten wir uns um diese Zeit den Arsch abfrieren.«

»Ich hab nichts gegen die Klimaerwärmung«, murmele ich.

»Klimaerwärmung? Bist du sicher, Benjamin? Überall in den Rockies schneit es, was das Zeug hält, nur wir bleiben verschont.«

»Mir scheißegal, Hauptsache ich sitze im Trockenen.«

»Egoist«, wirft Katie dazwischen.

»Ach ja? Und was ist mit dir? Du freust dich doch genauso, dass du jeden Tag zum Klettern gehen kannst.«

»Würde ich auch tun, wenn es schneit.«

Ich strecke die Beine so weit aus, dass sie die Steine der Feuerstelle berühren. Meine Schuhe sehen aus, als ob sie glühen. Ich lasse sie nicht aus den Augen, bis aus meinen Füßen Feuerbälle werden, die in den nächtlichen Himmel steigen, um sich dort in eine Wolke von Funken aufzulösen.

Es ist früher Abend. Die Temperaturen sind mit der Dunkelheit gefallen, aber es ist immer noch ungewöhnlich warm für diese Jahreszeit. Wir sitzen alle acht um das Feuer. Definitiv zu viele Leute. Vor allem, wenn keiner einen Ton sagt und man in diese Art von kollektivem Schweigen verfällt, das mich unruhig macht. Das Feuer knistert und ein süßer Geruch nach karamellisiertem Zucker hängt in der Luft. Egal wo ich sitze, der Rauch weht immer in meine Richtung.

Der Qualm hat es auf mich abgesehen. Hat mich auf dem Kieker. Inzwischen tränen meine Augen, als ob ich einen Heulkrampf hätte, und jedes Husten scheint meine Brust zu sprengen. Noch immer steckt mir der Traum von gestern Nacht in den Knochen. Mann, der hatte sich so horrormäßig real angefühlt – Scheiße, als ich aufgewacht bin, dachte ich tatsächlich, ich hätte eine Zeitreise in die 70er hinter mir und sei Paul Forster, Grace und den anderen auf dem Ghost begegnet.

Vielleicht war es doch keine gute Idee, die Pillen abzusetzen.

Etwa zwanzig Meter von uns entfernt ertönt lautes Gelächter. Ein lautes Platschen folgt. Eine Gruppe Freshmen hat dieselbe verrückte Idee wie wir und übertreibt das Ganze noch, indem sie schwimmen gehen.

»Ich glaub's nicht. Da sind welche im Wasser«, sagt Julia.

»Das ist verboten«, mischt sich Debbie ein, ihre dicke Marshmallow-Hand in einer meiner Marshmallow-Packungen. »Steht im *Grace Chronicle*. Das ist lebensgefährlich. Der Wasserstand des Lake Mirror ist in den letzten Wochen um einen halben Meter gestiegen.«

Tatsächlich schreit jetzt jemand, als ginge es um sein Leben. »Scheiße, Scheiße, Scheiße, ist das kalt. Und da unten ist eine saustarke Strömung. Als ob mich jemand mit der Hand nach unten zieht.«

Kollektives Lauschen. Wir rechnen inzwischen mit allem. Doch als ein lautes Lachen folgt, die Musik bis zum Anschlag aufgedreht wird, entspannen wir uns gleichzeitig, als würden wir bei einer Yogasession auf Kommando ausatmen.

»Eigentlich müssen wir das der Security melden. Du, Julia,

du musst das machen. Du bist im Team der Rettungsschwimmer.«

»Klingt nicht gerade so, als müsste jemand gerettet werden«, murmelt Chris. »Eher, als hätten die ne' Menge Spaß.«

Debbie mampft die Marshmallows einfach so, ohne sie im Feuer zu rösten. In ihrem Schoß liegt eine zusammengerollte Zeitschrift und ihre Stirn ist in Falten gelegt, die verraten, dass sie mit irgendetwas hinter dem Berg hält.

Nein, ich will nicht wissen, worum es diesmal geht.

»Ihr erkennt die Zeichen nicht«, verkündet sie prompt. »Nichts passiert mehr zufällig. Ich habe es schwarz auf weiß. Ich glaube, dass wir…«

»Alle sterben müssen«, unterbreche ich sie. »Mit einer Wahrscheinlichkeit von hundert Prozent. Oder, Robert?«

»Früher oder später«, erwidert er. Er sagt das so, dass aus meinem Witz irgendwie eine tiefgreifende Erkenntnis wird.

»Du musst dich gar nicht über mich lustig machen, Benjamin.« Debbie verschränkt ihre Arme vor der Brust. »Siehst du nicht, was los ist?«

Huch, jetzt deutet sie mit dem pink lackierten Fingernagel auf mich, der immer länger zu werden droht. »Guatemala, das ist nur der Anfang, sag ich dir. Er hat es vorhergesehen!«

Was quatscht sie da nur wieder? Oh Gott, in meinem nächsten Leben erfinde ich garantiert einen Knopf, der Debbie einfach lahmlegt. Das wäre wirklich mal eine gute Tat. Damit könnte ich mir eine Menge Karmapunkte verdienen.

»Du hast keine Ahnung, stimmt's?«, kreischt sie.

Da hat sie ausnahmsweise recht. »Sollte ich?«

»Kam den ganzen Tag in den Medien. Hallo!!! Santa María de Jesús? Der Sandsturm? Eine rote Wolke, an die tausend Meter hoch, mehrere Kilometer breit, eine Geschwindigkeit von achtzig Stundenkilometern. Und du weißt das nicht? Das Ganze dauerte nur wenige Minuten. Auf den Bildern sieht es aus wie in Pompeji. Die Feuerwehr musste die Leute aus ihren Autos schneiden. Die sind alle erstickt.«

Wenn nur die Hälfte von der Hälfte stimmt, was Debbie erzählt, dann möchte ich es lieber nicht wissen. Wozu auch?

Ein Windstoß fährt durch das Feuer, Asche rieselt vom Himmel. Panik durchfährt mich. Ich ziehe die Kapuze über den Kopf.

»Über fünfhundert Tote. Und es heißt, ihre Haut sieht aus wie verbrannt. Aus dem Nichts kam die Wolke und verschwand wieder im Nichts. Was, wenn sie hier auftaucht?«

Mir wird schlagartig übel. Marshmallows mit Senf. Welcher Idiot ist nur auf die Idee gekommen?

In meinen Ohren beginnt es zu rauschen, ein lang anhaltender Ton. Ich springe auf und beginne, meinen Körper abzuklopfen. Ameisen, schießt es mir durch den Kopf. Überall Ameisen. Sie krabbeln über meinen Körper. Wie kann ich sie wieder loswerden? Ich wage nicht zu atmen, und wenn ich den Mund öffne...

»Alles okay?«, höre ich eine Stimme direkt an meinem Ohr. »He, Ben, alles klar?«

Vor meinem inneren Auge erscheint ein heller Punkt, der immer größer wird. Wie ein Objektiv, das eine Vergrößerung nach der anderen einstellt. Und mir die Details der Umgebung zeigt. Augen, die mich anstarren. Und ich sitze noch an derselben Stelle wie zuvor. Nichts hat sich verändert. Außer, dass an Debbies Mund ein Rest von einem Marshmallow klebt. Es sieht aus, als hätte sie vor Aufregung geschäumt.

»Bin wohl kurz eingenickt«, lache ich. »Und das, obwohl es gerade so spannend war.«

»Achtet nicht auf den«, giftet Debbie. »Er hat seine Medikamente abgesetzt. Nicht mehr lange, und er wird weiße Mäuse sehen.«

Woher, verflucht noch mal, weiß Debbie das mit meinen

Medikamenten? Ich habe niemandem davon erzählt, dass ich die Wunderpillen abgesetzt habe. Obwohl die Ärzte auf mich eingeredet haben. Ich müsste damit rechnen, dass die Halluzinationen und Stimmen wieder zurückkehren, die mich noch lange nach der Zeit in der Klinik gequält haben. Eine Folge der magic mushrooms. Das Zeug hat sich in meine Gehirnzellen gefressen, ach was, nicht nur in die, sondern vermutlich auch in jede andere meiner Zellen. Denn in den letzten Tagen, da arbeiten meine Sinne im Turbobetrieb. Ich rieche mehr, schmecke intensiver, höre besser. Was ich anfasse, scheint sich zu verformen. Nicht immer, aber es häuft sich. Auch, dass ich Dinge sehe. Dinge, die gar nicht da sind oder die längst passiert sind. Wie letzte Nacht.

Immer wieder muss ich in diesen Tagen daran zurückdenken, wie es angefangen hat. Als ich damals dieses rechteckige Päckchen in den Händen hielt, stach mir der Absender sofort ins Auge. Ich riss das Papier herunter und starrte ziemlich lange auf die Zigarettenschachtel in meinen Fingern. Sie konnte alles bedeuten. Klar, dass ich die Schachtel öffnete. Ich hatte mit allem gerechnet, nur mit einem nicht. Dass Ronnie mir Pilze schicken würde. Genauer gesagt drei mushrooms, die aussahen wie – sorry – getrocknete Katzenscheiße. Zu diesem Zeitpunkt war ich ziemlich blank, was Drogen betraf. Der Vampir am Grace – so nennen wir hier die Krankenschwester, also Mrs Bates – hatte regelmäßige Drogenkontrollen eingeführt, bis heute hat sie mich auf dem Kieker. Aber erst am Tag, bevor Ronnies Päckchen kam, hatte ihre Stimme mich mitten aus dem Filmseminar gerissen: Mr Benjamin Fox – bitte zur Drogenkontrolle.

Der Zeitpunkt war also günstig, die Katzenscheiße zu probieren.

Ein paar abgefahrene Halluzinationen, dachte ich damals, waren genau das, was mir fehlte. Außerdem war ich felsenfest überzeugt, es handele sich um Ronnies Friedensangebot. Leider erwies sich das im Nachhinein einfach nur als mieser Racheakt. Mordversuch wäre vielleicht zu hoch gegriffen.

Der Idiot, der ich war, schluckte ich das Zeug also einfach. Und es fuhr in mich hinein wie der leibhaftige Teufel. Plötzlich sah ich lauter Hügel hinter der weißen Tapete, die sich nach außen wölbte und sich zu bewegen begann. Als wären unter der Tapete Tausende von Ameisen, die alle in dieselbe Richtung marschierten. Sie wanderten in quadratmetergroßen Strukturen unter dem Papier, es sah irre aus, ich konnte mich kaum daran sattsehen. Der Velourssteppich zu meinen Füßen verformte sich zu einer Landschaft mit hohen Felswänden und tiefen Tälern. Als würde ich mit einem Hubschrauber über den Grand Canyon fliegen, machte ich im Teppich wilde Strukturen aus, die sich ständig veränderten.

Es war einfach unglaublich. Ich kam von der Hölle in den Himmel. Dachte, das Tal sei nie schöner gewesen. Ich ging einfach los. Und als ich wieder aufwachte, lag ich im Krankenhaus und meine inneren Organe taten alles, um mich ins Jenseits zu schicken.

Was in diesen drei Tagen geschehen ist, nachdem ich die Pilze genommen habe? Ich habe keine Ahnung. Mir fehlt die Zeit komplett in meiner Erinnerung. Obwohl: Das ist nicht ganz richtig. Etwas sagt mir, dass meine Halluzinationen nach dem Zusammenbruch damals und die Bilderfetzen heute doch etwas Reales an sich haben. Sie fühlen sich an, als hätte ich alles wirklich erlebt. Sie sagen mir, dass sie Erinnerungen sind. Nur sind sie so absurd, dass man sie besser niemandem erzählt. Zumindest nicht, wenn man nicht für verrückt erklärt werden will.

»He, Benjamin, was sagst du dazu? Was würdest du machen?« Chris stochert mit einem Stock in der Glut, reißt mich aus den Gedanken, indem er mir eine Flasche Bier in die Hand drückt.

»Was?«

»Wir reden gerade darüber, was wir tun würden, wenn wir neu starten könnten. Also, stell dir vor. Dein Gehirn ist leer. Eine nagelneue Festplatte. Unbeschrieben. Unformatiert. Wer du bist – gelöscht. Wie du bist – gelöscht. Denk dir was aus. Deine Vergangenheit ist nie passiert. Nur das, was ab jetzt passiert, hat Bedeutung. Was würdest du tun?« Er macht eine kurze Pause. »Ich zum Beispiel«, Chris legt den Arm um Julia und zieht sie an sich. »Würde mit Julia hier verschwinden. David will Medizin studieren.«

»Ich würde Gedichte schreiben...«, ruft Debbie. Sie wühlt wie ein herrenloser Hund in allen Plastiktüten. »Hat niemand Erdnussbutter mitgebracht?«

»Und Robert will, dass alles so bleibt, wie es ist...«

»Das habe ich nicht gesagt«, widerspricht Robert. »Doch ich würde nichts ändern.«

»Sag ich ja...« Chris nimmt einen Schluck Wein. »Und du, Ben? Was würdest du mit deinem Leben anfangen, wenn du frei wärst von allem?«

Ich starre ihn an. Meint er das ernst?

Fragt er das ausgerechnet mich? Er weiß, dass ich so etwas wie eine Stunde null schon einmal erlebt habe. Einen zeitweisen Stromausfall da oben. Und darüber kann ich nun mal nicht sprechen. Es macht mir eine höllische Angst, obwohl... vergessen, dass man etwas vergessen hat... Ich gebe so etwas wie ein unbehagliches Lachen von mir.

»Habt ihr keine anderen Sorgen?«, frage ich und fühle im selben Moment, wie sich von hinten jemand nähert.

Die Stimme kenne ich gut, die dann sagt: »Aber sie haben recht, Ben, an die Zukunft zu denken. Denn das Ganze hier oben hat ein Ende. Und zwar schneller, als ihr es vermutet.«

Who's Next?

Das haut echt rein. Und Tim Yellad, der plötzlich neben uns steht, grinst nicht dazu, wie er es normalerweise tun würde. Ich weiß sofort, dass etwas passiert sein muss. Eigentlich ist er jemand, der einem in die Augen sieht. Aber jetzt ist das Gegenteil der Fall. Er schaut zur Seite und ich kann erkennen, wie er die Hände in den Taschen seiner Jacke zu Fäusten ballt.

»Was ist passiert?« Ich beobachte Katie, wie sie aufspringt, zu Tim tritt und ihn am Arm fasst. »Was meinst du damit, dass das Ganze hier ein Ende hat?«

Mir wird eng in der Brust.

»Nichts Gutes. Nicht für euch und vor allem nicht für das College… Es ist wieder passiert.«

»Wer ist es diesmal?« Roberts Ton ist gelassen wie immer.

Ich hebe die Flasche und nehme einen Schluck Smirnoff.

»Harper.«

In mir wird auf einen Schlag alles kalt. Mein Herz bleibt stehen. Ich höre auf zu atmen.

»Harper?«, wiederholt Rose. Ihre Lippen zittern, in ihren Augen sammeln sich Tränen, ihre Stimme ist kaum zu hören: »Du meinst Richard Harper?«

»Der Superintendent?« Auch Katie ist blass geworden.

Richard Harper, denke ich und sehe ihn vor mir. Vor allem sein Gesicht. Das Entsetzen, als er die Explosion hörte. Es verschwand nicht, als klar war, dass Tom sich in die Luft gesprengt hatte. Die Worte, die er zu mir sagte, als ich auf den

Knien lag und heulte. »Es ist nicht deine Schuld. Du hättest nichts tun können.«

Richard Haper … tot?

Er war der Chefermittler in Sachen Tal und … er hatte mich wochenlang in der Mangel nach Toms Amoklauf. Erinnern, erinnern, erinnern.

Ich kann einfach nicht glauben, was Tim sagt. Harpers Tod macht keinen Sinn. Es muss ein Irrtum sein. Und Tim Yellad – er würde sich nicht zum ersten Mal als Lügner entpuppen.

Katie scheint ein ähnlicher Gedanke gekommen zu sein. »Behauptet wer?«, fragt sie nach.

»Es kam in den Nachrichten. Man hat ihn in seinem Büro gefunden.«

Neben mir nehme ich eine schnelle Bewegung wahr. Rose, die aufspringt und davonläuft. Sie schafft es gerade noch, sich einige Meter zu entfernen, als die Würgegeräusche eindeutig zu erkennen geben: Sie muss sich übergeben. David will ihr folgen, aber Julia hält ihn zurück. »Ich gehe schon.«

»Er hat sich erhängt.« Tim sagt es einfach so, aber er schaut immer noch zu Boden und genau das verrät mir, dass es die Wahrheit ist.

Das Gelächter der anderen Gruppe dringt zu uns herüber.

»Erhängt?«, schreit Debbie. »Wann?«

»Heute Morgen.«

Manchmal denke ich, Selbstmord hat eine gewisse Logik. Das Armutszeugnis gebührt nicht demjenigen, der sich den Laufpass gibt, sondern der Welt, die ihn in die Enge treibt. Und ab und zu kann man es einem ansehen, dass er die Schnauze voll hat von all dem Mist, der so rundum passiert. Aber der Superintendent gehörte definitiv nicht dazu.

Und: Er ist nicht der Erste. Seit Monaten, genauer gesagt, seit der Sache mit Tom, hält eine Selbstmordserie das Tal in

Atem. Nur deswegen hat Robert auch so ruhig gefragt, wen es diesmal getroffen hat.

Den Anfang hatte Susan Hill gemacht, die Tochter der Dozentin, die Tom erschossen hatte. Sie hatte sich an der Brücke erhängt, die hinüber zur Sperrzone führt. Die Nächste, im Abstand von nur zwanzig Tagen, war Jenn gewesen, eine Studentin aus unserem Jahrgang. Auch sie war beim Amoklauf dabei gewesen. Und schließlich kurz vor Weihnachten Taylor, ein Footballstar des Colleges, ein Typ, den normalerweise nichts aus der Bahn werfen konnte.

Und jetzt auch noch Richard Harper, der leitende Ermittler.

»Aber wie kann das sein? Harper kann man nicht mit Susan, Jenn oder Taylor vergleichen«, sagt jetzt auch Katie. »Die waren traumatisiert. Ich meine, Susan hat gesehen, wie Tom ihre Mutter einfach abgeknallt hat. Und Jenn ... so was verkraftet man nun mal nicht so leicht. Harper dagegen ... er ist für so etwas ausgebildet. Das mit Tom kann nicht der Grund sein.«

Die Trauer um Tom, ich kann sie nicht abstellen, egal für welch ein Monster die anderen ihn halten. Sie hat sich in meinem Körper fest eingenistet. Nur zeigen kann ich sie nicht. Ich muss sie für mich behalten.

Ich starre ins Feuer, als sein Gesicht darin erscheint. Er lächelt. Lächelt. Lächelt immer, wenn ich an ihn denke. Was ist mit ihm passiert? Wie hat es dazu kommen können, dass er ausgerastet ist? Ich verstehe es nicht.

Seit Ronnie war er der beste Freund, den ich je hatte. Und ich habe ihn geliebt. Wirklich geliebt. Sind wir nicht doch so etwas wie Seelenverwandte gewesen? Oder habe ich mich da getäuscht?

»Ausgebildet oder nicht. Die Sache mit dem Amoklauf hat Harper offenbar den Rest gegeben. Es hat eine interne Untersuchung gegeben. Man hat ihn verantwortlich gemacht.«

»Nein.« Robert erhebt sich und blickt in die Runde. »Das ist nicht der Grund für seinen Tod.«

»Robert hat recht«, mischt Katie sich wieder ein. »Das ist Schwachsinn. Harper war einfach nicht der Typ dazu.«

»Woher willst du das wissen?«, fragt Chris. »Klassischer Fall von einem Beamten, der sich zu sehr reingehängt hat. Er hat sich Vorwürfe gemacht und sich die Schuld gegeben. Außerdem ...«

Tim schüttelt den Kopf. »Da ist noch etwas. Das Seil, das Harper benutzt hat – es ist das gleiche wie bei Susan Hill und Jenn. Ein rotes Seil, vier Meter lang... alles identisch. Die Enden passen zusammen.«

Tim geht in die Knie, greift nach einem Ast und wirft ihn ins Feuer. Funken fliegen durch die Luft. Ich lasse mich zurückfallen und starre ihnen nach. Winzige Leuchtpunkte, die verglühen, um als schwarze Ascheflocken zurückkommen.

Das alles ist total irre.

Harper? Selbstmord, weil er schuld an dem Amoklauf war? Dass ich nicht lache. Wenn hier einer schuldig ist, dann bin ich es. Ich habe einfach nicht kapiert, was mit Tom los war. Ich, der ihn als Einziger hätte aufhalten können.

Und vielleicht – schießt ein wahnsinniger Gedanke in mir hoch, vielleicht ist es ja Tom auch selbst, der noch nicht genug hat. Der weiter Amok läuft, sie in den Tod treibt, so lange, bis er alle erwischt hat, die dabei waren.

»Ich halte das nicht länger aus.«

Ich habe nicht bemerkt, dass Rose wieder hier ist. Sie fährt mit der Hand durch ihr kinnlanges Haar, das im Feuer rot leuchtet. Sie schiebt sich dichter an David, der den Arm um sie schlingt. Das perfekte Paar, denke ich und spüre, wie ich die beiden beneide.

»Wir können das nicht einfach geschehen lassen«, fährt sie fort. »Wir müssen etwas tun.«

Robert, der im Schneidersitz zwischen Julia und Rose sitzt, ist kaum zu erkennen. Die Jacke, die er trägt, ist zu groß für ihn. Die ganze Welt ist zu groß für ihn oder zumindest für die Gedanken, die er sich darüber macht.

»Nichts, was hier oben geschieht, können wir verhindern«, sagt er. »Es kommt, wie es kommt.«

Oh Mann, immer dieselbe Platte. Wie oft habe ich diese Worte in den letzten Monaten, Jahren schon gehört?

Ein kalter Windstoß streift mein Gesicht und Roses Stimme fliegt zu mir herüber. »Wer wird der Nächste sein?«

Und dann Debbie, furchtsam, kleinlaut, nicht sie selbst. »Ich nicht.«

Alle lachen. Auch ich muss grinsen. Nein. Mit Sicherheit nicht Debbie. Keiner von uns. Wer verdammt noch mal kann versprechen, dass das Leben nach dem Tod wirklich besser ist? Ich glaube nicht daran, egal, was Mom immer sagte.

Ich richte mich auf und denke an Tom. Nein, ich lasse es nicht zu. Das, was er getan hat, darf keine Macht mehr über mich haben. Meine Schultern sind gerade, meine Stimme fest. »Ich jedenfalls werde mir garantiert nicht die Kugel geben.«

»Sagt ja auch keiner«, beruhigt mich David. Was überflüssig ist, denn ich meine es ernst.

»Könnt ihr vielleicht einmal die Klappe halten? Ich will das vergessen, versteht ihr? Einfach vergessen.« Julia springt auf und schlingt die Arme um sich. »Ich war diejenige, die da vorne saß und die Bombe in den Händen hielt. Wenn Robert nicht gewesen wäre …«

Abrupt setzt wieder Schweigen ein. Vergessen? Vergessen kann man nur, wenn man sich erinnern kann. Was bei mir nicht der Fall ist.

Im Schein des Feuers kann ich erkennen, wie angespannt Tim immer noch ist. »Vielleicht«, sagt er und kehrt damit zu dem Satz zurück, mit dem er ans Feuer getreten ist. »Solltet ihr eure Koffer schon mal packen. Das hier oben geht nicht mehr lange gut.«

»Komm runter«, murmle ich und nehme noch einen Schluck Smirnoff Ice.

Mysteries

Die Headline war in fetten Lettern geschrieben:

APOKALYPSE

Und darunter der Untertitel:

Dead Valley or Death Valley?

Totes Tal oder Tal des Todes?

Debbie nahm einen großen Schluck aus dem Plastikbehälter mit der Schokomilch. Lediglich eine kleine Leselampe spendete Licht. In so einem Fall waren ihre Kontaktlinsen wirklich Gold wert, nicht nur, weil sie ihre langweiligen Augen neuerdings in einem intensiven Blau erstrahlen ließen. Leider, dachte sie, waren noch keine professionellen Linsen in Pink auf dem Markt.

Sie hatte den Artikel auf Seite drei, der den Aufhänger für die Sonderausgabe bildete, jetzt schon mindestens ein Dutzend Mal gelesen und überlegte, wie sie es anstellen könnte, ihn für den *Grace Chronicle* zu kopieren, ohne dass die Quelle erkennbar blieb. *Mysteries* war zwar keine Zeitschrift, die am Grace reißenden Absatz fand, aber dennoch hatte Debbie heute Mittag zur Vorsicht die restlichen vier Exemplare der Sonderausgabe im Supermarkt gekauft.

Ein angenehmer Schauder lief über ihren Rücken, als sie die ersten Worte las.

Überall auf dem Erdball finden sich Orte, die unerklärlich sind und die der Mensch daher zum Heiligtum erklärt hat. Zu einer Stätte, in der Gott oder die Götter das Sagen haben und Dämonen ihr Unwesen treiben. Nur – diese Mystery

Places kann man in der Regel auf jeder Landkarte finden. Stonehenge, Easter Island, das Bermudadreieck. Wissenschaftler erforschen ihre Lage, die Geschichte und die Umgebung. Touristenströme versuchen, dem Rätsel auf den Grund zu kommen. Was aber ist mit jenem geheimnisvollen Tal? Es ist nirgendwo beschrieben. Es existiert keine genaue Karte. Es erscheint in Google Earth nur als schwarzer Fleck. Dabei ist die Landschaft des Tals atemberaubend schön, geheimnisvoll und gefährlich. Blitze können hier Kilometer weit reichen; Sturzfluten kommen wie aus dem Nichts; Tiere sucht man vergeblich. Die Natur spielt verrückt. Dort liegt ein See, dessen Tiefe kein Mensch ermessen kann. Seine Quelle ist ein unterirdischer Fluss aus dem Nirgendwo.

Ja, dort oben scheinen die Naturgesetze außer Kraft gesetzt. Bis auf ein Gesetz, das stärkste von allen.

Der Tod.

Er hat das Tal fest im Griff.

Dead Valley – dieser Name wurde ihm vor etwa hundert Jahren von dem Forschungsreisenden Dave Yellad verliehen. Er war der erste Wissenschaftler, der das Tal betrat und sich dort niederließ.

Das Fenster stand offen, frische Nachtluft zog in das muffige Zimmer und dennoch hielt Debbie den Atem an. Sammy Linford, der Verfasser des Artikels, verfügte über eine Sprache, da bekam sie wirklich Gänsehaut.

Ihr Blick richtete sich wieder auf den Artikel.

Um das Tal – heute Grace Valley, benannt nach dem gleichnamigen College, an dem über dreihundert auserwählte Studenten das Privileg haben zu studieren – ranken sich zahlreiche Legenden. Vornehmlich entstammen die Geschichten um diesen Ort den mündlichen Überlieferungen der Ureinwohner. Zahlreiche Generationen der Cree weigerten sich, ihn zu betreten, und so halten es auch viele Indianer heute noch.

Wahrzeichen des Tals ist das majestätische Bergmassiv The Ghost, *der Schicksalsberg, der in den 70er-Jahren des letzten Jahrhunderts in der Presse auftauchte, als acht Studenten dort spurlos verschwanden. Ein weit verzweigtes Tunnelsystem durchzieht dieses Massiv, in dem die Gefahr groß ist, nie wieder zurückzukehren. Die Höhlenmalereien der Cree geben Zeugnis davon. Mit ihren Bildern nahmen sie einst Kontakt zur Geisterwelt auf. Die Farben wurden aus einem Gestein gewonnen, dessen Zusammensetzung auch heute noch Rätsel aufgibt.*

Laut Ana Cree, einer der wenigen Ureinwohner, die bereit ist, über das Tal zu sprechen, ist es sehr wohl möglich, den Berg zu besteigen. Die Enkelin des einstigen Bergführers Nanuk möchte dort den Geistern entgegentreten, um sich vor ihnen zu verneigen. Nur so erlangt man ihren Schutz, so die 20-Jährige, die völlig allein in einer Waldhütte am Rand des Massivs lebt.

Debbie stoppte.

Ana Cree?

Soweit Debbie wusste, hatte nicht einmal mehr Katie zu ihr Kontakt, obwohl sie Ana das Leben gerettet hatte. Debbie markierte den Namen und setzte drei große Ausrufezeichen daneben. Noch ein Punkt, an dem sie unbedingt nachhaken musste.

Ein Geräusch im Vorraum ließ sie aufschrecken. Leise Schritte tappten Richtung Eingangstür, die geöffnet wurde und gleich darauf ins Schloss fiel.

Kein Grund zu schleichen, Katie, dachte Debbie. Ich kenne jeden Schritt von euch, jedes Husten. Ich könnte in jeder Fernsehshow gewinnen, weil ich euch am Rhythmus eures Atems identifiziere oder am Geruch. Vermutlich triffst du dich mit Tim Yellad.

Noch ein Name, der auf ihre To-Do-Liste gehörte.

Debbies Augen hefteten sich wieder auf den Artikel.

2010 nahm das Grace College nach umfangreichen Sanierungsmaßnahmen seinen vollen Betrieb wieder auf. Und seither häufen sich dort oben Tragödien, Verbrechen, seltsame Unglücksfälle. Ein Amoklauf war der traurige Höhepunkt einer unerklärlichen Serie von Gewaltverbrechen. Und immer wieder ist dieselbe Gruppe von Studenten darin verwickelt, die nicht zufällig dort oben sind.

Die Totentafel ist lang und die Frage ist, wer ist der Nächste?

Es gibt heilige *Orte auf unserem Erdball. Mystery Places, an denen dem Menschen Gutes widerfährt. Vielleicht bedeutet das Dead Valley genau das Gegenteil? Die hier lebenden Cree zumindest glauben daran, dass die guten Geister der Toten nicht in die ewigen Jagdgründe aufsteigen können, weil das Tal ihre Körper in den Felswänden gefangen hält.*

Was, wenn sie recht haben?

Da bekam sie echt Gänsehaut. Debbie liebte solche Geschichten und die Vorstellung, selbst eine Hauptrolle darin zu spielen, ließ ihr den Atem stocken.

»Wenn der Beginn der Welt berechnet werden kann, warum dann nicht auch ihr Ende?«

Dieser Satz findet sich in geheimen Aufzeichnungen von Dave Yellad. Er nennt ein Datum. Das Datum, an dem der Satz seine Erfüllung findet und der Beweis erbracht wird. Unmöglich? Vielleicht. Aber die Anzeichen häufen sich.

Debbie lief ein eiskalter Schauer über den Rücken und ihr Blick wanderte unwillkürlich zum Datum, das oben rechts auf ihrem Laptop angezeigt wurde. Wie jedes Mal, wenn sie zu dieser Stelle kam.

Der Tag naht.

Der Countdown läuft.

20.03.2013

Was *werden Sie an diesem Tag tun?*

Bad News

Der Geruch von Feuer hängt in jeder Faser meiner Kleidung. Ich stinke nach Rauch, Senf und dieser schale Biergeschmack im Mund zieht mir die Eingeweide zusammen. Hätte ich mir vorher überlegen sollen. Hätte mir vieles vorher überlegen sollen. Es fühlt sich übrigens echt beschissen an, wenn man weiß, dass alles aus den Fugen gerät und man irgendwie nichts dagegen machen kann.

Mann, ich habe keine Ahnung, warum ich immer noch hier draußen bin.

»Trinken wir noch ein Bier zusammen?«, hat Tim gefragt, als die anderen nach und nach aufgebrochen sind. Die Stimmung war nach der Nachricht über den Tod des Superintendenten ziemlich mies und selbst Katie, die von uns allen am besten mit Tim befreundet ist, ging bald darauf ins Bett.

Diese Selbstmordserie – und es ist eine Serie, das kann nun keiner mehr verleugnen – hat im Grunde mit Tom angefangen. Er hat sich in die Luft gesprengt. Ich rede nicht darüber, aber ich vermisse ihn. Dann Susan, Jenn, Taylor. Richard Harper bildet den furchtbaren Höhepunkt.

Ich nehme einen Schluck Bier. Tim und ich schweigen und starren in die Flammen. Früher… früher, das heißt in Little Rock, haben Ronnie und ich viele Abende am See verbracht. Lagerfeuer waren dort verboten, weshalb wir es immer sozusagen totgepinkelt haben, bevor wir aufgebrochen sind. Der beißende Qualm, der nach oben in den Himmel steigt, kratzt in meiner Kehle.

Schließlich steht Tim schwerfällig auf. »Ich muss los«, sagt er.

Ich nicke.

»Tust du mir noch einen Gefallen?«, fragt er. »Kommst du noch mit hoch zum Parkplatz? Ich hab im Wagen noch Karabiner von Katie, ich hab vergessen, sie ihr zu geben.«

Ich nicke. Es ist spät, aber ich fühle mich nicht danach, jetzt allein in meinem Zimmer zu sein.

Während ich neben Tim Richtung Parkplatz gehe, muss ich mich immer wieder räuspern. Morgen werde ich vermutlich heiser sein. Andererseits hab ich zurzeit sowieso nicht viel zu sagen. Und Tim offenbar auch nicht. Sein Schweigen macht mich nervös. Er soll mir einfach die verdammten Karabiner aus seinem Auto geben und verschwinden. Außerdem muss ich nach dem Bier dringend pissen.

Doch am Parkplatz angekommen, der so gut wie leer ist, stoppt er nicht, nein, er geht einfach weiter.

»Wo willst du hin?«, frage ich.

»Ich habe mein Auto an der Straße abgestellt. Muss ja nicht jeder wissen, dass ich hier oben bin.«

»Wenn dich Debbie heute gesehen hat, steht es morgen im *Grace Chronicle.* Sie veröffentlicht jeden Pups, den jemand gelassen hat, auf der Internetseite. Newsticker… piep, piep… Mr Tim Yellad hat uns gestern mit seiner Anwesenheit beehrt und hatte interessante Neuigkeiten im Gepäck.«

Ha, ha – o Mann, ich bin ein echter Witzbold.

Er könnte jetzt wirklich etwas dazu sagen. Aber nein, er macht erneut auf großes Schweigen. Gott sei Dank knirscht wenigstens der Kies unter unseren Schuhen – ich sollte mir eine Geräuschmaschine zulegen, weil – Stille kann ich nur schwer aushalten.

Außerdem ist es inzwischen verdammt dunkel geworden. Und das liegt nicht nur daran, dass die Straßenlaternen kaum

Licht spenden, weshalb die Szenerie ziemlich schaurig aussieht – mit dem Wald, den Steinblöcken und so.

Andererseits – ins Bett will ich immer noch nicht. Zu viel Stoff zum Nachdenken für heute Nacht. Womöglich jagen dann wieder irgendwelche abgedrehten Zeitreise-Storys durch mein Gehirn.

Ich stolpere über einen Stein, als Tim unter einer Straßenlaterne stoppt. Das Licht flackert und irgendwie erscheint mir die Narbe auf Tims linker Wange dadurch größer und gezackter als sonst. Vielleicht liegt es aber auch an seinem Gesichtsausdruck. Seine Augen sind ganz schmal und die Furche auf seiner Stirn nimmt die Ausmaße eines Canyons an.

»Was wirst du tun?«, fragt er.

Ich runzle die Stirn. »Jetzt? Morgen? Nächste Woche oder Ende des Jahrtausends?«

»Wenn sie das Grace wirklich schließen?«

»Was ja im Moment nur du behauptest.«

»Gehst du zurück nach Little Rock?«

Habe ich ihm erzählt, woher ich komme? Ich kann mich nicht erinnern, je ein richtiges Gespräch mit ihm geführt zu haben. Er ist jemand, der ab und zu hier oben auftaucht, den Geheimnisvollen spielt und wieder verschwindet. Und der es irgendwie geschafft hat, damals, als wir zum Ghost unterwegs waren, meiner Kamera zu entgehen.

»Weiß nicht.«

Inzwischen sind wir an der Straße angelangt. Tim deutet geradeaus. »Da vorne steht mein Wagen.«

Ich kann nichts erkennen, weil die Dunkelheit wie eine Mauer ist.

Tim dreht sich abrupt zu mir um. »Pass auf«, sagt er und seine Stimme klingt plötzlich anders. Drängender. »Der Grund, warum ich dich gefragt habe, ob du noch zum Auto mitkommst, ist nicht Katies Kletterausrüstung. Ich wollte mit dir alleine reden.«

Mit mir? Seit wann bin ich so etwas wie sein Vertrauter? Und umgekehrt vertraue ich ihm sowieso nicht. Er hat sich schließlich am Anfang als Paul Forster ausgegeben. Ein Name, der mir immer noch Übelkeit verursacht. Katie hat erzählt, am Tag meines Zusammenbruchs wäre ich völlig fixiert auf Paul gewesen.

Es klickt neben mir. Tim hat den automatischen Türöffner seines Wagens gedrückt. In der Dunkelheit sehe ich das Innenlicht aufleuchten. Wir sind nur drei Meter entfernt. Als wir direkt davor stehen, stelle ich fest, dass Tim seine alte Schrottkarre durch einen nagelneuen BMW ersetzt hat.

»Hast du eine Bank überfallen, dass du dir den leisten kannst?«, scherze ich und dann fällt mir ein, dass ich nicht weiß, was er eigentlich macht. Irgendwie bin ich immer davon ausgegangen, dass er studiert.

»War eine günstige Gelegenheit.«

»Na ja, genau das meine ich. Gelegenheit macht Diebe.« Ich lache. Lache, weil ich Mist rede. Weil ich am liebsten umdrehen und verschwinden würde und weil mich so eine Ahnung überkommt. Will er etwa über sein Liebesleben mit Katie reden? Denkt er, ich bin ein geeigneter Gesprächspartner, weil ich keine Konkurrenz bin?

Tim öffnet die Wagentür. »Du musst mir helfen.«

Ich warte ab.

»Ich habe wichtige Informationen, verstehst du?«

Tim Yellad zeigt sich wieder als der, den ich kenne. Er spielt den Wichtigtuer. »Ich möchte dir etwas sagen.«

Oh nein, bitte, keine Geheimnisse, keine Geständnisse. Ich überlege, ob ich nicht einfach abhauen soll, als er fortfährt.

»Und ich möchte, dass du unser Gespräch filmst.«

Noch mieser.

»Jetzt?«, hake ich nach.

»Nein. Nicht jetzt. Ich habe Informationen… sie dürfen auf keinen Fall verloren gehen, verstehst du?« Er holt tief Luft. »Das Tal ist etwas Besonderes. Ihr habt keine Ahnung, wie besonders. Was ich zu sagen habe, betrifft euch, uns alle. Und mit alle meine ich wirklich alle. Die Menschheit, verstehst du?«

Ich schlucke das Lachen, das in mir hochsteigt, einfach hinunter. War etwas in dem Bier, das ich ihm gegeben habe? Ich meine, eigentlich bin ich doch der, der abdriftet. Yellad kenne ich nur als jemanden, der alles unter Kontrolle hat, besonders sich selbst. Und jetzt führt er sich auf wie jemand, der total stoned ist. Ich fühle mich tatsächlich erleichtert. Dinge, die die gesamte Menschheit betreffen, gehen mich nichts an. Da halte ich mich raus.

»Alles klar mit dir, Mann?«, frage ich.

Sein Gesicht zeigt keine Regung. »Ich verstehe, wenn du mir nicht glaubst.«

»Na ja, die Menschheit… wow, ich meine, das sind ziemlich viele Leute, oder? Jedes Jahr wächst die Bevölkerung unseres Planeten um etwa 80 Millionen Menschen. Wir haben bereits die Grenze von sieben Milliarden überschritten…«

Seine Hand packt meine Schulter. Ich gehe in die Knie. »Hör auf, Ben, ich weiß mehr, als du denkst. Zum Beispiel über Ronnie.«

In mir wird auf einen Schlag alles kalt und mein Herzschlag dröhnt in meinen Ohren so laut wie dieser Name.

»Ronnie?«

»Ronnie Saleman.«

Ich habe Mühe zu schlucken. »Was weißt du über Ronnie?«

»Alles, was in Little Rock passiert ist. Alles über euch. Robert und Julia leben hier oben unter einer falschen Identität. Rose kam hierher, nachdem ihre Tochter gestorben ist. Davids Zwillingsbruder ist ein Killer. Der Vater von Chris war ein Säufer. Und Katie ... sie fühlt sich schuldig an Sebastians Unfall. Leider, sonst hätte ich eine Chance. Und du ... du hast Ronnie im Stich gelassen. Er sitzt, nein, er saß im Knast. Weil du ihn verraten hast. Du warst ein echter Freund.«

Jetzt ist mir richtig schlecht. Und das liegt nicht an den Marshmallows mit Senfgeschmack.

»Es war nicht meine Schuld.«

»Das kann man auch anders sehen.«

»So war es nicht ...«

»Mir ist das egal. Spielt sowieso keine Rolle mehr. Aber ich brauche dich. Du musst aufzeichnen, was ich weiß. Wir treffen uns am Bootshaus. Morgen. Nur wir beide.«

Ich gehe nicht mehr zum Bootshaus. Das weiß jeder. Dort begann alles ... oder genauer gesagt, dort begann das große Nichts. Die schwarze Leere sozusagen. Das dunkle Loch des Vergessens.

»Können wir uns nicht woanders ...«

»Punkt zwei Uhr. Bring die Filmkamera mit und hier ...«

Er beugt sich nach vorne ins Auto, öffnet die Klappe zum Fach, taucht wieder auf und drückt mir etwas in die Hand.

Eine nagelneue Speicherkarte. Sechzehn Gigabyte. Originalverschweißt.

»Egal, was passiert. Du nimmst auf, was ich zu sagen habe, und vergräbst die Speicherkarte anschließend. Das ist wichtig. Am Gedenkstein. Die ... die nach uns kommen, sollen wissen, was passiert ist.«

Jetzt wird es wirklich absurd – was mich ganz automatisch beruhigt. Entweder ist er betrunken oder es hat nun auch Mr Coolman getroffen und Tim Yellad ist mit dem Gracevirus infiziert.

»Eine Art Pressekonferenz?«, versuche ich einen Scherz. »Deine News gegen meine Wahrheit?«

So einfach komme ich aus der Sache offenbar nicht raus. Ich höre an seiner Stimme, das Ganze ist ihm verdammt wichtig.

»Das ist kein Witz, Ben. Wenn du nicht kommst…«

»Was dann?«

Er steigt in sein Auto. Auf dem Beifahrersitz liegen ein Stapel Magazine und sein Laptop, auf dem Boden darunter… mein Blick bleibt an einem roten Kletterseil hängen.

»Kein Video, keine Antworten«, sagt Tim.

Das ist ein echter Trigger, den er mir da liefert. Wir alle hier oben haben Fragen und jagen jeder Antwort hinterher, die wir kriegen können. Wir haben insgeheim alle gehofft, Harper würde uns irgendwann erklären können, was im Tal vor sich geht. Klar, ich habe immer behauptet, das würde mich alles nichts angehen – nur, warum habe ich dann die Medikamente abgesetzt? Um mich zu erinnern. Und zu diesen Erinnerungen gehört nun mal auch das Bootshaus.

Irgendwann muss ich anfangen. Und… irgendwo.

Tim startet den Wagen.

»Um zwei. Bitte sei pünktlich.« Tim hat die Hand am Türgriff.

»Warum morgen?«, frage ich hastig. »Warum nicht jetzt?«

Tim schüttelt den Kopf. »Ich muss noch eine Sache herausfinden.« Damit schlägt die Tür zu. Als er den Rückwärtsgang einlegt und zurückstößt, graben sich die Räder in den Waldboden. Der Motor heult auf und schießt die Straße hinunter.

Scheiße.

Er hat mich am Haken. Die Freiheit zu denken, was ich will. Die Freiheit zu tun, was ich will – wo ist sie? Die Vergangenheit hat mich fest im Griff, und jetzt auch noch die Zukunft. Willkommen in der Welt, Ben. Hau ab, bevor es zu spät ist.

Meine Hand fährt in die Luft und ich zeige der Rückseite des Wagens den Mittelfinger.

Fuck you, Tim Yellad.

Your Promise

Das Zimmer ist in rotes Licht getaucht.

Mein Gehirn rattert, ist total hyperaktiv und in derselben Geschwindigkeit, in der die Gedanken durch meinen Kopf schießen, klicke ich mich auf dem Laptop von einer Seite zur anderen, bis ich an dem Bild hängen bleibe.

Draußen ist ein Unwetter losgebrochen, wie so oft, wenn vorher im Tal so trügerisch gutes Wetter geherrscht hat. Es scheint, als besitze der Wind, der gegen die Scheiben schlägt, Hunderte Tentakel, mit denen er durch jede Ritze, jede Fuge des maroden Fensters dringt. Ich bin hier und doch weit weg. Es ist bereits tief in der Nacht, aber Schlaf – den kann ich echt vergessen.

Das Grace liegt in völliger Schwärze. Das einzige Licht kommt von den Laternen unter meinem Fenster. Oder zumindest von denen, die noch funktionieren. Ich glaube, ich bin der einzige Student im Gebäude, der jetzt noch wach ist, oder zumindest der einzige, der am Schreibtisch sitzt.

Tim Yellad – und Ronnie? Wie ist die Verbindung?

Wie ist alles miteinander verknüpft? Ist das überhaupt miteinander verknüpft oder nur irgendeine Scheißzufallskombination?

Alles zu viel Text...

Dennoch. Ich schalte die Nachrichtenseite auf Vollbild, ziehe den Lautstärkeregler auf Maximum und sehe zu, wie sich die riesige rote Staubwolke über den leeren Marktplatz von Santa María de Jesús schiebt und nach und nach die Stadt in Besitz nimmt. Ich sehe Menschen rennen, die nach Schutz suchen. Über die Bilder legt sich die knarrende Stimme des Sprechers.

Die Staubwolke hat das Leben in Santa María de Jesús völlig zum Stillstand gebracht.

Die ganze Atmosphäre ist ziemlich abgefahren. Weshalb ich die Kamera auf den Schrank gestellt habe und mich selbst aufnehme, wie ich vor dem Laptop sitze, die 3-D-Brille auf der Nase. Ich kann direkt spüren, wie der Wind mir den Staub ins Gesicht bläst. Kein gutes Gefühl, aber stoppen will ich es auch nicht.

Nichts geht mehr. Die Stromversorgung ist zusammengebrochen. Der Verkehr kam vollständig zum Erliegen. Die Bewohner der Stadt verbarrikadieren sich in ihren Häusern.

Meine Nerven flattern. Richtig erklären kann ich es mir nicht. Ich bin hier schließlich in Sicherheit.

Wirklich?

Ich spüre, hinter den Worten des Sprechers lauert eine ganz andere Gefahr. Die er nicht kennt oder... schießt mir der Gedanke durch den Kopf, verschweigt. Ich fühle mich plötzlich wirklich komisch, spüre so einen merkwürdigen Druck auf der Brust. Fängt es jetzt an? Kehren die Halluzinationen zurück?

Woher der Staub kommt, ist derzeit noch unklar. Experten der NASA vermuten, es handele sich um eine unbekannte Substanz aus dem Weltraum.

Da wird mir echt die Kehle trocken. Zwei Liter Wasser habe ich bereits intus, seit ich nach dem Grillfest mein Zimmer betreten habe. Dass ich ständig pinkeln muss, reißt mich wenigstens für einige Minuten aus dem Film, dem, der immer wieder auf dem Bildschirm abläuft, und dem in meinem Kopf. Und jedes Mal, wenn ich vom Klo in mein Zimmer zurückkehre, beschließe ich, dass jetzt Schluss ist. Ich sollte ins Bett gehen. Aber dann lande ich doch wieder auf dem Stuhl vor dem Schreibtisch und starre gebannt auf den Bildschirm. Bis meine Augen anfangen zu flimmern und alles verschwimmt. Vielleicht ist die Hoffnung, in meinem Zustand schlafen zu können, reine Utopie. Aber ebenso sinnlos ist es, mich durch Webseiten zu klicken. Sie berichten alle nur das Gleiche.

Mein Zeigefinger schwebt über dem Ausschaltknopf und ich ziehe die Hand erst von der Tastatur zurück, als der Bildschirm erloschen ist. Alles um mich herum ist dunkel, bis auf das schwache Licht der Campuslaternen.

Ich klappe den Deckel des Laptops nach unten, stehe auf, steige über die zerknüllten Klamotten am Boden und bahne mir durch das Chaos einen Weg zur Tür.

Im Badezimmer brennt Licht. Jemand hat vergessen, es auszuschalten. Genauer gesagt, ich. Die anderen haben bereits geschlafen, als ich vom Parkplatz zurückgekommen bin.

Urplötzlich wird mir übel, das Barbecue mit seinen Geschmacksverirrungen zeigt Wirkung. Mein Magen rebelliert. Ich stehe eine Zeit lang über die Kloschüssel gebeugt, falls ich tatsächlich kotzen muss, aber es passiert nichts. Schließlich betätige ich die Klospülung. Als das Wasserplätschern verebbt, höre ich ein leises, durchdringendes Brummen. Wie von einer riesigen Fliege, die immer wieder gegen Wände prallt.

Was ist das schon wieder?

Gerade als ich beschließe, es zu ignorieren, kracht etwas zu Boden und nun nimmt das Geräusch hysterische Ausmaße an.

Meine elektrische Zahnbürste rotiert auf dem Boden wie ein Kreisel. Fast muss ich lachen. Nur weiß ich genau, ich habe sie nicht angeschaltet, ja, nicht einmal berührt.

Vorsichtig, als handele es sich tatsächlich um ein Rieseninsekt, greife ich danach, schalte sie aus und stelle sie zurück auf die Ablage unter dem Spiegel.

Zurück im Zimmer stelle ich fest, ich habe erneut vergessen, das Licht im Bad auszumachen.

Aber da ist noch etwas anderes, das mich irritiert. Ich reiße die Augen auf und erkenne ein Licht, das an der gegenüberliegenden Wand flimmert. Der Bildschirm meines Laptops ist nach oben geklappt und er leuchtet. Das kann nicht sein. Ich bin mir sicher, dass ich den Rechner ausgeschaltet habe.

Ich war nur ein paar Minuten auf dem Klo, also …

Dann erlischt er wieder.

Ich zucke zusammen, als mein Handy zu summen beginnt, doch noch während ich danach greife, bricht das Geräusch ab und ich stelle fest, dass kein Anruf angezeigt wird.

Das alles ist verwirrend, aber gleichzeitig ist mir klar, dass ich bei klarem Verstand bin. Das sind keine Halluzinationen. Die Welt um mich herum gerät außer Kontrolle. Mein Blick fliegt von einem Punkt im Zimmer zum anderen, bis alles vor meinen Augen zu verschwimmen beginnt.

Eine Weile stehe ich nur da. Ich beginne zu schwitzen, obwohl kalte Nachtluft durch das gekippte Fenster dringt. Der Schweiß rinnt mir vom Nacken hinunter zum Rücken. Ich höre ein Rauschen und denke im ersten Moment, dass es mein Blut ist, das in meinen Ohren rauscht.

Der Bildschirm flackert wieder. YouTube startet. Und ich starre den Bildschirm an. Nichts darauf bewegt sich und dennoch habe ich das Gefühl, der Rechner wartet auf meine Eingabe.

Ich gebe im Suchfeld ein: *Staubwolke.*

Klicke auf *Filter* und anschließend *Heute.*

In den letzten Minuten wurden fünfzig neue Videos hochgeladen, die Guatemala betreffen. Unter anderem eine Satellitenaufnahme.

Meine Hand geht nach unten.

Klick.

Die Satellitenaufnahme startet.

Doch es sind nicht die Bilder, die ich erwartet habe. Der Screen vor mir leuchtet auf, wird gleißend weiß, bis auf das schwarze Symbol zum Abspielen des Films. Einige Sekunden sitze ich geblendet da. Kein Geräusch ist zu hören.

Bevor ich noch eine Entscheidung treffen kann, sehe ich, wie das Symbol in der Mitte der gleißenden Fläche verschwindet. Die rote Linie unter dem Videofenster kriecht vorwärts. Der Film läuft. Eine Sekunde, zwei, drei, vier...

Dann Stimmen, die die Stille durchbrechen.

Ich schließe langsam die Augen und öffne sie wieder, sehe noch immer kein Bild.

»Woher sollte ich wissen, was richtig ist?«

»Das ist das ewige Dilemma. Du bist mir ähnlich.«

»Du kennst mich nicht.«

Er hört mich nicht mehr. Seine Augen sind weit geöffnet. Er starrt auf den Streifen Licht, der von oben in die Gletscherspalte fällt.

Ich halte seine Hand. Es kann nicht mehr lange dauern. Ich spüre es.

»Manche Fragen«, er muss alle Kraft beim Sprechen zusammennehmen, damit ich ihn überhaupt verstehen kann. »Sind unlösbar. Zum Beispiel, was ist besser? Tod oder Unsterblichkeit.«

»Woher sollte ich wissen, was richtig ist?«

Die erste Stimme.

»Das ist das ewige Dilemma. Du bist mir ähnlich.«

»Du kennst mich nicht.«

Sekundenlang herrscht Stille. Ein leises Röcheln ist zu hören.

»Manche Fragen sind unlösbar. Zum Beispiel, was ist besser?«

Plötzlich dumpfes Rauschen, ein Dröhnen, als ob sich ein Gewitter ankündigt. Die weiteren Worte werden verschluckt.

Und dann:

»Tod oder Unsterblichkeit?«

Ich starre auf die weiße Fläche. Meine Augen flimmern. Mein Herz schlägt laut und schwer. Dann ist es zu Ende. Der Bildschirm schaltet sich ab. Springt wieder an und das Ganze beginnt von Neuem. Ich kann es nicht starten. Nicht beenden.

Eine Endlosschleife. Es wiederholt sich von selbst.

Und wieder am Ende: *»Tod oder Unsterblichkeit?«*

Und das Ganze wieder von vorne.

Der Bildschirm ist weiß. Aber zwei Leute reden. Und der Titel: *Your Choice.*

»Tod oder Unsterblichkeit?«

Rauschen. Dröhnen.

»Tod oder Unsterblichkeit?«

Ich kann nicht mehr!

Ich kann nicht mehr zuhören, will nicht länger Zeuge dieses Wahnsinns sein.

Denn eine von beiden Stimmen kenne ich, ich kenne sie nur allzu genau.

Sie gehört mir.

Ich mache gar nicht den Versuch, den Laptop auszuschalten. Stattdessen drehe ich ihm den Rücken zu, zerre die Tür vom Schreibtisch auf, dass sie fast aus den Angeln fällt. Mit zitternden Fingern ziehe ich die drei Aktenordner heraus, die so gut wie leer sind. Mathematischer Grundkurs Mai 2010. Er landet auf dem Boden. Meine Hand schiebt sich in den hinteren Teil des unteren Faches, bis ich die Papierrolle spüre, die ich mit Klettband an das Holz geklebt habe. Meine

Rückversicherung. Der letzte Joint, den ich mit Tom rauchen wollte, an jenem Abend vor dem Amoklauf, an dem er nicht erschienen ist.

Ich löse ihn vorsichtig ab, ziehe meine Hand aus dem Fach. Als der Geruch mir in die Nase steigt, geht es mir schon besser. Langsam öffne ich die Tüte und fasse mit der Fingerspitze hinein. Das Zeug hält auch nicht ewig. Nichts hält ewig.

Die Versuchung ist groß.

Dead Days
No. 3

Es heißt, der Mensch soll sich die Erde
untertan machen.
Ich frage mich nur, welcher Mensch?
D. Y.

Please Hold the Line

Irgendetwas hatte Debbie aus dem Schlaf gerissen. Ein Geistesblitz. Eine Erinnerung. Eine Erkenntnis, die sie, kaum hatte sie die Augen aufgeschlagen, schon wieder vergessen hatte.

Oder war sie einfach nur aufgewacht, weil ihr noch etwas vom Barbecue in den Zähnen hing?

Mist.

Sie fuhr mit der Zunge in ihrem Mund herum, konnte jedoch nichts finden. Stirnrunzelnd versuchte sie, sich zu erinnern. Aber entweder war sie noch nicht wach genug oder... der Gedanke war in einem der schwarzen Löcher ihres Gehirns verschwunden. Jedenfalls war er wichtig gewesen. Sie atmete laut und ihr Herz klopfte vor Aufregung.

Sie starrte an die Zimmerdecke. Wie gut es doch war, dass es hier oben im Tal keine Tiere gab, denn sonst wären die dunklen Balken dort oben der ideale Nistplatz gewesen. Spinnen, Fliegen oder anderes Ungeziefer.

Wovon war sie aufgewacht?

Draußen goss es. Die Luftfeuchtigkeit im Zimmer betrug mindestens siebzig Prozent. Die Bettdecke fühlte sich kalt und klamm an, dennoch registrierte Debbie, dass sie total durchgeschwitzt war. Eklig, wie der Flanellstoff ihrer Bettwäsche an ihrem nackten Körper klebte. Debbie schlief nackt, das war auch einer der Gründe, weshalb sie ihr Zimmer stets abschloss, bevor sie ins Bett ging. Hier am Grace gab es so gut wie keine Privatsphäre.

Entgegen der sonstigen Stille drangen mit einem Mal ungewohnte Geräusche von unten zu ihr hoch in das zweite Stockwerk. Ein Brummen, als ob ein – nein, mehrere Motoren liefen. Ein Klappern oder Rasseln? Aber dazu kamen noch Stimmen, die sich etwas zuriefen. Irgendetwas ging dort draußen vor sich.

In der nächsten Sekunde schlug Debbie die Bettdecke zur Seite und – oh, sie schauderte, sobald ihr Fuß den kalten Boden berührte. Egal. Drei Schritte, und sie hing bereits am Fenster. Die Sonne, die über dem Ghost aufgegangen sein musste, befand sich irgendwo im Nirwana und hinterließ nur einen Lichtstreifen, als hätte der einheitlich graue Horizont eine Lücke. Alles, alles – Debbie schüttelte den Kopf – wirklich alles war einfach unnatürlich, unheimlich, beängstigend. Und dort unten waren Geräusche zu hören, als ob die kanadische Armee einmarschierte.

Nur leider – Debbie konnte nichts erkennen. Denn was immer vor sich ging, es spielte sich hinter dem Parkplatz ab, dort, wo die Straße nach Fields führte.

Sie musste sich so schnell wie möglich anziehen und die Lage kontrollieren. Sie wollte sich schon umdrehen, als ihr Blick wieder zum Himmel zurückkehrte und zum Regen. Sturzbäche ergossen sich über die gepflasterten Wege, der Rasen schien eine einzige Matschwiese zu sein und der Lake Mirror – er kroch beharrlich und unerbittlich über das Ufer und hatte bereits den Uferweg verschluckt. Debbie starrte auf die aufgewühlte Wasserfläche.

Wer wird der Nächste sein?

»Ich nicht«, hatte sie gesagt.

ICH NICHT.

Und alle hatten gelacht.

Debbie lief ein kalter Schauer über den Rücken. Sie wandte sich fröstelnd ab, zog den rosafarbenen Bademantel mit dem Hello-Kitty-Muster vom Sessel und hüllte sich darin ein. Das hatte dieselbe beruhigende Wirkung wie eine Tüte dieser Zuckerdinger mit Erdbeergeschmack.

Ihr Blick fiel auf die Sonderausgabe der Zeitschrift Mysteries, die sie gestern aufgeschlagen auf ihrem Schreibtisch hatten liegen lassen. Debbie hatte sich für das Thema Weltuntergang interessiert, solange sie denken konnte. Grandma Martha hatte ihr schon als kleines Kind immer wieder erklärt, dass die Menschheit verdammt sei. Stand ja schließlich schon in der Bibel. Wenn ihre Ängste nachts zu groß waren und sie schreiend aufgewacht war, hatte Grandma ihr immer versichert, dass sie sich nicht zu fürchten brauchte. Es sei gut, hatte sie erklärt, wenn die Welt untergehe, weil dann endlich der Erlöser käme, um die Dinge in Ordnung zu bringen.

20.03.2013. Was hätte Grandma Martha wohl gesagt, wenn sie ihr das Datum hätte nennen können?

Okay, sie musste sich zusammenreißen. Fokussieren. Priorität 1: Der Parkplatz. Sie sprang auf und riss mit einer Hand beide Türen zum Kleiderschrank auf.

Himmel, was sollte sie anziehen? Die Fächer waren vollgestopft, aber sie konnte sich nicht entscheiden.

Schließlich griff sie nach einer Strumpfhose und zerrte sie über ihre Beine. Der Stoff spannte über ihrer Haut. Frechheit. Die Collegewaschmaschinen im Keller waren viel zu heiß eingestellt, ständig liefen ihre Sachen ein.

Dann streifte sie ihr eidottergelbes Strickkleid über und griff nach ihrem Handy, während sie die Tür aufschloss. Flur und Küche waren leer. Rose und Julia schliefen bei David und Chris. Sie seufzte. Unter normalen Umständen hätte sie sich langsam überlegt, die beiden zu melden. Aber nun waren andere Dinge wichtiger.

Debbie trat in den langen Gang und lief ins Treppenhaus, das Handy an ihr Ohr gepresst. Verdammt, schon wieder besetzt.

Der schnelle Ton ging ihr auf die Nerven. Nervös kratzte sie sich am linken Unterarm und leckte dann automatisch das Blut ab, das über die Haut rann.

Sie drückte die automatische Wahlwiederholung.

Draußen noch immer der Höllenlärm. Und hier im Gebäude selbst Totenstille. Merkwürdig, dabei war der Großteil der Fenster hell erleuchtet gewesen, als sie aufgestanden war.

Das Tuten an ihrem Ohr brach ab. Seit gestern hatte sie diese Nummer bereits zwanzigmal gewählt. Mindestens zehnmal war sie überhaupt nicht durchgekommen, fünfmal war besetzt gewesen und die restlichen Versuche hatte man sie mit Mozarts Kleiner Nachtmusik vertröstet, um sie dann aus der Leitung zu werfen. Und als sie die E-Mail mit der Bitte verschicken wollte, die Redaktion solle sie zurückrufen, und zwar sofort, hatte das Internet gestreikt. Sie seufzte laut. Sie würde sich nachher die Systemadministratoren vorknöpfen müssen.

Debbie eilte die Treppe hinunter. Abermals drückte sie die Wahlwiederholung.

Immerhin, diesmal schaffte sie es in die Warteschleife.

Das übliche Geklimper und…

»Sie werden sofort mit dem nächsten freien Mitarbeiter verbunden«, äffte sie die Automatenstimme nach und wackelte mit dem Kopf.

Ha, ha, ha.

Sie würde sich das nicht gefallen lassen. Sie hatte schließlich schon seit drei Jahren die Zeitschrift abonniert. Sie hatte ein Recht auf Information.

»Bitte bleiben Sie am Apparat. Sie werden sofort mit dem nächsten freien…«

»Mitarbeiter verbunden«, ergänzte sie laut, als plötzlich ein Knacken zu hören war und die gereizte, ungeduldige Stimme eines Mannes erklang: »Mysteries. Geheimnisse, Wunder,

Phänomene. Mein Name ist Adam Fool. Was kann ich für Sie tun?«

Debbie blieb stehen. »Was Sie für mich tun können? Zum Beispiel meine Anrufe entgegennehmen.«

Sie wartete, doch als keine Antwort kam, fürchtete Debbie, aus der Leitung zu fliegen. Hastig rief sie: »Es geht um den Artikel von Sammy Linford.«

Am anderen Ende erklang ein ungeduldiger Seufzer. »Wir haben bereits auf unserer Webseite alle zusätzlichen Informationen freigeschaltet, wenn Sie also ...«

»Erstens funktioniert ...«, Debbie wollte sagen »... mein Internet nicht«, doch dann überlegte sie es sich anders. »Ihre Seite nicht und zweitens muss ich unbedingt den Autor sprechen.«

Jetzt waren Stimmen im Hintergrund zu hören, jemand fluchte laut: »Wenn das so weitergeht, bricht hier alles ...«

»Tut mir leid, da kann ich Ihnen nicht helfen. Wie gesagt, auf unserer Webseite ...«

Adam Fool, Debbie hatte sich den Namen gemerkt, war tatsächlich ein Narr der ersten Stunde, wenn er sich einbildete, sie würde sich so einfach abspeisen lassen.

»Ich brauche diese Nummer«, erwiderte sie scharf. »Die Telefonnummer von Mr Linford ...«

»Ich bin nicht befugt ...« Dieser Fool klang zunehmend gereizter.

Noch während sie rief: »Ich habe wichtige Informationen ...«, hörte sie wieder im Hintergrund eine Stimme: »Ein lauter Knall und dann ein riesiger Feuerball.«

Was?

Was war los?

Alle Alarmglocken läuteten.

»Rufen Sie später wieder an«, sagte Adam Fool am anderen Ende, dann tutete es. Das Gespräch war unterbrochen.

Sie drückte erneut auf Wahlwiederholung.

Abermals die Warteschleife.

Wieder Mozart.

Wieder *Please hold the line.*

Debbie setzte sich hastig in Bewegung und bog wenig später in die Eingangshalle des Grace ein. Zwei Security-Beamten steckten vor dem Kamin die Köpfe zusammen, Debbie kannte sie, der eine von ihnen hatte etwas mit Miranda Bloom laufen, die manchmal im Club Voltaire hinter der Bar arbeitete.

Geklimper.

Please hold the line.

Verflucht. Man behandelte sie wie eine ganz gewöhnliche, naive, paranoide Leserin ihres Blattes. Was hatten sie sich denn gedacht? Sie veröffentlichten ein Datum für den nächsten Weltuntergang, waren damit auf Leserfang aus, und wenn dann die Leitungen heiß liefen und die Menschen in Panik gerieten, wunderten sie sich. Als ernsthafte Journalisten mussten sie Verantwortung übernehmen. Wer wusste das besser als sie, Debbie?

Während sie durch die Halle auf das Eingangsportal zueilte, fuhr sie sich mit der Zunge zwischen die Zähne und hatte das dringende Bedürfnis, den Essensresten, die bestimmt noch vom Abendessen in den Zwischenräumen steckten, mit Zahnseide zu Leibe zu rücken. Aber dazu hatte sie jetzt keine Zeit.

Sie griff nach der Klinke, ohne den Blick vom Display zu nehmen, und gleichzeitig wählte sie erneut die Telefonnummer. Oben rechts bewegte sich das Symbol für die Internetverbindung. Vielleicht hatte sie Glück... nein... hatte sie nicht.

»Eve Gate. Mysteries. Geheimnisse, Wunder, Phänomene.«

»Ich brauche die Telefonnummer von Sammy Linford.«

»Die kann ich Ihnen nicht geben.«

»Mein Name ist Debbie Wilder, ich bin die Chefredakteurin des *Grace Chronicle.*«

»Mr Linford ist nicht zu sprechen...«

»Verstehen Sie überhaupt, wovon ich spreche? *Grace Chronicle.* Das College, das im Tal liegt. Ich habe wichtige Informationen für Mr Linford.«

»Moment...«

Na also, ging doch.

Wieder Stimmen. Jemand brüllte. »Schmeißt die Leute aus der Leitung. Wir brauchen die Telefone. Hier ist eine Meldung aus Sibirien... dort...«

Die Stimme sagte etwas von Telefonbuch und dann einen Namen.

Was?

Debbie trat raus ins Freie. Der Lärm wurde noch lauter. Und der Regen peitschte ihr ins Gesicht.

»Wie bitte?«, schrie sie und presste den Hörer an ihr Ohr.

Die Stimme am anderen Ende sprach so schnell und aufgeregt, dass Debbie kaum ein Wort verstand.

Im Hintergrund Gequatsche, sie bekam einen Namen mit: *Marjanovka?* Und irgendetwas von einem Meteoriteneinschlag.

Eine gebückte Gestalt tauchte aus dem Regen auf und lief auf sie zu. Security. Er war groß, breitschultrig und seine Haare waren nass vom Regen. Er baute sich vor ihr auf und deutete zurück auf das Gebäude.

»Hallo?«, schrie Debbie in den Hörer. »Was haben Sie gesagt?«

Debbie lauschte und plötzlich verstand sie, was die Frau sagte. Sie verstand jedes einzelne Wort.

Sie hielt den Hörer noch immer in der Hand, als abermals die Mozart-Melodie einsetzte. Debbie achtete nicht darauf.

Genauso wenig wie auf den Security-Mann, der auf sie einredete und mit dem Kopf ins Innere des Hauses deutete.

Debbie war übel. Kotzübel.

Was sie gehört hatte, war unglaublich.

Und wenn sie der Typ dafür gewesen wäre, dann wäre sie jetzt einfach in Ohnmacht gefallen und besser nie wieder aufgewacht.

One Eye

Oh, verflucht. Mein Schädel brummt, als ich den Kopf vorsichtig hebe. Als ob da oben ein Notstromaggregat angesprungen ist. Ich lasse mich zurücksinken. Das Wetter ist garantiert kein Grund aufzustehen. Es gibt überhaupt keinen Grund, das Bett zu verlassen. Ich tue es trotzdem, weil der Lärm mich irritiert. Irgendetwas stimmt nicht. Der erste Blick aus dem Fenster bringt keine Erkenntnis, außer dass es immer noch regnet. Besser gesagt, es gießt, weshalb ich das Fenster schließe. Nun wird das Brummen schwächer, woraus ich schließe, dass es doch nicht in meinem Kopf ist. Vor mir liegt wieder mal ein planloser Tag. Was nicht gut ist, weil ich dann zu viel denke. Die anderen haben es einfacher. Sie konzentrieren sich auf ihr Studium. Aber ich – ich befinde mich in der Warteschleife und habe es nahezu völlig aufgegeben, meine Kurse zu besuchen, rechne jede Minute damit, vor den Dean zitiert zu werden. Bisher bin ich verschont geblieben. Die Versuchung ist groß, einfach zurück ins Bett zu kriechen. In meinem Kopf rattert es. Die Tage werden häufiger, an denen ich nicht mehr unterscheiden kann, was ich geträumt habe und welche Ereignisse tatsächlich passiert sind. Das betrifft auch das Video gestern Nacht.

Your Choice.

Ich kann mich nicht erinnern, je so eine Unterhaltung geführt zu haben. Und dieses seltsame Verhalten von Tim Yellad am Abend auf dem Parkplatz. Seine Andeutungen und Anspielungen? Hat er wirklich Ronnies Namen erwähnt?

Und wird er, wenn ich heute um zwei ans Bootshaus komme, tatsächlich dort sein?

Ich entscheide mich dafür, dass ich es mir nicht eingebildet habe. Weil ... etwas stimmt nicht. Ich kenne das Gefühl einer Bedrohung. Es bedeutet, ich stehe ganz allein und ausgesetzt in schier endloser Leere – und das heißt, Vorsicht walten zu lassen.

Was ich jetzt brauche, ist eine heiße Dusche. Mit ein paar Schritten bin ich im Badezimmer und schließe die Tür hinter mir ab. Die Luft hier drinnen ist feucht, der Spiegel beschlagen, und wie jedes Mal, wenn ich hier reinkomme, stoße ich meinen Kopf an der Glühbirne, die von der Decke baumelt. Klar. Meine eigene Schuld. Der Lampenschirm aus gelblichem Glas ist zu Bruch gegangen, als ich versucht habe, direkt daneben die neue Kamera zu installieren. Eine Go Pro. Hat eine Stange Geld gekostet, aber ein geiles Gerät. Chris meint, es wäre mein Job, einen neuen Lampenschirm zu besorgen, aber irgendwie bin ich nie dazu gekommen.

Ach ja, noch etwas ist neu. Die Zeit verläuft inzwischen bei mir in Sprüngen. Ich habe immer wieder Aussetzer, das heißt, ich drehe mich nur mal kurz um und schon sind zehn Minuten vergangen. Jedenfalls war es gerade noch still im Apartment und jetzt, plötzlich, höre ich die anderen. Schubladen werden aufgerissen und wieder zugestoßen. Geschirr klappert. Etwas geht zu Bruch und schließlich ertönt ein Schrei.

»Verfluchte Scheiße!«

Dann wird mit Fäusten gegen die Badezimmertür getrommelt. »Ben! Benjamin Fox, he, Alter. Was machst du so ewig da drinnen? Holst du dir einen runter, oder was?«

»Hey Chris, beruhige dich mal. Ist doch nur ein kleiner Schnitt«, höre ich Julia.

»Von wegen, das muss genäht werden, damit es keine Narbe gibt. Ganz abgesehen von einer Blutvergiftung.«

Typisch Chris. Gerade weil seine Testosteronwerte erhöht sind, sollte er endlich einmal einer Selbsthilfegruppe für Hypochonder beitreten. Nur ein Beispiel. Wenn das Apartment überheizt ist, weil Julia ständig friert, greift Chris sofort zum Thermometer. Er bildet sich nämlich ein, Fieber zu haben.

Wieder trifft seine Faust die Tür. »Ben, ich brauche das Desinfektionsspray.«

Ich reagiere nicht, sondern schnappe mir Davids Haarshampoo. Vermutlich ist ihm völlig klar, dass ich es auch benutze, aber er verliert kein Wort darüber. Ich mag es, weil es den modrigen Geruch überdeckt, der im Bad aus dem Abfluss steigt. Auch Davids Männlichkeitshormon hat ein gefährliches Ausmaß angenommen, seit er mit Rose liiert ist. Ich hatte das kommen sehen. David hatte sich solche Ewigkeiten eingebildet, in Julia verknallt zu sein, dass er darüber Rose übersehen hat. Aber als er es endlich kapiert hatte, war kein Halten mehr.

Chris würde jetzt spotten, ich sei nur neidisch.

Bin ich auch.

Ich denke an Tom.

Ich kann einfach nicht kapieren, warum er das Band durchtrennt hat. Das Band, das ihn mit dem Leben verbunden hat, mit den anderen hier am College, mit mir. Durch das, was er getan hat, bekam alles, was ich vorher mit ihm erlebt habe, den bitteren Beigeschmack des Todes. Hätte er mir von dem Plan erzählt, hätte ich ihn stoppen können?

Hätte ich ihn verraten?

Natürlich hätte ich das und das wäre auch das Ende gewesen. Doch es hätte sich besser angefühlt und einige Menschen würden jetzt noch leben.

Ich streife die rosa Schlafanzughose ab und ziehe das orangefarbene Unterhemd über den Kopf. Ich will darüber nicht mehr nachdenken. Wie immer in den letzten Tagen fühle ich mich schwindelig. Als wäre ich bekifft. Und vielleicht bin ich das auch? Was, wenn ich mir den Joint hinter dem Aktenordner reingezogen habe, ohne mich daran zu erinnern?

Ich halte in der Bewegung inne, was nicht gut ist, denn sofort verschwimmen die Konturen vor meinen Augen. Und als ob das nicht genügen würde an morgendlicher Übelkeit, schweben auch noch Luftballonfarben nach oben wie Seifenblasen. Noch so ein Phänomen, das erst aufgetaucht ist, seitdem ich die Medikamente abgesetzt habe.

Ich lasse sie vorbeiziehen. Meistens zumindest. Nur werden sie gerade in diesem Moment zu Sprechblasen. Mein letztes Gespräch mit Tom, der Tag, bevor er ausgerastet ist, bevor er sich in die Luft gesprengt hat, drängt sich ins Bewusstsein.

Wir waren auf dem Weg vom Supermarkt zurück ins College. Das Wetter war regnerisch, dicke Wolken zogen über uns hinweg. Und Tom, versunken in tiefem Schweigen, lief neben mir her.

Es war Prüfungszeit. Alle waren angespannt und jeden Abend dachte sich einer was Neues aus, womit wir uns amüsieren konnten.

Für diesen Abend hatten wir uns im Kino verabredet. Tom hatte keine Lust, nein, er sagte: »Ich kann nicht.«

Er sah mich nicht an, daran erinnere ich mich noch. Er war nervös, geradezu fahrig. Und ich, total paranoid, deutete das als Zeichen, dass er Schluss machen wollte. Schließlich war mir eines klar: Tom gehörte zu den Leuten, die sich schnell langweilen.

Gereizt und panisch warf ich ihm vor: »Du triffst dich mit jemand anderem.«

Tom holte zum Gegenschlag aus: »Mutierst du jetzt zum Kontrollfreak?«

Jetzt schweben die Sprechblasen nicht mehr, sie explodieren geradezu.

»Ich frage ja nur.«

»Es gibt eine Macht, die größer ist als wir. Es wird Zeit, dass du das endlich kapierst.«

»Aus welchem Film stammt das denn?«

Tom sah mich nur verständnislos an, was mich hätte stutzig machen sollen. Dann tippt er sich mit dem Finger an die Stirn: »Alles spielt sich nur dort oben ab. Gerade bei dir. Das nervt.«

Diese Antwort beruhigte mich verständlicherweise nicht gerade. Und dann fügte er hinzu: »Du kommst auch noch an die Reihe.«

Ich erinnere mich, dass ich auf die Steinplatten der Treppe starrte, die hoch zum Collegebäude führten. Wie ich jetzt die Fliesen betrachte, während ich in die Duschwanne steige.

»Auch du sitzt hinter Gittern. Deine Gedanken sind eingesperrt. Sie wollen raus, verstehst du?«

»Freiheit für alle Denker.« Wie immer, wenn ich in die Enge getrieben werde, machte ich mich lustig.

»Kapierst du nicht?«, Tom klopfte mit der flachen Hand gegen seine Stirn.

»... das Geratter. Es bringt mich um den Verstand.«

Und mich macht das ständige Geratter der Fragen wahnsinnig. Warum habe ich nicht darauf geachtet? Warum habe ich ihn nicht ernst genommen? Ihn einfach gehen lassen?

Ich schließe die Augen und sehne mich nach... nach irgendetwas um, das mir die Unruhe nimmt und die Bilder verbannt, die mich quälen. Diese Flashs, die hinter meiner Schädeldecke ihr Spiel mit mir treiben, sich anfühlen wie Erinnerungen, nur dass sie einfach keinen Sinn ergeben.

Während sich der Rest draußen in Normalität übt, werde ich mit meiner anderen Welt konfrontiert. Der gekachelte Fußboden zu meinen Füßen hebt und senkt sich. Dann beginnen die Fliesen an der Wand auseinanderzudriften. Die

Fugen bilden tiefe Schluchten, als das Badezimmer um mich herum sich ausdehnt wie ein eigenes Universum.

Das ganze Badezimmer zieht sich in alle Richtungen auseinander. Ich kann nichts dagegen tun. Alle Methoden, die Halluzinationen zu stoppen, versagen. Ich zähle bis hundert, murmele ganze Filmdialoge, ich summe wie ein Wahnsinniger die Melodie von *Incy Wincy Spider* rauf und runter, aber nichts hilft, ganz im Gegenteil, jetzt erscheinen zahllose Spinnen und weben ihre Netze von einer Wand zur anderen. Ich spüre die seidigen Fäden an meiner Haut und frage mich, wie lange sie brauchen werden, um mich ganz einzuhüllen in ihren Kokon aus Fäden. Okay, okay, ich gebe auf. Lasse die Bilder kommen. Wehre mich nicht mehr. Dass ich mit mir selbst rede, kapiere ich erst, als Chris immer noch fluchend am Türgriff zieht.

»Führst du da drinnen Selbstgespräche?«

Ich drehe den Wasserhahn der Dusche auf. Eiskaltes Wasser stürzt auf mich herunter. Nun spaltet sich der Boden. Nicht fallen. Nur nicht fallen. Vorsichtshalber ducke ich mich, kauere mich an die Wand, die sich unter meinem Gewicht windet.

»Ben! Alles in Ordnung, Ben? Ben? Antworte!«

Das Echo von Davids Rufen verebbt. Auch er schafft es nicht, mich zurückzuholen.

Meine Finger krallen sich an die scharfkantigen Ränder der Fliesen, die sich wie Drähte anfühlen. Vergeblich. Unfähig, meinen Griff zu steuern, gleiten meine Hände ab, ich greife ins Leere. Ich muss lachen, denn das erinnert mich an Mr Spock, unseren knallroten Kater in Little Rock, der davon besessen war, Fliegen zu fangen. Ein wiederholtes, sinnloses Grapschen.

Wie er gebe ich nicht auf. Und tatsächlich verändert sich etwas. Meine Arme ziehen sich in die Länge, das sieht ziemlich lustig aus. Obwohl mir die Angst die Luft abschnürt, muss ich erneut lachen. Irgendwie muss ich diesen Scheißzaun doch zu fassen kriegen.

Der Unterschied zwischen einem echten Trip und dieser Horrorshow ist mir völlig klar. Ich weiß, was passiert. Ich kenne das Szenarium. Ich bin bei vollem Bewusstsein. Und auch, als ich einen Draht erwische, begreife ich. Das Blut, das von meinen Handflächen nach unten rinnt, ist nicht echt, nur Fake. Alles lediglich eine surreale Kopfgeburt. Zumindest glaube ich das. Beweisen könnte ich es nur, wenn ich diese Fuckkamera tatsächlich dort oben installiert hätte. Dort oben, wo gerade das Dach wegfliegt und ich in einen Schacht starre, der bis in den Himmel reicht. Dann gelingt es mir, mit der linken Hand den Draht zu fassen, der die Grenze zur Sperrzone hinter dem Bootshaus markiert. Ich wende alle Kraft auf, um ihn zu mir zu ziehen. Achtung, Ben. Wenn er zurückschnellt, wird er dich mit sich reißen. Ich lasse nicht los, kralle mich fest, bis meine Fingernägel sich nach oben biegen.

Vor Anstrengung schwitze ich. Kalter Schweiß rinnt mir vom Nacken aus den Rücken hinunter. Du schaffst es, murmele ich, du schaffst es. Ich höre mich an wie Ronnie, als wir damals versuchten, den Jungs, die mich terrorisierten, zu entfliehen. Wir retteten uns über den Zaun, der den Schrottplatz von Mr Kowalski von der Wohnwagensiedlung trennte, in der Ronnie mit seiner Mutter lebte.

»Kriech unten durch«, hatte Ronnie geschrien. »Schnell. Sie kommen.«

Scheiße, der Draht schneidet mir die Finger ab, aber immer noch besser, als dass sie mich totprügeln, wie sie es angekündigt haben. Ich höre ihre Rufe. »Faggy«, beschimpfen sie mich. »Faggy-Boy!«

Am ganzen Körper klatschnass schiebe ich mich durch die Drähte.

Ronnie zieht mich hinter einen zerbeulten Cadillac. Geduckt rennen wir an ausgehöhlten Karosserien vorbei, bis wir in einem krassblauen Chevrolet aus den Siebzigern ein Versteck finden.

Filmschnitt. Nächster Clip.

Vor mir liegt der Abgrund.

Ein gelblicher Fleck, ein heller Schimmer inmitten der blaugrauen, zerwühlten Fläche. Der Wind reißt Krater in die weiße Gischt des Lake Mirror, bevor er sie wieder zu hohen Säulen aufbäumt.

Ich weiche zurück. Renne davon. Fliege über die weiße Einöde. Ein stechender Schmerz lässt mich aufschreien, als ich mich durch ein hohes Gestrüpp zwänge. Und atme auf, als ich den Holzsteg am Bootshaus erkenne.

Sobald ich die Hütte betrete, beruhige ich mich, gehe in die Knie und lehne den Kopf an die Wand, zwischen deren Brettern sich breite Spalten ziehen. So bleibe ich sitzen, bis sich meine Brust gleichmäßig hebt und senkt.

Ich bin in Sicherheit und gleite hinüber in einen Schlaf, der alle Bilder löscht, bis eine Stimme mich wieder herausreißt.

»Ich habe dich gesucht«, flüstert sie mir ins Ohr.

Ich fahre herum.

Da – in einer Ecke des Bootshauses lauert er. Der Schattenmann. Nur schwer zu erkennen, als handele es sich lediglich um eine Verfärbung der Holzwand, richtet er sich plötzlich auf, wächst, schwebt auf mich zu, hebt die Arme, streckt die Hände nach mir aus... gleich wird er mich packen. Etwas an ihm ist mir vertraut. Und dann ist es plötzlich vorbei.

Die Übelkeit ist sofort da. Ich übergebe mich und bleibe in meiner eigenen Kotze liegen.

»Benjamin! Benjamin! Ist alles in Ordnung?«

Ich antworte David nicht. Soll er doch die Tür einschlagen.

Wie lange ich unter der eiskalten Dusche sitzen bleibe, den

Körper an die kackbraunen Kacheln der Kabine gepresst, weiß ich nicht.

»Warum, warum, warum?«, frage ich mich laut und schlage mit jedem Warum den Hinterkopf gegen die Wand.

Fake

Irgendwann schaffe ich es aufzustehen, aber in diesem Zustand will ich den anderen nicht gegenübertreten. Sie werden es mir ansehen. Sie werden es in meinem Gesicht lesen. David mit Sicherheit. Ihm entgeht nichts. Und Robert weiß es vermutlich schon. Das Wasser läuft immer noch, und da der Abfluss verstopft ist, schwappt das Wasser über das Duschbecken und erreicht gerade den gepunkteten Badeteppich, ein Sonderangebot vom Price Chopper in Fields. Erneut schweben bunte Lichtpunkte hoch. Ich schließe die Augen, hole tief Luft und klammere mich an die Stimmen, die von außen zu mir hereindringen. Was machen die anderen noch hier? Die Vorlesungen müssten schon lange angefangen haben.

Die Überschwemmung um mich herum nimmt unverantwortliche Ausmaße an. Hektisch versuche ich, das Schlimmste zu verhindern, drehe den Wasserhahn ab, stolpere aus der Duschwanne und reiße den Teppich zur Seite. Für einen Moment dreht sich alles, ich rutsche aus und lande auf dem klatschnassen Boden.

Scheiße.

Ich muss es irgendwie schaffen, meine alte Coolness wiederzugewinnen. Im Wasserdampf kann ich zunächst das rosafarbene Handtuch, ein Geschenk von Julia und Rose, nicht finden. Der Spiegel ist so beschlagen, dass ich kaum mein Gesicht erkennen kann. Ich schlinge das Tuch um meine Hüften und wische mit der Hand den Spiegel sauber.

Genau wie ich dachte. Ich sehe aus wie hingekotzt. Auch mein Haar wirkt irgendwie weiß, bis ich merke, dass ich offenbar vergessen habe, das Shampoo auszuwaschen.

Aber der Anfall ist vorbei. Ich spüre, wie meine Beine zittern, plötzlich habe ich tierischen Hunger, doch die Bilder sind verschwunden.

Ich lege Chris' Zahnbürste ins Waschbecken und schöpfe mit dem dazugehörigen Becher das Wasser, so gut es geht, vom Boden. Danach spüle ich den Becher aus, reibe ihn mit meinem Handtuch trocken, stelle die Zahnbürste zurück, wieder genau an den Ort, wo ich sie herhabe.

Mit Chris ist nicht zu spaßen.

Dann hole ich tief Luft, versuche, langsam in den Bauch zu atmen, wo gar keiner ist.

»Dein Body-Maß-Index liegt bei sechzehn! SECHZEHN!«, höre ich den Vampir schimpfen.

»Und Ihrer mindestens bei sechsundzwanzig. Vielleicht sollten wir einen Deal machen.«

Der Vampir mag mich aus Mitleid. Und ich mag sie auch, obwohl sie Hüften hat wie eine Fruchtbarkeitsgöttin.

Seit meinem Klinikaufenthalt muss ich alle vierzehn Tage auf die Krankenstation. Dort wird ein Drogenscreening gemacht, ich werde vermessen, gewogen. Blutabnahme, Urinprobe, EKG. Das ganze Programm. Nur gut, dass sie nicht in meinen Kopf schauen können. Dort würden sie die eigentliche Ursache meines körperlichen Verfalls finden.

Dann übe ich einen möglichst coolen Gesichtsausdruck im Stil von: »He, was geht ab?« – Oder welchen Spruch auch immer man in so einer Situation von sich gibt. Bin mein eigener Quentin Tarantino. Weiß, wie man Szenen baut, Illusionen erzeugt, Zuschauer täuscht.

Ich packe meinen Waschbeutel, den Chris immer Beautycase nennt, weil er nicht aus schwarzem oder braunem Leder ist, sondern knallrot, drehe den Schlüssel um und öffne die Tür.

Kaffeeduft liegt in der Luft und ich hätte mir keine Sorgen machen müssen, wie ich aussehe, denn keiner von ihnen schaut auch nur hoch, als ich die Küche betrete.

Vielmehr sitzen alle da, als posierten sie für ein Gruppenfoto Anfang des 20. Jahrhunderts. Damals bemühte man sich noch um eine gewisse Dramatik. Vor dem Fenster David und Rose eng umschlungen. Auf dem Sofa davor sitzen Chris und Julia aufrecht. Die Tassen auf dem Tisch. Und davor auf dem Fußboden Robert, den Kopf dicht über die Tastatur gebeugt, als hinge sein Leben davon ab.

»Es ist offenbar einfach im Meer verschwunden«, sagt er. »Kurz vor der Landung.«

Ich durchquere den Raum und stelle mich an den Küchenschrank, wo ich eine Packung Cornflakes herausziehe, auf die Chris mit einem fetten Filzer seinen Namen geschrieben hat. Meine Hand fährt in den Karton und holt eine Portion heraus. Den Rest, der zu Boden fällt, schiebe ich mit dem Schuh unter den Schrank.

»Ben – endlich!« David ist der Einzige, der mich überhaupt wahrzunehmen scheint, er mustert mich besorgt.

»Was spielt ihr hier?«, versuche ich testweise einen Witz. »Heilige Familie? Oder die Szene unter dem Kreuz?«

Niemand reagiert. Ich merke, wie die Angst in mir aufsteigt.

»Keine Vorlesungen heute?«

»Fallen aus.« Robert antwortet mir und das ist wirklich ungewöhnlich. Unser Supernovaheld beschäftigt sich normalerweise nicht mit Alltagskram.

Ich starre ihn an, aber er hebt den Blick nicht vom Bildschirm.

»Ist eine Seuche unter den Dozenten ausgebrochen?«

Nun erbarmt sich Rose meiner. Natürlich, es ist immer Rose, die sich erbarmt. »Es gibt eine Versammlung. In einer halben Stunde. Der Dean wird etwas verkünden. Hast du nicht die Durchsage gehört?«

Ich ahne, dass das nicht alles ist.

»Noch etwas?«, frage ich.

»Sie sperren es ab.«

»Was?«

»Das Gelände. Sie machen hier oben alles dicht. Sieh mal aus dem Fenster.«

Richtig klar ist mir nicht, was sie damit meint. Das Handtuch mit einer Hand festhaltend, öffne ich die Tür zu meinem Zimmer.

Das brummende Geräusch von heute Morgen ist immer noch da, nur steht jetzt fest, dass es nicht aus meinem Kopf kommt, sondern von draußen.

Der Blick aus meinem Fenster ist bizarr. Die Szene dort unten auf dem Rasen vor dem Lake Mirror wirkt wie die Vorbereitung eines militärischen Manövers.

College-Security und Männer in orangefarbenen und grauen Anzügen, die sich die Kapuzen über die Köpfe gezogen haben, um sich vor dem Regen zu schützen, schleppen Bauzäune durch die Gegend und laden Betonplatten von mehreren Lastwagen. Arbeiter sind dabei, das Ufer mit Sandsäcken zu sichern. Andere tragen Absperrgitter durch die Gegend. Und ein Trupp Mounties befehligt das Ganze.

Automatisch greife ich nach der Kamera, die auf meinem Schreibtisch liegt.

Es stimmt wirklich, was Tim gestern Abend gesagt hat. Das hier hat ein Ende. Eher, als wir gedacht haben. Und ich habe keinen Plan B.

Ich werfe einen Blick auf meine Uhr. Es ist kurz vor zehn. Gut vier Stunden, bis ich Tim am Bootshaus treffen werde. Dass ich hingehe, daran gibt es für mich keinen Zweifel mehr. Und mittlerweile ist es nicht mehr nur, weil ich erfahren will, woher Tim von Ronnie weiß. Sondern weil ich begreife, dass er mir vor allen anderen eine Chance gibt.

In diesem Moment bringt Debbies aufgeputschte Stimme die heilige Stille im Apartment zum Einsturz. »Ich habe es gewusst«, kreischt sie. »Ich habe es immer gewusst. Und ihr seid darauf hereingefallen. Vor allem Katie. Wo ist sie überhaupt? Ich möchte echt ihr Gesicht sehen, wenn sie es erfährt.«

Nun, niemand sagt ihr, wo Katie ist. Leider weiß ich es auch nicht, sonst würde ich sie sofort herzitieren, weil Debbie immer gut für eine spannende Szene ist und zusammen mit Katie könnte daraus ein richtiger Spaß werden.

Ich laufe zu den anderen zurück, die Kamera im Anschlag. Sie ist geeignet, Wellen auszuhalten, Stürme, Autofahrten – sie wird auch mit Debbie Wilder fertig. Und eigentlich sollte ich Debbie dankbar sein, sie hat es geschafft, Plan B einige Plätze auf meiner Prioritätenliste nach unten zu verschieben.

Debbie steht neben dem Küchentisch. Ihr Gesicht ist weiß, aber hektische rote Flecken auf den Armen lassen sie aussehen, als hätte sie irgendeinen ekelhaften Ausschlag. Das gelbe Strickkleid spannt über ihrem massigen Körper, die Wolle hat sich voller Wasser gesaugt. In ihrer Hand hält sie irgendein zerfleddertes Magazin.

»Was ist passiert, Deb?« Rose löst sich von David und umkreist den Tisch.

»Gleich. Ich muss erst aufs Klo.« Sie presst die Beine zusammen, als sei sie vier. »Immer wenn ich aufgeregt bin, muss ich pinkeln. Aber ich bin nun mal sensibel…«

Sie verschwindet im Bad, die Klospülung rauscht und in der nächsten Minute steckt sie schon wieder den Kopf heraus.

»Hier steht ja alles unter Wasser. Könnt ihr nicht mal putzen?«

Debbies Gesicht hat immer etwas von einem Affen. Einem gelben Schimpansen.

»Deb…«, seufzt Rose. »Erzählst du uns nun, was los ist?«

»Oh, ich hasse es, wenn ich schlechte Nachrichten überbringen muss.«

»Na, klar.« Ich weiß, Chris würde Debbie am liebsten packen und sie schütteln und ich kann es ihm nicht verdenken.

Debbie wirft das Magazin, das sie immer noch in der Hand hält, auf den Tisch. »Die Zeitschrift Mysteries. Sie ist gestern erschienen… Oh Gott, ist mir schlecht.« Und jetzt sieht sie wirklich aus wie die beschissenste Wasserleiche aller Zeiten, so blass ist sie.

»Er hat den Artikel über den Weltuntergang geschrieben. Er, der alles über uns weiß.«

»Komm zum Punkt, Debbie.« Chris greift genervt nach seiner Kaffeetasse. »Von wem oder was sprichst du überhaupt?«

Da steht plötzlich Katie in der Tür. Oder eher eine Mutation von Katie. Sie sieht grauenhaft aus. Offensichtlich ist sie beim Joggen gewesen. Ihre rote Sporthose und die Schuhe sind verdreckt, der schwarze Anorak trieft von Wasser. Sie ist schweißgebadet und zittert am ganzen Körper. Ihre Haare hängen nass in ihrem weißen Gesicht. Sie schaut uns nicht an. Nein, ihr Blick ist starr. Wie gefroren.

Debbie wirft Katie einen Blick zu und blickt dann triumphierend in die Runde.

»Von wem ich spreche? Von Katies bestem Freund. Von Tim Yellad, der gestern mitten unter uns saß und Dosenbier in sich hineingekippt hat. Tim Yellad, ein Name, der genauso falsch ist wie sein erster Deckname Paul Forster. Der Tim Yellad, der sich bei uns eingeschlichen hat. Und warum? Weil er Informationen sammeln wollte. Über uns.«

Sie schlägt das zerfledderte Magazin auf, hebt es in die Höhe. »Hier auf Seite drei.«

Ich zoome mit der Kamera auf die Überschrift. »APOKALYPSE« geschrieben von Sammy Linford.

Debbie lächelt und tippt mit ihrem dicken Zeigefinger mehrmals auf den Namen. »Tim Yellad … ist … Sammy Linford.« Sie schaut zu Katie auf. »Dein heimlicher Lover ist nichts anderes als ein Enthüllungsjournalist der Zeitschrift Mysteries und … in diesem Artikel nennt er das Datum des Weltuntergangs.«

Katie steht immer noch da. Wenn einer von uns sie jetzt berührt, wird sie zusammenfallen, zu Staub … rotem Staub, schießt mir durch den Kopf.

»Er ist tot«, flüstert sie. »Er ist tot. Er hat sich umgebracht. Wie all die anderen auch.« Sie hebt den Kopf. »Bist du jetzt zufrieden, Debbie?«

Mankind

Die Kamera läuft unbemerkt. Der überwiegende Teil der Studenten, der sich jetzt in der überfüllten Eingangshalle drängelt, hat offensichtlich keine Ahnung, warum wir uns hier versammeln. Überall haben sich kleine Grüppchen versammelt, die aufgeregt miteinander flüstern.

Fast habe ich den Eindruck, dass einige von ihnen das hier genießen. Endlich Action, endlich Adrenalin, scheint der eine oder andere zu denken. Haben die nicht mitbekommen, dass es einen neuen Selbstmord gegeben hat? Glauben sie, das alles hier ist eine große Party? Tatsächlich höre ich ein paar darüber jubeln, dass die Vorlesungen ausfallen.

Hallo, kapieren die gar nichts? Da draußen auf dem Campus ist die Hölle los. Dort werden Zäune gezogen, Mauern errichtet. Und ehrlich – ich werde misstrauisch, wenn die Collegeverwaltung ein Büfett errichtet, um uns mit Lachshäppchen und kostenlosen Getränken bei Laune zu halten.

»Ach, Quatsch, das mit dem Meteoritenschauer in Marjanovka ist nur ein Fehlalarm gewesen.« Hinter mir drängt sich ein Mädchen nach vorn. Es hat die dunklen Haare zu einem ewig langen Zopf geflochten. »Irgendein Idiot, der zu viel Wodka intus hatte, hat getwittert, dass fünfhundert Menschen gestorben wären! Und die Medien haben das tatsächlich aufgenommen, ohne es zu überprüfen!«

»Woher weißt du das? Funktioniert das Internet wieder?«, erkundigt sich der Junge neben ihr. Ich erkenne Jeremiah aus dem ersten Semester, den ich manchmal im Club treffe.

Er lächelt mir kurz zu und etwas in mir zieht sich zusammen. Vielleicht, weil er völlige Unwissenheit und Naivität ausstrahlt.

»Vorhin bin ich jedenfalls reingekommen«, erwidert das Mädchen.

Ein zweiter Junge mischt sich ein, ihn kenne ich nur vom Sehen. »Aber das mit dem Flugzeugabsturz in Los Angeles ist tatsächlich wahr. Von einer Minute zur anderen ist die Maschine abgestürzt. Die Piloten haben keinen Notruf abgeschickt. Meine Mom sagte, das Meer habe das Flugzeug einfach aufgesaugt.«

»Worüber reden die?«, frage ich Chris.

»Ein Flugzeug ist abgestürzt. In L. A.«

Mir fällt das betretene Schweigen vorhin im Apartment ein, als ich in die Küche gekommen bin. Nach allem, was danach passiert ist, habe ich vergessen, danach zu fragen.

»Mit dreihundertfünfzig Passagieren«, fügt Julia hinzu.

»Terroristen?«

»Nein«, erwidert Chris. Er sieht sich beunruhigt um. »Wann fangen die endlich an?«

Da wir zu spät gekommen sind, finden wir nur noch einen Platz auf der Galerie, was nicht das Schlechteste ist. Ich trage die Kamera jetzt um mein Handgelenk und fuchtele damit herum, um Debbie einzufangen, die sich unten den Weg durch die Menge bahnt. Rücksichtlos kämpft sie sich nach vorne, wo sich die Häuptlinge positioniert haben.

Dean Richard Walden, Professor Vernon und Brandon stehen dort, wo normalerweise der Flachbildschirm die neuesten Informationen und Nachrichten anzeigt, vor dem Mikrofon und warten darauf, dass sich die Unruhe legt.

»Los doch!«, murmelt Chris neben mir. Julia starrt stumm, die Hände in den Taschen ihres Anoraks, als ob ihr kalt ist. Kann ich nicht verstehen. Mir jedenfalls läuft der Schweiß den Rücken hinunter. Der Kamin glüht und die Halle ist so vollgestopft, dass allein die Körpertemperatur der vielen Studenten das Thermometer auf eine Raumtemperatur von achtundzwanzig Grad ansteigen lässt.

Katie steht direkt hinter mir. David und Rose haben sie in ihre Mitte genommen. Ich rücke zur Seite und mache eine einladende Kopfbewegung, doch Katie reagiert nicht.

Katie ist tough. Normalerweise bringt sie nichts aus der Fassung. Und wenn, zeigt sie es nicht. Und jetzt? Sie hebt kaum den Blick und scheint nichts von dem wahrzunehmen, was sich hier abspielt. Sie hat sich verabschiedet, einfach weggebeamt. Ich kenne das. Und ich respektiere es, deshalb habe ich auch meine Kamera sinken lassen. Egal, was alle sagen. Ich bin kein Voyeur. Nicht, wenn es um meine Freunde geht. Schließlich hasse ich es auch, wenn jemand versucht, meine top secrets ans Licht der Öffentlichkeit zu zerren. Das habe ich nach Tom verstanden.

Sie haben Tim Yellad an der Brücke gefunden, wie schon Susan, Jenn und Taylor. Und genau wie die anderen hat auch Tim sich erhängt. Ich kann es nicht fassen. Katie war von ihrer Joggingrunde am See gekommen und auf die Absperrung der Polizisten und der Security gestoßen. So hatte sie davon erfahren.

War Tim es eigentlich, der die Frage gestern Abend gestellt hat, wer von uns der Nächste ist? Ich kann mich nicht mehr erinnern. Ich sehe immer nur diese gezackte Narbe vor mir, im flackernden Licht dort auf dem Parkplatz. Und diesen Blick, als er mich gebeten, nein, als er mir befohlen hat, ihn am Bootshaus zu treffen.

Ich werde das beschissene Gefühl nicht los, ich sei der Letzte gewesen, mit dem er geredet hat. Dass sein Tod mit mir zusammenhängt – damit, was er mir sagen wollte.

Selbstmord? Daran glaube ich keine Sekunde.

Ich wende den Blick von Katie ab und sehe über die Brüstung nach unten. Überall Gemurmel. Überall Studenten, was mich an die Insel aus *Life of Pi* erinnert. Millionen von Erdmännchen, die neugierig und erschreckt die Köpfe recken, um nichts zu verpassen.

Wie immer gibt es Probleme mit dem Mikrofon. Einer der Sicherheitsleute dreht daran herum. Vernon spielt an seiner Krawatte, als würde er sie wie einen Kompass nach Norden ausrichten, und Brandon lehnt lässig an der Wand. Eigentlich könnte das ein Zeichen dafür sein, dass die Lage nicht hoffnungslos ist, aber Walden macht den Eindruck wieder zunichte, indem er sich ständig mit einem riesigen karierten Taschentuch über die Stirn wischt. Das erinnert mich an Mr Kowalski auf seinem Schrottplatz bei vierzig Grad in der Sonne, wenn er auf Polnisch fluchte über dieses verdammte Wetter und eigentlich nur Schiss hatte, weil Ronnie und ich in irgendeinem Schrottwagen saßen und rauchten.

Ich hebe die Hand und ziehe Kreise in der Luft, um möglichst die ganze Szenerie mit der Kamera einzufangen. Meine Linse erfasst Debbie – und was tut sie? Sie denkt, ich winke ihr, und sie winkt zurück. Ich kann nicht anders. Ich muss lachen. Das hört sich für die anderen vielleicht so an wie – ach, wie immer... Ben nimmt nichts ernst... ich aber spüre, wie mir etwas die Kehle zuschnürt. Und als sei das nicht genug, klatscht von draußen dieser Horrorregen noch immer gegen die großen Scheiben. Die Männer in ihren Arbeitsanzügen, die sich nach wie vor an den Ufern des Sees zu schaffen machen, zerfließen zu orangefarbenen Flächen und scheinen davonzuschweben. Ich hebe die Hand und lasse die Kamera einfach laufen. Irgendwie spacig.

»Wann geht das endlich los?«, fragt Chris erneut, als Walden sich vor das Mikrofon stellt und ein Räuspern durch die Halle dringt. Es klingt, als würde er rülpsen. Ich bin nicht der

Einzige, der das verwechselt. Unterdrücktes Gelächter macht sich breit. Was mich betrifft, handelt es sich um einen Lachreflex, wie er einen auf Friedhöfen überkommt.

»Guten Morgen«, ertönt Waldens Stimme.

Das Gemurmel und Gelächter verstummt so schnell, als hätte er einen Schalter gedrückt.

»Was ich Ihnen jetzt zu sagen habe, fällt mir nicht leicht.« Wieder wischt er sich mit dem Taschentuch über die Stirn. »Ich muss Ihnen leider mitteilen, dass die Polizei und die Regierung von British Columbia eine Schließung des Colleges angeordnet haben.«

Der lähmenden Stille folgt Tumult. Bewegung kommt in die Menge. Hier und da ein Aufschrei, dann wird Walden mit Fragen bombardiert. Walden löst das Mikro aus der Halterung und hebt die Hand: »Ich bitte um Ruhe. Ruhe. Alle Ihre Fragen werden beantwortet.«

»Lügner.«

Ich zucke zusammen. Katie schiebt sich zwischen Robert und mich. »Warum können sie es nicht einfach zugeben? Warum können sie nicht sagen: Scheiße, wir haben keine Ahnung, was vor sich geht, warum einer nach dem anderen hier im Tal krepiert. Warum sagen sie nicht: Ab sofort ist jeder auf sich selbst angewiesen. Rette sich, wer kann.«

Ich bin erleichtert, dass Katie wieder reagiert.

Der Punkt ist nur, dass die Fragen der Menge um uns herum nicht die sind, die wir uns insgeheim stellen. Unsere Kommilitonen geben sich schnell damit zufrieden, dass Walden erläutert, die Selbstmordserie müsse aufgeklärt werden.

»Der Tod von Superintendent Harper hat uns alle tief getroffen. Umso mehr geht es jetzt darum, die Umstände seines Todes zu ermitteln. Zudem hat es einen weiteren Todesfall gegeben. Der Journalist Sammy Linford wurde heute Morgen hier oben tot aufgefunden.«

Ich hebe wieder das Handgelenk, um den Radius der Kamera und das Weitwinkelobjektiv voll auszuschöpfen.

Ein Raunen geht durch die Menge, das eher dem Grusel geschuldet ist als dem Toten. Wie auch. Niemand hier oben kennt einen Sammy Linford und der Name Tim Yellad fällt nicht. Wie gesagt, alles Erdmännchen dort unten. Die sind auf das pure Überleben gepolt. Keiner fragt nach den Gründen, nach dem Zusammenhang zu Harper, nach den seltsamen Aktivitäten auf dem Gelände. Nein, irgendein Student, ein Freshman mit Krawatte, Anzug und frisch polierten Haaren – vermutlich Hauptfach Jura oder … Wirtschaft … erkundigt sich stattdessen, ob das College Kontakt mit anderen Colleges aufnehmen wird, um das weitere Studium zu sichern.

Vernon hat angefangen, hin und her zu laufen wie in einem Käfig. Walden übergibt das Mikrofon Professor Brandon. »Das dürfte kein Problem sein. Schließlich gehören Sie zu den besten Studenten der USA und Kanada.« Selbst von hier aus kann ich sehen, wie er lächelt, bevor er fortfährt. »Ich bin sicher, die Colleges und die Universitäten des Landes werden sich um Sie reißen.«

Erneut setzt Gemurmel ein.

Ich mag Brandon. Wirklich. Er ist der Einzige, mit dem ich über Toms Tod geredet habe. Aber manchmal geht mir seine joviale Art tierisch auf die Nerven. Vielleicht auch nur, weil sich um mich garantiert kein College reißen wird. Ich wundere mich wieder, wie schnell sich die angebliche Elite von morgen von derartigen leeren Versprechungen beruhigen lässt.

»Mr Fox, Sie haben eine Frage?«

Eine Art Welle geht durch die Menge. Alle wenden sich mir zu. Hunderte von Gesichtern. Ich halte den Arm noch immer ausgestreckt. Es war eine Scheißidee, die Kamera am Handgelenk zu befestigen.

Ich will schon den Kopf schütteln, als eine Stimme die erwartungsvolle Stille durchschneidet.

»Wann?«

Wie Robert das macht? Keine Ahnung. Aber sobald er seine Stimme erhebt, hat das eine ähnliche Wirkung wie damals, als sich vor Moses das Rote Meer teilte. Zack. Stille.

»Sie haben genug Zeit, um Ihre Sachen zu packen. Morgen stehen die Busse ab 8:00 Uhr morgens zur Abreise bereit.«

Unwillkürlich sehe ich auf die Datumsanzeige meiner Armbanduhr. Heute ist der 18. März. Morgen, am 19. März, wird unsere Zeit im Tal enden. Und was wird übermorgen sein?

Gemurmel erhebt sich. Hier und da auch laute Protestrufe, aber Revolutionen sehen anders aus. Keiner stürmt die Bastille, den Winterpalast, sprich das Gebäude muss keinem Ansturm standhalten – außer dem wütenden Brüllen des Regens – aber das ist vermutlich nur der erste Schock. Ich bin sicher, ein Teil der Studenten geht bereits im Kopf durch, ob die Koffer reichen.

Ich denke an die Szene im Apartment zurück, an die schreienden Buchstaben, die über Tims Artikel prangten; und an das Datum, das er genannt hat.

APOKALYPSE.

Rot auf weißem Grund, in riesigen Lettern. Nun ist die Apokalypse eine wirklich gute Geschichte. Ein super Filmstoff, und seit ich *Life of Pi* in 3-D gesehen habe, scheint mir Religion gar nicht mehr so irreal, weil es ist einfach eine geniale Idee, die Sache mit den Göttern. Irgendwann scheint ja die Welt begonnen zu haben, zumindest gibt es die Sache mit dem Urknall, und dann ist das Ende nur logisch, oder?

So jedenfalls erklärt es der Artikel.

David hatte ihn uns schließlich vorgelesen, Wort für Wort, in seiner tiefen sonoren Stimme, die genauso gut die Stimme eines Nachrichtensprechers hätte sein können.

Die Anzeichen häufen sich, hatte Tim geschrieben.

Der Tag naht.

20.03.2013

Der Countdown läuft.

Was werden Sie an diesem Tag tun?

Vernon übernimmt. Die Sprecherwechsel der Dozenten wirken wie einstudiert, aber wann sollen sie geübt haben. Heute Nacht?

Der Student mit der Krawatte meldet sich erneut: »Und was ist mit den Abschlussprüfungen? Wir verlieren ein Semester, wenn wir die Prüfungen nicht ablegen können. Das Studium hier oben kostet mich Tausende von Dollars und …«

»Sobald Sie wissen, an welches College Sie gehen werden, setzen wir uns mit den Kollegen dort in Verbindung, sodass Sie die Prüfungen umgehend nachholen können«, erklärt Vernon. »Sie können uns glauben, wir tun alles Menschenmögliche.«

Menschenmöglich …

»Sie können mit jedem Problem zu uns kommen«, ergänzt Brandon. »Haben Sie keine Scheu, heute an unsere Tür zu klopfen. Und vergessen Sie nicht, was Sie hier gelernt haben. Das Grace war etwas Besonderes. Eine Forschungseinrichtung, in der Sie, also jeder Einzelne von Ihnen, als das betrachtet und gefördert wurde, was er ist: ein frei denkender Geist, ein Individuum. Ihre Neugierde, Ihre Leidenschaft … ist Ihr Kapital, nicht das Resultat Ihrer Prüfungen. Glauben Sie an sich, wie wir an Sie geglaubt haben und es weiter tun.«

Ich muss zugeben, dass Brandon uns dieses Gefühl immer gegeben hat. Ich meine, die Freiheit. Aber Freiheit ist nicht alles, oder?

»Eine Freiheit, die Tote hervorbringt«, murmelt Katie, »ist Bullshit.«

»Im Weltall geht nichts verloren«, murmelt Robert, ohne sich umzudrehen.

War es eine freie Entscheidung, dass sie alle den Tod gefunden haben? Was, wenn es Mächte gibt, die größer sind als wir und... Ich schüttele den Kopf. Es gibt sie. Es gibt Dinge, die außerhalb des Verstandes liegen. Solange wir das nicht kapieren, brauchen wir Gott. Er ist nichts als das X in der Weltformel. Das wir nicht begreifen, von dem wir die meiste Zeit nichts ahnen und das, wann immer es will, uns am Arsch hat.

Philosophie.

Vielleicht wäre das mein Hauptfach gewesen. Solange ich mich mit diesen Fragen herumquäle, kann ich keine Filme drehen. Kann ich nicht so tun, als sei ich fähig, Regie zu führen.

Eine Studentin meldet sich. Ich kenne sie. Sie bedient manchmal im Club Voltaire. »Wie soll ich auf die Schnelle einen Flug buchen? Ich muss nach L. A.«

»Der Flughafen ist sowieso geschlossen«, ruft jemand in der Menge. »Sie überprüfen die Flugsicherung wegen des Absturzes. Sie sagen, es ist ein Problem mit der Software.«

Die Software, schießt es mir durch den Kopf, in diesem ganzen Weltspiel sind wir. Und damit stimmt definitiv etwas nicht.

Ich muss laut lachen. Einige Leute drehen sich irritiert zu mir um und Julia schüttelt den Kopf. »Oh Mann, Ben, du kapierst wohl gar nichts.«

»Und du?«

Jetzt wird sie aggressiv. »Du kannst einfach zurück nach Hause, nach Little Rock«, faucht sie. »Robert und ich... wir können nirgendwo anders hin.«

»Es gibt immer welche, die beschissener dran sind als man selbst«, erwidere ich. »Aber letztendlich macht es doch keinen Unterschied, oder?«

»Was meinst du«, fragt Julia misstrauisch.

»Du hast es doch gehört. Die Apokalypse naht. Die Anzeichen häufen sich.«

Ha. Ha. Ha.

David musste Chris vorhin stoppen, als er die Zeitschrift mit dem Artikel einfach zerreißen wollte.

»So ein Scheiß«, hatte er Debbie angebrüllt. »Da draußen verrecken Leute, Freunde von uns – und du schleppst diesen Müll an?«

»Aber das hat Tim selbst geschrieben!« Debbie war puterrot im Gesicht geworden, als Chris ihr die Zeitschrift schließlich vor die Füße warf.

»Noch nie von Quote gehört, Miss Chefredakteurin? Von Journalisten, die Auflage machen müssen?«

Und Rose hatte ruhiger hinzugefügt: »Mensch, Debbie, kapier doch, das hier ist keine Geschichte aus irgendeinem deiner Heftchen, die du liest. Tim ist tot!«

Debbie hatte wie üblich angefangen zu kreischen und die Zeitschrift vom Boden aufgehoben. »Ihr habt ja keine Ahnung. Und du, Chris Bishop, du wirst noch an meine Worte denken.« Damit war sie aus dem Zimmer gerauscht.

Quote? Hatte Chris recht? Ging es im Grunde genommen nur darum? Ich muss an Tims nagelneues Auto denken. Aber dann fallen mir wieder seine Worte ein und ich erinnere mich an den tödlichen Ernst, mit dem er sie ausgesprochen hat.

Die, die nach uns kommen, sollen wissen, was passiert ist.

Ich konzentriere mich wieder auf Brandon, der gerade erklärt, dass Flugpläne ausgehängt werden.

»Ich verspreche Ihnen, dass Sie so schnell wie möglich an Ihren Heimatort gebracht werden. Wir stehen bereits jetzt in engem Kontakt zu allen Fluggesellschaften.«

»Und wer bezahlt das?« Wieder eine Stimme aus der Menge.

»Worüber verflucht noch mal redet ihr?«, ruft Katie von oben. »He! Hallo? Kapiert ihr das? Da sind Menschen gestorben. Leute, die sich darum gekümmert haben, was hier oben vor sich geht. Die Fragen gestellt haben. Die echten Fragen!«

Ich kann mir genau vorstellen, wie Katie sich jetzt fühlt. Beschissen. Denn was sie gesagt hat, verpufft einfach. Jedes Wort löst sich in Nichts auf, sobald sie es ausgesprochen hat. Nichts schwingt zurück. Kein Interesse, keine Neugierde, schon gar keine Angst. Im Gegenteil. Was ich schon oft vermutet habe, stellt sich als wahr heraus. Die Gehirne der Genies sind nichts als Durchlauferhitzer, die Informationen verbrennen. Ein Teil von ihnen verlässt bereits den Saal.

»Die gehen, um ihre Koffer zu packen«, murmelt Chris. »Und genau das sollten wir auch tun.«

»Wohin?«, fragt Julia verzweifelt. »Wohin sollen *wir* gehen?«

Wäre das ein Film… und ich meine ein echter Film, mit Drehbuch, Dramaturgie und einem spannenden Plot, dann wäre das der Cliffhanger.

Und ich würde abschalten.

Doch die Kamera läuft weiter.

Es kehrt Ruhe ein, als Brandon wieder das Wort ergreift. »Miss West hat völlig recht. Wir sollten eine Gedenkminute halten. Ich bitte Sie, auf ihren Plätzen zu bleiben und eine Minute lang im Gedenken an die Toten zu schweigen.«

Eine Minute kann sehr lang sein.

Keine Ahnung, wie viele Gehirnschaltungen und Nervenverknüpfungen da stattfinden. Vermutlich Millionen, Milliarden. Meine Kamera schafft nur 15 Bilder in einer Sekunde. Das macht immerhin 9000 Bilder in einer Minute. Und eins davon geht mir nicht aus dem Kopf.

Wie Debbie da vorne steht in ihrem ausgebeulten Strickkleid und ihr Blick Angst verrät. Nicht die Angst, ich könnte ihren Stringtanga gefilmt haben oder ihr BH sei geplatzt, sondern Todesangst.

Die Schweigeminute endet und es kommt Bewegung in die Menge. Nur Debbie bleibt stehen, wo sie ist. »Mr Walden, Mr Brandon... Mr Vernon...«, versucht sie, sich Gehör zu verschaffen, während das Gerede und Gemurmel um sie herum lauter wird. »Was ist mit dem Weltuntergang, über den Mr Linford geschrieben hat? Was ist mit dem Datum, das er genannt hat. Der 20. März? Übermorgen?«

Debbie, Debbie, Debbie, denke ich.

In Brandons Gesicht erscheint ein Lächeln: »Für welche Zeitschrift hat Mr Linford noch einmal geschrieben, Miss Wilder?«

»Mysteries.«

Okay, jeder ist froh, wenn er in so einer angespannten Atmosphäre einen Grund findet zu lachen.

Und ehrlich, ich hätte es auch getan. Hätte ich Tim nicht gekannt, hätte er nicht von der Menschheit gesprochen und würde ich nicht in diesem Moment Roberts Blick auffangen. Und dieser Blick ist dem Ausdruck von Todesangst in Debbies Gesicht verdammt ähnlich.

Series

Mein Magen knurrt, aber ich will eigentlich nicht mit den anderen in die Mensa, weil ich keine Lust habe, unsere bevorstehende Abreise, Tim Yellads Tod und alles, was hier eigentlich passiert, wieder und wieder durchzukauen, ohne zu einem Ergebnis zu kommen. Andererseits gibt es keine Fluchtmöglichkeit, weil die Welt draußen im Regen versinkt und ein ziemlich ätzender Wind ihn kreuz und quer durcheinanderwirbelt.

Weltuntergang, schießt es mir durch den Kopf. Warum noch warten? Er ist ja schon da.

Ich überlege, mich zurückzuziehen, aber letztendlich folge ich doch der Menge, die in den Speisesaal strömt. Das Letzte, was ich jetzt brauche, ist ein einsames Zimmer um mich herum. Gibt meinem Hirn nur wieder die Chance, seine ganz eigene Apokalypse auszuspucken.

Die Schlange an der Essensausgabe ist ewig lang und die Leute sind ungeduldig, nervös. Immer wieder bekomme ich einen Stoß in den Rücken. Kein Wunder, dass alle gereizt sind. Vielmehr ein Wunder, dass sie angesichts der Ereignisse und schlechten Nachrichten sich noch an das Gesetz der Schlange halten und überhaupt an Essen denken.

»Schnell, schnell.« Die Chinesin hinter der Essensausgabe starrt mich mürrisch durch ihre dicke Brille an, die noch aus prähistorischer Zeit stammen muss. Ich kann mich nicht an ihren Namen erinnern.

»Okay, ich möchte ...«

»Nur noch Fisch.«

Ich starre hoch zur Tafel. Verdammt, alle Gerichte außer Lachs sind durchgestrichen, und schon wieder Pancakes... nein, ich kann sie nicht mehr sehen.

»Okay, dann...«

Die Lippen aufeinandergepresst, hält sie die Schöpfkelle hoch und will die Soße in der Farbe eines fauligen Eis über den blässlichen Fisch kippen.

»Nein, danke, keine Soße«, sage ich gerade, als sie den Lachs schon in der ekelhaften Soße ertränkt.

»Viel essen. Vitamine«, erklärt sie mir.

»Würde ich ja gerne«, erwidere ich. »Aber jetzt ist der arme Fisch tot.«

Sie versteht den Scherz nicht, sondern nickt. »Ja, tot. Wenn du nicht isst.«

Ich will ihr schon ein Lächeln aus der Kategorie charming guy schenken, als sie langsam vor meinen Augen verschwimmt. Obwohl, verschwimmt ist nicht das richtige Wort. Sie verblasst. Etwas entzieht ihr ganz langsam die Farbe, sie wird grau wie meine ganze Umgebung, während zwei Worte in meinen Ohren nachhallen: Ja. Tot.

Die Männer in Orange fallen mir ein, die schweren Arbeitsgeräte im Regen. Was haben die dort draußen eigentlich vor, wenn sie das College sowieso schließen? Wozu die Mühe? Bisher bin ich immer davon ausgegangen, dass sie eine Flutung des Sees aufgrund dieses unglaublichen Regens verhindern wollen – aber wäre das nicht egal, wenn hier keine Menschenseele mehr ist?

Moment, was, wenn ich falsch denke? Was, wenn... wenn sie uns alle anlügen und sie einfach nur das Tal verbarrikadieren? Weil es gefährlich ist, böse, unkontrollierbar?

Was, wenn... sich all das hier nur in meinem Kopf abspielt und gar nicht real ist und ich gleich in der Dusche aufwache?

Angst schießt in mir hoch. Sie fließt durch meinen Körper und nimmt mir den Atem.

Ich sitze in der Falle. Ich kann nicht zurück in die Vergangenheit, nicht in der Gegenwart bleiben. Der einzige Ausweg ist die Zukunft, die in den Sternen steht. Das wäre es. Flucht auf einen anderen Planeten. Zu blöd, dass die NASA ihre Weltraumfahrten abgebrochen hat.

Von hinten legt sich eine Hand auf meine Schulter. Ich zucke zusammen und irgendwie bleibt die Luft in meinen Lungen hängen. Ich habe das Gefühl, mein Brustkorb bläht sich auf zu einem riesigen Ballon. Gleich platzt er.

»Hi, Benjamin«, reißt mich eine Stimme zurück, als zöge mich eine Hand kurz vor dem Ertrinken aus dem Wasser. Vor mir steht Jeremiah. »Was wirst du machen?«

Ich starre ihn völlig irritiert an.

»Wenn du hier weggehst.«

Ich schüttele automatisch den Kopf. Ich werde nicht von hier fortgehen, will ich schon sagen, aber im letzten Moment überlege ich es mir anders.

»Ich war hier sowieso schon auf dem Absprung«, erwidere ich lässig. »Ich kehre erst mal nach Hause zurück und dann bewerbe ich mich an irgendeinem anderen College. Mache was mit Filmen oder so.«

Jeremiah nickt. »Guter Plan.«

»Und du?«

»Ich weiß nicht. Ich habe ein Stipendium für das Grace. Aber ob ich das woanders kriege...«

»Ein Stipendium?«, frage ich und offenbar liegt etwas in meiner Stimme, das ihn alarmiert. »Hast du dich dafür beworben?«

»Klar«, antwortet er irritiert. »Sonst hätte ich es ja wohl kaum bekommen.«

Eben.

Wir, Julia, Robert, Rose und David, Chris und Katie, wir alle haben ein Stipendium, obwohl wir uns nicht beworben haben. Damit hat alles seinen Anfang genommen. Und hey, kommt mir plötzlich der Gedanke, sind wir deswegen auch die Einzigen hier, die überhaupt keinen Plan B brauchen? Weil es für uns bereits einen Plan A gibt?

Ich vergesse Jeremiah und dränge mich an den Tischen vorbei zu den anderen. Ich ignoriere alles, was ich im Vorbeigehen höre. Alle Satzfetzen, die sich um das College, die Zukunft, den Flugzeugabsturz und den Sandsturm in Guatemala drehen. An unserem Tisch schiebe ich mich auf einen freien Stuhl. Vermutlich hätten alle einen festen Sitzplatz, wenn ich nicht immer das System zum Kippen brächte. Am meisten macht es Spaß, Debbies Stuhl am unteren Kopfende zu besetzen. Ähnlich wie ein Hund sein Revier markiert, indem er an alle Bäume pinkelt, hat Debbie diesen Platz okkupiert, indem sie dort ein von ihrer verstorbenen Großmutter besticktes Tischset deponiert hat sowie eine Kerze. Da von ihr nichts zu sehen ist, lasse ich mich auf ihren Platz fallen, ziehe ein Feuerzeug aus der Hosentasche und zünde die Kerze an.

»Und sehet, die letzte Kerze brennt…«, deklamiere ich, ernte jedoch nur Missachtung.

»Wir müssen uns um unsere Flüge kümmern«, erklärt Chris, »bevor die Plätze alle weg sind.«

»Wo wir sterben, spielt doch keine Rolle«, erwidert Katie. »Ist doch egal, wo es uns erwischt. Im Flugzeug, in L.A., hier im Tal…«

So wie sie aussieht, meint sie es ernst. Dass Katie, ausgerechnet die skeptische Katie, die alles und jeden in den Zweifel zieht, einmal an die Apokalypse glauben würde – das erschreckt mich vielleicht mehr als alles andere.

»Wir sind erst tot, wenn wir sterben«, sagt Robert.

In diesem Moment taucht Debbie auf. Auf ihrem Tablett liegt die inzwischen völlig zerfledderte Zeitschrift und ein Teller nur mit Reis.

»Meinst du nicht, du solltest dich satt essen für das große Finale?«, spotte ich.

»Du sitzt auf meinem Stuhl.«

»Warum? Steht da irgendwo dein Name drauf?« Ich erhebe mich lässig, hebe den Stuhl hoch und werfe einen Blick auf die Unterseite. »Und mal ehrlich, wozu brauchst du einen Stuhl, wenn die Welt sowieso untergeht?«

Seltsamerweise reagiert sie überhaupt nicht darauf. Stattdessen nimmt sie Davids Stuhl und lässt sich darauf fallen.

Peng!

Wie wenn in China ein Sack Reis platzt, denke ich und mir fällt der Name der Bedienung wieder ein.

Cheng.

Cheng Shu.

Dass mein Gedächtnis wieder funktioniert, verschafft mir ein Gefühl der Erleichterung. Ich steche mit der Gabel in den Fisch, der augenblicklich zerfällt.

»Okay, Leute.« Chris hebt die Hand. »Offenbar bin ich der Einzige hier, der auf dem Boden der Tatsachen bleibt. Das College wird geschlossen, nicht mehr, nicht weniger. Umso besser, dann können wir endlich abhauen und den ganzen Vergangenheitsscheiß hinter uns lassen. Einfach neu anfangen.« Er legt den Arm um Julia. »Und das gilt auch für dich und Robert. Ihr habt schon lange nichts mehr von den Typen gehört. Wahrscheinlich haben sie schon lange aufgegeben.«

»Die geben nicht auf«, widerspricht Julia verzweifelt. »Sie wollen Robert finden. Er kennt ihre Gesichter. Und wenn es anders wäre, hätten sich unsere Kontaktpersonen...« Sie bricht ab und sieht sich um. Manchmal vergessen wir alle, dass Julia und Robert von den Mördern ihrer Eltern gejagt werden. Dass sie im Zeugenschutzprogramm sind. Dass jedes falsche Wort sie in Gefahr bringen kann.

»Dann geben wir eben auch nicht auf«, beharrt Chris.

Julia widerspricht Chris nicht, aber es ist offensichtlich – kein Wort, von dem, was er sagt, kann sie trösten.

»Du glaubst es immer noch nicht, stimmt's?«, schreit Debbie plötzlich los und deutet mit ihrer Gabel auf Chris. »Du glaubst nicht, was in dem Artikel steht. Dass es keine Zukunft mehr gibt. Aber es war Tim, der das geschrieben hat. Der Tim, dem ihr die ganze Zeit vertraut habt. Er war Journalist. Deshalb war er hier oben. Er war der Wahrheit auf der Spur. Nur darum ging es ihm, von Anfang an!«

»Warum sollten wir ihm glauben, Debbie?« Chris schüttelt den Kopf. »Du hast es selbst gesagt, er hat uns nach Strich und Faden belogen. Er hat sich sogar zuerst als Paul Forster ausgegeben.«

Ich werde nervös. Mir fällt wieder ein, dass ich es nie geschafft habe, Tim Yellad mit der Kamera aufzunehmen. Andererseits, vielleicht steckte auch irgendein Trick dahinter. Die Sache mit Ronnie jedenfalls – die hätte jeder gute Journalist recherchieren können, so viel ist mir inzwischen klar.

»Vielleicht wusste er ja damals schon, dass Paul Forster dort oben in der Eishöhle liegt«, fährt Chris fort.

»Ich will nicht daran denken«, flüstert Rose. »Warum haben sie die Stelle eigentlich nie gefunden?«

Wir alle können uns das nicht erklären. Nach Katies Bericht über Paul Forsters Leiche in der Gletscherspalte hatte man eine Suchmannschaft losgeschickt, um den Toten zu bergen. Vergeblich. Obwohl Katie mit dort oben war, konnten sie die Gletscherspalte nicht mehr finden, in der Paul lag. Vielleicht hatte eine Lawine sie unter sich begraben, vielleicht hatte sich Katie in der Stelle geirrt, vielleicht hatte die

Spalte sich verschoben, keine Ahnung, ob so etwas möglich ist. Jedenfalls wurde Paul Forster nie gefunden...

Etwas streift mich. Ewiges Eis. Gleißendes Licht. Kälte. Eine Stimme. Worte. Ich spüre das Blut in meinen Ohren pochen. Weiße Blitze vor meinen Augen.

»Er war nicht sofort tot«, murmle ich. »Er hat noch gelebt.«

»Woher willst du das wissen?«, fragt Katie. »Du warst doch gar nicht dort. Du bist auf dem Ghost einfach abgehauen. Mit Chris. Ich war es, ich habe in der Gletscherspalte mein Leben riskiert, um Ana Cree zu retten.«

Sie hat recht. Aber mein Gefühl sagt mir, dass es stimmt, was ich sage. Paul Forster war nicht sofort tot.

Nur, woher weiß ich das?

Übelkeit schießt in mir hoch. Ich möchte aufspringen, einfach nur weg... hätte mich nicht an diesen Tisch setzen sollen. Eiswände, die sich auf mich zubewegen. Ich bekomme keine Luft. Kalter Atem rasselt in meinen Lungen.

»Benjamin«, höre ich Rose aus der Ferne. »Was ist?«

Ich komme zu mir. Spüre immer noch, wie ich innerlich zittere.

Ausgerechnet Debbie erspart mir eine Antwort. Reis klebt in ihren Mundwinkeln, als sie aufsteht. »Alles, was ihr tut, ist quatschen«, sagt sie verächtlich. »Ihr werdet noch quatschen, bis das Ende da ist. Aber ich«, selbstgefällig wirft sie sich in die Brust. »Ich werde etwas tun. Mir soll niemand nachsagen, dass ich nicht gehandelt hätte.«

Damit rauscht sie ab und lässt einen halb leeren Teller voller Reis zurück.

Für einen Moment herrscht Schweigen.

»Debbie hat recht«, murmelt Robert.

Julia zieht eine Augenbraue hoch. »Dass wir zu viel quatschen?«

Robert schüttelt den Kopf. Er ist plötzlich totenbleich. »Nein. Über das Ende. Es stimmt. Ich… ich kann es sehen.«

»Ach ja? Die Wahrheit ist, du kannst überhaupt nichts vorhersehen, Robert«, brüllt Katie plötzlich los. »Konntest es noch nie.«

Überall heben sich Köpfe. Sie starren uns an. Cheng Shu, die Chinesin hinter der Theke, die Studenten, die Professoren.

Aber Katie bemerkt es nicht. »Nicht einmal, was in der nächsten Sekunde passiert.«

»Achtung, dein Wasserglas…«, Robert hebt die Hand.

Genau in diesem Moment stößt Katie mit dem Ellbogen dagegen, das Glas fällt um und eine Wasserlache breitet sich auf dem Tisch aus.

Die Kerze vor mir erlischt.

Wir halten alle den Atem an. Bis die Tür aufgeht und David hereintritt, in der Hand einen großen Umschlag. Er lässt sich auf den letzten freien Stuhl fallen und schiebt mir den Umschlag entgegen. Irritiert runzle ich die Stirn, als ich den Absender lese.

David greift nach dem Wasserkrug und gießt sich ein Glas voll.

»Worüber redet ihr?«, fragt er.

Face Time

Debbies Kleid zeigte einen riesigen Schokoladenfleck oberhalb ihres rechten Knies. In der grellen Halogenbeleuchtung des Computerdepartments fielen die Flecken besonders auf, hier sah ein winziger Eiterpickel wie ein Kürbis aus.

Sie hatte den Fleck erst auf der Versammlung bemerkt, als eines dieser Girlies aus dem ersten Studienjahr auf sie gedeutet und mit ihrer Freundin getuschelt hatte. Dann waren beide in Gelächter ausgebrochen. Blondinen. Mit so glatten Haaren, als trügen sie ständig ein Glätteisen in der Tasche.

Als ob das jetzt noch eine Rolle spielte. Als ob Zeit bliebe, sich umzuziehen.

Sie stand in der Tür und starrte in den leeren, eiskalten Raum. Offenbar hatte man hier die Heizung abgedreht.

Sie dachte an die anderen, die vermutlich noch immer gemütlich in der warmen Mensa saßen. Ja, sie war die Einzige, die Mumm in den Knochen hatte. Nicht einfach tatenlos herumsaß. Als Erstes hatte sie draußen die Lage gecheckt. Der Wind hatte sie mit aller Macht zum Gebäude zurückgedrängt, aber sie hatte dennoch sehen können, wie die hohen Betonwände, die sie aus Fields herbeigeschafft hatten, das Ufer des Lake Mirror inzwischen fast vollständig absperrten. Die Uferwege waren mit großen Gittern gesichert. Und dann war einer der Security-Beamten gekommen und hatte ihr mit barscher Stimme befohlen, sofort ins Gebäude zurückzukehren.

»Ich berichte für die Collegezeitung«, hatte Debbie protestiert.

Das Lachen, das seine Antwort begleitete, bekam sie nicht aus dem Kopf.

»Es gibt kein College mehr«, hatte er gesagt.

Es gibt kein College mehr. Woran die da oben noch immer zweifelten, allen voran der bescheuerte Chris, dort draußen wussten sie es schon längst.

Und die Welt, die sie sich aufgebaut hatte, das Tal, in dem sie Zuflucht gefunden hatte… all das war dabei, sich selbst zu zerstören.

Ihr blieb nur noch ein kleines, ein winziges, ein Mikrozeitfenster, um ihre Pläne umzusetzen.

Wir sind erst tot, wenn wir sterben.

Robert hatte das gesagt.

Der Gedanke jagte ihr Angst ein. Die anderen konnten sagen, was sie wollten. Irgendetwas ging dort draußen in der Welt vor sich. Und das Tal zeigte sein wahres Gesicht.

Aber sie musste die Panik unter Kontrolle bringen. Sie wollte alles wissen. Alles. Und wenn sie es mitnehmen würde ins Grab. Ein Grab, das nicht aussehen würde wie die auf der Lichtung beim Gedenkstein, auf dem Friedhof, den Rose, die romantische Rose, mit Blumen schmückte, um der Toten zu gedenken.

Und Wissen – das hieß, Angela Finders Erbe endgültig anzutreten. Angela Finder musste als Erstes hier im Tal oben ihr Leben lassen, weil sie den Schlüssel in der Hand gehalten hatte. Davon war Debbie schon seit Langem überzeugt.

Sich im CD aufzuhalten, das bedeutete für Debbie das Schlimmste überhaupt. Sie konnte die Anzeichen schon spüren. Das Gefühl, als ob sich ihre Haut ablöste und von ihr wegschwebte wie ein Blatt, eine ganze Wolke von Ahornblättern, die mit einem Windstoß von den Ästen gelöst und in alle Richtungen geweht wird.

Angst. Angst. Angst.

Es gelang ihr nicht, frische Luft in ihre Lungen zu pressen. Bilder drängten sich in ihrem Kopf. Die Erinnerungen an Alex Cooper. Sie hatte ihn geliebt und er – er hatte sie umbringen wollen. Und er war der Mörder von Angela Finder.

Angela Finder war das weibliche Genie in der Welt der Hacker gewesen. Ihr Name geisterte immer noch durch das Netz. Und sie hatte das Wissen besessen. Vielleicht verglühte die Erde, vielleicht würde sie, Debbie, zu einem erloschenen Punkt in der Milchstraße, die unendlich war. Aber Debbie wollte erst gehen, wenn sie dieses Erbe angetreten hatte. Ihr blieben vielleicht nicht mehr als achtundvierzig Stunden.

Aber die gehörten ihr.

Die Geister, die hier unten waren, die Geheimnisse – sie würde sich ihnen stellen. Entschlossen wandte sie sich um, schloss die Tür hinter sich, drehte den Schlüssel zweimal herum und ließ ihn stecken. Sie würde diesen Raum erst verlassen, wenn sie mit Angela Finder ihren Frieden geschlossen hatte.

Ihre Hände griffen ineinander, lösten sich wieder und erneut begann sie, sich am linken Handgelenk zu kratzen, wo die Haut immer weiter aufriss. Sie ließ das Blut einfach laufen. Es war ein gutes Zeichen. Das Zeichen, dass sie lebendig war.

Sie zog ihre Notfallmedikamente aus dem Seitenfach der Tasche und schluckte eine… nein, besser zwei der Beruhigungspillen. Als sie im Hals stecken blieben, hatte sie das Gefühl, sich übergeben zu müssen. Doch sie gab lediglich einige Würgegeräusche von sich, weshalb sie eine halbe Dose Cola hinterherschob und einen Schokoriegel.

Danach fühlte sie sich besser.

Debbie wartete ein paar Minuten und spürte die Entspannung in jeder Faser ihres Körpers. Ja, das war besser. Viel besser. Und dieses Gefühl verstärkte sich, als sie sich nun durch die Tischreihen schob und einen Computer nach dem anderen zum Laufen brachte. Das Geräusch beim Hochfahren des Systems und das Blinken der Bildschirme ließen für einige Sekunden Euphorie aufkommen. Wie toll wäre es, wenn sie nur die Hand zu heben bräuchte. Sie würde auf einen der Bildschirme deuten und allein durch die Macht ihres Willens – jede Information erhalten, die sie wollte.

Sie nahm in der vordersten Reihe Platz, wo es möglich war, sich über ihr Notebook in das Hochschulnetz einzuloggen. Dann musste sie es nur noch so konfigurieren, dass er alle anderen Rechner steuerte. Nun war sie Herrin über fünfundzwanzig Rechner, die nach ihrem Willen funktionierten oder besser nach dem Prinzip von Brute Force, einer Software, die bei kurzen einfachen Passworten anstandslos ihren Dienst tat. Debbie hatte monatelang an dem Programm herumgefeilt und war Angela nun dicht auf den Fersen. Sieben Walls hatte sie bereits überwunden, um immer wieder auf einen weiteren Schutzwall zu treffen.

Während endlose Programmzeilen über die Bildschirme jagten, öffnete Debbie mit lautem Zischen die zweite Dose, die überschäumte und auf ihre Strumpfhose spritzte. Egal. Debbie überlegte einen Moment, klickte dann im Verzeichnis *Grace Chronicle* eine neue Textdatei auf und begann zu schreiben.

Am Vormittag hat Prof. Dr. Walden offiziell bekanntgegeben, dass das Grace College zum 19.03.2013 geschlossen wird. Offizieller Grund dafür ist die Reihe von Todesfällen in den letzten Jahren und insbesondere die Selbstmordserie in den Monaten nach dem Attentat von Tom Lewinsky vor einem Jahr.

Sie hob die Cola an die Lippen, und als sie leer war, knüllte sie die Dose zusammen und warf sie in den Papierkorb neben sich.

Und weiter.

Heute Morgen wurde der letzte Todesfall bekannt. Sammy Linford wurde erhängt im Grace Valley aufgefunden. Der Journalist hatte am Tag zuvor in seinem Artikel in der Zeitschrift »Mysteries« das Ende der Welt vorausgesagt und damit eine Lawine an Fragen und Vermutungen losgetreten.

Debbie schrieb schnell und konzentriert.

Ja, es gab Leute, die nicht an die Apokalypse glaubten, aber das war ihr Problem. Sie mussten diejenigen informieren, die nach den Anzeichen suchten, die wussten, überzeugt waren – diese Welt ist endlich. Auch diesmal dauerte es wieder nur wenige Sekunden, bis ihr der letzte Satz einfiel.

Der Countdown läuft... Punkt!

Zum Schluss setzte sie ihren Namen darunter: Deborah M. – M. stand für Martha – Wilder und das aktuelle Datum darunter. Fertig.

Die Nachricht ging an die Zeitschrift *Mysteries*, an die *New York Times*, die *Washington Post* und das Weiße Haus. Wieder hob sich ihr Blick.

Die Bildschirme waren alle dunkel.

Doch als sie sich erhob, erwachten die Rechner aus ihrem Ruhezustand, als hätte die geringste Bewegung eine Erschütterung ausgelöst, auf die sie reagierten.

Debbie hatte das Gefühl, sie schwankte.

Das war nicht möglich.

Das war verrückt.

Geradezu gruselig.

Ein Foto auf fünfundzwanzig Bildschirmen starrte ihr entgegen.

Sie selbst im Alter von drei, vier Jahren. Daneben ein anderes Mädchen mit zu ernsthaftem Gesichtsausdruck und – ein Mann, den sie noch nie zuvor gesehen hatte.

Ein Foto, das ihr noch nie begegnet war.

Aus einer Zeit, an die sie sich kaum erinnerte.
Ein Text, den sie nicht sofort begriff:
Herzlichen Glückwunsch, Debbie.

Exodus

Eigentlich – ein Wort, das mein Leben prägt – eigentlich müsste ich jetzt anfangen zu packen. Wenn ich mich so im Zimmer umsehe, hat sich in den Jahren hier oben ziemlich viel Kram angesammelt. Angereist bin ich nur mit einem Koffer und dem riesigen Trekkingrucksack. Ich habe ihn hier oben zweimal benutzt. Einmal bei dem Wahnsinnsunternehmen auf dem Ghost und dann später… noch einmal. Damals hatte ich die mushrooms, die Ronnie mir geschickt hatte, im Gepäck.

Inzwischen bräuchte ich allein zwei Koffer, um meine Kameraausrüstung unterzubringen. Julia hat erzählt, dass alle Taschen und Tüten im Supermarkt ausverkauft sind. Und wennschon. Was ich nicht mitnehmen kann, bleibt einfach hier.

»Nach mir die Sintflut«, murmele ich laut, obwohl – eigentlich ist sie ja schon hier. Chris, der draußen war, meint, so hoch können die keine Mauern bauen, wie das Wasser des Sees steigt.

Ich öffne die Tür zum Vorraum, um mir eine Cola aus dem Kühlschrank zu holen. Draußen läuft der Fernseher. David und Rose sitzen auf dem Sofa und sehen sich die Nachrichten an.

»Obwohl die Suche nach Überlebenden offiziell nicht eingestellt ist, erscheint der Erfolg einer Rettungsmission mittlerweile aussichtslos«, bellt ein Journalist in die Kamera. Er steht vor einer Reling, dahinter das offene Meer. Die Zotteln seines riesigen Mikrofons werden vom Wind zerzaust, sein Mantel flattert. »Der für Los Angeles völlig untypische Wintersturm, der den Staat Kalifornien seit den Vormittagsstunden in Atem hält, macht die Bergung von Trümmerteilen oder gar der Blackbox bis auf Weiteres unmöglich.«

Das Bild wechselt zu einem Amateurvideo, die Bildqualität ist schlecht. Die Flasche in der Hand bleibe ich stehen und verfolge auf dem Bildschirm, wie plötzlich aus dem ansonsten spiegelglatten Meer meterhoch eine Welle, nein, eher eine Wassersäule, hochschießt und das Flugzeug, das gerade am Flughafen in Los Angeles gestartet ist, in die Tiefen des Pazifischen Ozeans saugt.

»Schrecklich«, flüstert Rose. »Die konnten sich nicht vorbereiten. Hatten keine Zeit. Haben nicht begriffen, was passiert.«

Die nachgewachsenen Haare reichen ihr jetzt schon über das Kinn. Das lässt sie noch schmaler aussehen, als sie sowieso schon ist. Und sie ist blasser als sonst. Die durchscheinenden bläulichen Schatten unter ihren Augen treten auf der weißen Haut umso stärker hervor.

Pass auf sie auf, möchte ich David zurufen, aber so wie er Rose im Arm hält, weiß ich, was er tun wird. Ich kann den Anblick von Nähe nicht länger ertragen, frage mich, warum ich erst Ronnie verloren habe und dann Tom. Im Zimmer stelle ich meine Flasche neben den Schreibtisch auf den Boden und werfe mich auf mein zerwühltes Bett. Um mich abzulenken, greife ich nach dem Umschlag auf dem Schreibtisch. Ein amtliches Schreiben. City of Riverside. California.

Die Adresse sagt mir nichts. Der Name auch nicht.

Ich taste nach meinem Taschenmesser in der Schublade und ziehe es vorsichtig aus der Lederhülle, auf der eingestanzt ist: Cree & Söhne, Fields.

Gedankenverloren fährt mein rechter Zeigefinger die

Schneide entlang und ich zucke nicht zusammen, obwohl ich den Schmerz spüre. Ein solches Messer kann man immer brauchen. Habe ich von Ronnie gelernt.

Etwas zieht sich in meiner Brust zusammen. Die Erinnerungen. Wie wir uns gefunden und wieder verloren haben. Durch meine Schuld.

Als ich neun oder zehn war, lauerte mir über ein Jahr lang fast jeden Tag auf dem Nachhauseweg von der Schule irgendwer auf. Ich galt als Träumer, Clown und dabei war ich einfach nur ein Feigling. Ich haute nämlich nicht ab, sondern ließ mich regelmäßig vermöbeln. Irgendwie fehlt mir das Gen für Aggression. Mich zu wehren, kam mir gar nicht in den Sinn. Mom, die besorgt war, erklärte ich, ich sei mit dem Fahrrad hingefallen, gegen eine Wand gestoßen, ein Basketball hätte mich beim Sport am Kopf getroffen.

Das ging so lange, bis Ronnie auftauchte und mich zu Mr Kowalskis Schrottplatz brachte, wo es Tausende von Verstecken gab.

»Die einen sind Verlierer, die anderen Gewinner«, erklärte mir Ronnie. »Du musst dich nur entscheiden.«

Komischerweise erschien er mir immer als Gewinner, obwohl er in dieser heruntergekommenen gruseligen Wohnwagensiedlung hauste und ich in einer idyllischen Vorstadtvilla lebte mit akkurat geschnittenem Rasen, rosa blühenden Magnolienbäumen und Moms Schaukelstuhl auf der weiß gestrichenen Veranda.

Ronnie hatte einen unglaublichen Charme, er war mein Held, schon allein, weil er frei war. Er konnte sich in der Stadt herumtreiben, wann immer er wollte und wie lange er wollte, während ich meinen übertrieben fürsorglichen Eltern immer Rechenschaft ablegen musste.

Ronnie und ich wurden Blutsbrüder. Wir verpflichteten uns, in jeder Situation bedingungslos füreinander einzustehen. In unerschütterlicher Treue. Wir hatten uns gesucht und gefunden, zwei Außenseiter, gerade noch gesellig genug, um lieber gemeinsam als allein unterzugehen.

Unsere Blutsbrüderschaft hielt gerade einmal zwei Jahre.

Und sie endete damit, dass Ronnie mich anspuckte.

Es war Sommer.

Es war heiß.

Aber wenn ich ehrlich bin, dann begann es schon vorher zu bröckeln. Mom ging es immer schlechter, und während Ronnie und ich langsam auseinanderdrifteten, versuchte ich zu retten, was zu retten war. Je mehr Ronnie sich von mir entfernte, desto näher rückte ich ihm. Ja, das war ein Fehler. Dabei schien es mir, als ob alles stimmte. Der Fluss, der sich scheinbar träge vorwärtsbewegte, das warme Gras am Ufer, die Sonne, die so kitschig am Horizont unterging. Ronnie hatte wieder einmal aus einer seiner Quellen sagenhaften Stoff besorgt. Wir zogen uns einen Joint nach dem anderen rein. Der Himmel hatte die verrücktesten Farben. Orangefarbene und feuerrote Streifen liefen ineinander und dann wieder ein grelles Pink, das so knallte, dass Ronnie sagte: »Da wird man ja blind.«

»Ja, farbenblind«, erwiderte ich und wir brachen in dieses Lachen aus, das einen nur überfällt, wenn man total stoned ist.

Ronnie war der Erste, der aufsprang, seine Shorts und das T-Shirt abstreifte. Er zerrte mich hoch und zog mich Richtung Wasser. Wir hatten uns schon oft angefasst. Aber an diesem Abend hatte sich etwas verändert. Wir hatten uns beide in den letzten Monaten verändert. Die Pubertät hatte uns voll im Griff. Ein einziger Hormonschub hatte genügt, dass sich meine Stimme anhörte wie die eines Kastraten und an Stellen Haare wuchsen, auf die ich nicht vorbereitet war.

Jedenfalls umarmte ich Ronnie.

Er schüttelte mich ab wie eine nasse Katze, sagte wütend: »Versuch das nie wieder«, und begann, sich anzuziehen. Danach war die Stimmung vorbei. Ich hatte sie zerstört.

Zwei Tage später passierte es dann.

Diesmal trafen wir uns nicht am Fluss, sondern auf dem Schrottplatz, wo wir uns den Joint in einem alten Buick reinzogen, der nur noch ein Rad besaß. Die Sache am Fluss erwähnte Ronnie mit keinem Wort mehr. Jedenfalls waren wir total zugedröhnt, als Ronnie plötzlich die Lust auf Süßes überfiel. Also überquerten wir die Straße, um uns im Shop der Tankstelle Lollis, Lakritz und saure Zitronendrops zu besorgen.

Ich höre noch, wie Ronnie beim Hinausgehen sagte: »Oh Fuck.« Er begann fast jeden Satz mit Oh Fuck. Er sagte also »Oh Fuck, ich bin so stoned« und genau in diesem Moment fuhr ein Polizeiwagen an eine der Zapfsäulen.

Wenn Ronnie – laut Mom – so etwas wie ein Rowdy war, provozierte ich damals mit bunten Hemden, knallbunten Schuhen von Nike und verrückten Kopfbedeckungen. Soll heißen, wir fielen überall auf.

Natürlich auch den Bullen.

Ronnie reagierte blitzschnell. Er packte mich, riss mich mit sich und die Hand fest in meinen Oberarm gekrallt, zog er mich Richtung Gebüsch hinter der Tankstelle. Hey, mein verdammtes Herz hämmerte so laut, dass es jeden klaren Gedanken übertönte. Klar hatte ich Angst, aber da war noch etwas anderes. Oh Mann, warum habe ich das nur gemacht? Ich kann es mir heute nicht mehr erklären oder besser – ich will es mir nicht eingestehen. Wir hätten es geschafft, wir hätten es mit Sicherheit geschafft, wenn ich anders reagiert hätte.

Jedenfalls gab ich Ronnie einen heftigen Stoß in die Rippen, und als er aufschrie, dachte ich: Du kannst mich mal, Ronnie. Jetzt zeige ich es dir.

Zugedröhnt wie ich war, schwankte ich zurück zu den Zapfsäulen, auf einen der Polizisten zu, hob die Hand an den Kopf und salutierte perfekt: »Hallo Officer.«

Und geriet in einen meiner Lachflashs.

Was folgte, war klar.

Beine gespreizt, Arme nach oben, das Gesicht auf der Kühlerhaube, wurden wir von oben bis unten abgesucht. Und so entdeckten sie nicht nur den Stoff, sondern auch das Jagdmesser, das Ronnie am Bein trug.

Mich ließen die Cops zufrieden oder besser gesagt, sie ließen mich laufen. Ich war jünger als Ronnie, ich hatte kein Messer bei mir und vor allem kein Dope. Und – mein Dad konnte die Kaution zahlen.

Ronnie dagegen wurde verurteilt und landete im Gefängnis. Ich habe Dad angefleht, Ronnie zu helfen, die Kaution zu zahlen oder einen Rechtsanwalt zu organisieren, aber Dad erklärte ruhig: »Das geht nicht, Benjamin.«

»Warum?«

»Ich will mein gutes Geld nicht einem Typen hinterherwerfen, der meinen Sohn zu Drogen verführt hat. Ronnie wird es nie schaffen, verstehst du, er wird immer wieder ins Gefängnis wandern. Ich kann dir den Kontakt mit ihm nicht verbieten, aber willst du, dass deine Mutter erfährt, was passiert ist? Ausgerechnet jetzt? Mitten in der Chemo?«

Sicher, ich habe Ronnie später im Gefängnis besucht, wollte ihm alles erklären. Dass es mir leidtut. Dass ich nicht geahnt hatte, worauf das hinauslaufen würde. Dass ich einfach nur total stoned war – genau wie er.

Das war aber nicht die Wahrheit. Zugedröhnt oder nicht, mir war schon klar, dass ich die Macht hatte, ihn ans Messer zu liefern. Ich wollte ihm einen richtigen Schlag in die Eier versetzen. Wie er es mit mir gemacht hatte an jenem Tag am Fluss.

Ich kann gut verstehen, wie Ronnie bei meinem Besuch reagiert hat. Noch immer sehe ich die Spucke die Fensterscheibe herunterrinnen, die uns trennte. Dann sagte er nur ein Wort, erhob sich und ging einfach.

Schwuchtel.

Tim Yellad hat das alles herausgefunden. Doch warum ihn das überhaupt interessierte, das bekomme ich einfach nicht in meinen Kopf.

Riverside

Von draußen dringt jetzt Musik zu mir herein. Neil Young.

Chris hat die Anlage voll aufgedreht. Er steht auf Klassiker der Rockgeschichte.

Ausgerechnet.

Ich stehe mit dem Briefumschlag in der Hand da und weiß nicht so genau, was ich damit anfangen soll. Klar – lesen, nur warum sollte ich Post von jemandem öffnen, den ich gar nicht kenne?

Andererseits – es schadet nicht, auf andere Gedanken zu kommen. Vielleicht habe ich bei einem Preisausschreiben gewonnen. Ich blicke auf die Adresse. Riverside – das liegt nicht weit von Los Angeles. Könnte der Beginn einer großen Filmkarriere sein.

Ich ziehe die beiden Blätter aus dem Umschlag. Das eine ist offenbar ein Brief, mit der Hand geschrieben, bei dem anderen Zettel handelt es sich um ein Formular ... oder besser eine Urkunde – ausgestellt in Los Angeles. Ich überfliege die ersten Zeilen, fange wieder von vorn an. Mit leerem Blick starre ich das Blatt an und begreife erst nach und nach, was dort steht.

Eine Zeit lang rühre ich mich überhaupt nicht, bis ich irgendwann den Kopf hebe und mein Blick am Schreibtisch kleben bleibt, zur Tür wandert, hinter der sich der Mathematikordner befindet und dahinter der letzte Rest Dope. Er stammt noch aus der Anfangszeit hier oben und hat vermutlich nur noch eine Wirkung, als würde ich tatsächlich

Scheiße rauchen. Dennoch möchte ich nichts lieber, als den Shit durch meine Lungen jagen, bis mein Kopf explodiert.

Eine eiskalte Hand presst mein Herz zusammen. Altbekannte Ängste schießen in mir hoch. Wieder blicke ich auf das Formular, das mit diversen Stempeln und einer unleserlichen Unterschrift versehen ist. Ich meine, will Gott mich verarschen? Ich kriege das Ganze einfach nicht in meinen Schädel. Will nur weg hier. Raus in den Regen, damit ich wieder klar denken kann.

Ich werfe die Papiere auf mein Bett, stürme aus dem Zimmer, höre nicht, was David mir hinterherruft, renne auf der Treppe gegen irgendjemanden, der mich anschreit: »Bist du verrückt geworden?«

Nein, will ich brüllen, ich nicht, aber das alles hier. Doch die Wahrheit schnürt mir die Kehle zu. Abartig. Das ist abartig, dass die Wahrheit eigentlich eine Lüge bedeutet.

Ich rase die Stufen runter, zweiter Stock, erster Stock, dann bin ich unten. Ich nehme den Nebeneingang, reiße am Türgriff. Ich trage nur ein T-Shirt. Innerhalb einer Sekunde bin ich völlig durchnässt. Das Wasser läuft mir aus den Haaren und tropft mir in Ohren, Mund, Nase. Ich stehe in Socken in einer riesigen Pfütze und das Wasser reicht mir bis an die Knöchel. Doch ich verharre in dieser Position. So laut wie die Wellen des Sees, die gegen die errichteten Notwände schlagen, sind auch die Stimmen in meinem Kopf. Denn jetzt verstehe ich es. Ich verstehe, worüber Mom und Dad damals im Krankenhaus geredet haben, nicht lange nach der Sache mit Ronnie. Ich hatte es einfach vergessen. Oder verdrängt. Weil nach diesem Tag nichts mehr war wie zuvor.

Wir hatten die ganze Nacht im Krankenhaus verbracht und ich war nur kurz hinausgegangen, um mir und Dad einen Kaffee oder etwas mit der Farbe von Kaffee aus dem Automaten zu holen.

Das Gesöff war so heiß, dass ich es draußen kurz abstellte, bevor ich wieder in Moms Zimmer ging.

»Warum sollten wir das tun?«, hatte ich in diesem Moment Dads wütende Stimme gehört. Dad wurde eigentlich nie wütend. Er ist der sanfteste Mann, den ich kenne.

»Ich möchte es ihm sagen, bevor es zu spät ist.« Mom musste nach jedem Wort eine Pause machen, weil sie kaum noch Luft bekam. Das ging mir wirklich durch und durch. Ich spürte, wie ich bei jedem Luftholen selbst laut atmete.

»Wir haben nie gelogen.«

»Er hat ein Recht darauf. Er ist jetzt alt genug.«

Ich trat näher an die Tür, legte mein Ohr daran. Und doch kapierte ich überhaupt nicht, worüber meine Eltern sprachen.

»Warum?« Mein Vater klang jetzt nicht mehr wütend, sondern nur noch verzweifelt. »Warum änderst du plötzlich deine Meinung? Wir wollten es immer für uns behalten.«

Ihre Stimme war so schwach, dass es eine Weile dauerte, bis ich verstand, was sie antwortete: »Weil es unmenschlich ist.«

Danach folgte eine lange Pause, in der ich nur dachte: Tu einfach, was sie sagt, Dad. Mach es einfach. Vielleicht ist es das Letzte, was sie sich überhaupt noch wünschen kann.

Dass Mom glücklich war, das war alles, was zählte, und ich konnte einfach nicht verstehen, warum Dad noch immer widersprach.

»Jetzt ist nicht der richtige Zeitpunkt«, hörte ich ihn wieder durch die Tür.

»*Gerade* jetzt.«

Danach herrschte Stille. Totenstille.

Ich stand einfach da, die beiden Kaffeebecher in der Hand, von denen ich einen so schief hielt, dass mir die bräunliche Brühe über das Hemd und die Hose lief. Ich klammerte mich an die Worte, die Mom immer sagte, um Dad und mich zu trösten: »Wird schon gut gehen.«

Und als Ärzte und Krankenschwestern mit irgendeinem Gerät an mir vorbeijagten, machte ich ihnen Platz, setzte mich auf einen Stuhl an der Wand und wartete.

Bis Dad kam, mir die Hand auf die Schulter legte und sagte: »Es ist vorbei, Benjamin.«

Das also war die Nacht, in der Mom starb. Der Tag, an dem das Gespenst mit dem Namen Krebs ihren Körper von innen aufgefressen hatte.

Mom hatte gelogen. Es war nicht gut gegangen. Nach vier Chemotherapien war Schluss.

Obwohl ich völlig durchnässt bin, spüre ich ihn, den einen Schweißtropfen, der an meiner Wirbelsäule herunterrinnt.

Und es ist nicht die unnatürliche Wärme, die mich zum Schwitzen bringt, sondern die Angst. Die Furcht, als die Polizei uns an der Tankstelle schnappte. Die Angst, als Ronnie mich anspuckte, der Horror, den ich durchlebte, als ich begriff, dass Mom tatsächlich gestorben war, und die Panik jetzt, weil ich einfach nicht weiß, was ich tun soll.

Die Tür zu meinem Zimmer steht noch immer offen, als ich zurückkehre. Von den anderen ist nichts zu sehen. Ich bin völlig allein im Apartment.

Das Formular liegt auf dem Bett, wo ich es vorhin hingeworfen habe. Und daneben der handgeschriebene Brief. Er starrt mir entgegen und wartet nicht nur auf eine Reaktion, sondern sogar auf eine Antwort.

Lieber Benjamin, wenn du das hier liest, wirst du wissen, dass deine Eltern dich adoptiert haben.

Scheiße, Scheiße, Scheiße.

Ziellos laufe ich im Zimmer umher, eine mir völlig fremde Wut steigt in mir hoch, da bin ich Dad offenbar ähnlich ... Dad?

Warum hast du es mir nicht erzählt? Warum hast du es mir verschweigen, obwohl es Moms letzter Wunsch war?

Mein Zorn wird mit jedem Schritt größer. Ich bin wütend auf Mom, weil sie gestorben ist, zornig auf Dad, weil er mir die Wahrheit verschwiegen hat, und vor allem hasse ich diese unbekannte Frau, die es wagt, mir einen Brief zu schreiben.

Meine leibliche Mutter, wenn ich dem amtlichen Schreiben glauben darf.

Ihre Worte klingen fremd, sperrig. Sie schreibt: *Lieber Benjamin.* Und: *Ich wäre so glücklich, wenn du dich mit mir treffen würdest.* Oder: *Es tut mir leid.*

Hohle Phrasen in bühnenreife Sprache gepackt. Ich zerknülle den Brief und werfe ihn in den Papierkorb. Der Brief interessiert mich nicht. Diese Frau interessiert mich nicht. Sie ist nicht mehr als ein Genpool. Ein halber Genpool, schießt mir durch den Kopf. Sie hat mich schließlich nicht allein gezeugt. Da gab es noch den, der großzügig die restlichen Chromosome gestiftet hat, damit ich zu dem werden konnte, der ich bin. Und der sich offenbar noch weniger interessiert als diese Frau, die mich zur Welt gebracht hat. Ich meine, was erwartet sie? Erst konnte sie mich nicht früh genug loswerden und dann schreibt sie diesen Brief, angeblich, weil sie mit mir in Kontakt treten will.

Ich beginne zu rechnen. Ich wurde am 05. Mai 1992 geboren und einen Tag später hielten Mom und Dad mich schon im Arm. Ich wurde ihnen am 06. Mai ausgehändigt wie ein Paket. So steht es in der Adoptionsurkunde.

Und nun will diese Unbekannte mich treffen. Das ist doch genauso absurd, wie wenn Abercrombie & Fitch zu dir nach Hause kommt, um zu sehen, was aus seinen Klamotten wurde. Okay, denen würde ich es sogar zutrauen.

Ich hole ein paarmal tief Luft und versuche, einen klaren Kopf zu kriegen.

Das Letzte, was ich jetzt tun will, ist, Dad anzurufen. Nicht, weil ich stinksauer bin und schon gar nicht, weil ich Rücksicht auf ihn nehmen will. Nein, ich habe einfach keine Lust auf irgendwelche fadenscheinigen Erklärungen.

Nur, da gibt es noch eine andere Seite. Die kann ich nicht einfach so wegschieben, oder?

Ich denke daran zurück, wie Dad in der Intensivstation Tag und Nacht an meinem Bett gesessen hat. Später, in der Rehaklinik, hat er mich jedes Wochenende besucht. Und wenn die Bilder in meinem Kopf zu schlimm wurden, ich laut schrie, wenn die Panikattacken mich überfielen, ich weinte wie ein kleines Kind, weil der Schattenmann sich nicht vertreiben ließ – da war er da und hat mich festgehalten. Ohne ihn hätte ich es vielleicht gar nicht geschafft, wieder ins Leben zurückzufinden.

Meine Wut ist plötzlich verraucht. Dad wollte mich nur schützen, wollte nur das Beste für mich. Wie immer. Aber dass ich ihn verstehe, macht die Sache nicht leichter. Denn jetzt ist da niemand, den ich verantwortlich machen kann.

Zitternd sitze ich auf dem Bett. Meine Zähne klappern, als wären sie nicht echt. Ich könnte diesen Wisch natürlich einfach zerreißen. Auch so löst man Probleme. Schon habe ich die Urkunde wieder in der Hand und reiße einen Schlitz in den oberen Rand, als mir etwas Besseres einfällt. Etwas, was mich alles vergessen lässt. Auch wenn es bedeutet, dass ich wieder einmal einen Schwur brechen muss.

»Wirf eine Münze«, hatte Ronnie immer gesagt, wenn es darum ging, eine Entscheidung zu treffen. »Funktioniert immer.«

Tat es auch. Nur ging es dabei um so einfache Sachen wie: rechts oder links?

Cola oder Bier?

Dennoch, im Bruchteil einer Sekunde ziehe ich eine Zehn-Cent-Münze aus der Hose, schüttele sie mehrfach in der geballten Hand und lasse sie auf den Boden fallen.

Tatsächlich. Es funktioniert immer.

Mit zwei großen Schritten bin ich beim Schreibtisch und reiße die Tür so heftig auf, dass sie fast aus den Angeln fällt. Alles kommt mir entgegen, als hätten die in die Fächer gestopften Ordner, Zettel und Bücher nur darauf gewartet, ihrem Gefängnis zu entkommen. Wie ich.

Auch wenn meine Gedanken vor wenigen Sekunden noch so kompliziert und verworren waren wie das U-Bahnnetz von... was weiß ich... Tokio, dann sind sie jetzt glasklar. Ich ziehe den Mathematikordner hervor und schneide mich dabei an der scharfen Spitze einer Schere, die gleichzeitig herausfällt.

Ich lege Papier, Tabak, Filter zurecht und lasse mich auf das Bett fallen.

Noch habe ich nicht vergessen, was Ronnie mir beigebracht hat. Der Joint ist so perfekt, dass ich ihn am liebsten rahmen würde. Allerdings – stelle ich fest – hat er sich rot gefärbt von dem Blut, das meine Hand hinunterläuft.

Shitegal, denke ich.

Und das Lachen, das jetzt in mir hochsteigt, ist einfach nur irre.

Ich greife nach dem Feuerzeug, starre für einige Sekunden in die Gasflamme und genieße den Moment.

Was ich tue, ist falsch.

Ich weiß es.

Aber manchmal ist es richtig, das Falsche zu tun.

Langsam zünde ich den Joint an, genauso wie Ronnie es mir beigebracht hat. Im ersten Moment treibt mir der Rauch Tränen in die Augen. Ich bin einfach nicht mehr daran gewöhnt. Aber man verlernt es nie, denke ich. Wie Schwimmen. Wie Fahrradfahren. Und als ich den ersten Zug nehme, fühlt es sich so alltäglich an wie Zähneputzen.

Es dauert nur drei Züge, bis ich die erste Wirkung spüre. Und sie ist der helle Wahnsinn. Die Wände des Zimmers biegen sich auseinander und die Wolkenberge, die sich über dem See zusammenschieben, rasen auf mich zu. Ich gehe einfach durch sie hindurch auf den Horizont zu, über dem sich die Erdachse zu einem Halbkreis biegt, und ich sehe mich selbst, wie ich auf der Erdkugel entlanglaufe.

Keine Angst, denke ich, so schön kann es sein, wenn die Welt untergeht.

Stairways from Heaven

Hatte sich zuvor alles aufgelöst, so setzt sich die Welt jetzt wieder neu zusammen. Der Horizont verschwindet, die Mauern und Wände kehren zurück. Obwohl alles mir seltsam vertraut erscheint, kann ich mich nicht erinnern, je in diesem Gebäude gewesen zu sein. Ich stehe vor einer Treppe, die nach unten führt, und hinter mir erstreckt sich ein langer düsterer Gang. Ich wundere mich nicht, weil Wunder in meinem Zustand sozusagen inbegriffen sind. Alles scheint möglich. Alles Gute. Alles Böse. Nur kann man es selbst nicht entscheiden. Auch nicht, ob ich die Treppe nach unten steige oder nicht. Ich weiß, es gibt keine andere Wahl.

Die Steinstufen sind angenehm breit und die Wände bis zu einer Höhe von etwa einem Meter mit Steinplatten verkleidet, während darüber lediglich ein weißer Kalkputz die Mauern bedeckt. Ich muss mich im Innern eines Gebäudes befinden, denn es gibt keine Fenster, stattdessen schlichte, quadratische Deckenlampen, die mit dunklem Holz eingefasst sind und ein trübes Licht spenden.

Meine Hoffnung, in ein anderes Stockwerk zu gelangen, erfüllt sich nicht. Hinter jeder Kurve, die die Treppe macht, erstrecken sich weitere Stufen. Ich beginne, sie zu zählen, doch als ich bei hundert angelangt bin, verliere ich die Geduld. Dazu habe ich das Gefühl, beobachtet zu werden. Erschrocken drehe ich mich um, aber da ist niemand. Unwillkürlich werde ich schneller, bis ich in einen nervösen Laufschritt verfalle. Um nicht zu stolpern, stütze ich mich immer wieder an der kalten, klammen Wand ab, dennoch gerate ich ins Rutschen. Mein Herz setzt aus und dann schlägt es in dreifachem Tempo, ja, es hämmert geradezu. Meine Beine zittern und ich lasse mich einen Moment auf die Stufen sinken. Doch gleich darauf ist dieses Gefühl wieder da: Jemand ist hinter mir. Ich zwinge mich, regungslos sitzen zu bleiben, erstarre geradezu in meiner Haltung, während ich lausche. Ich versuche, irgendein Geräusch einzufangen. Schritte, der leise Ton, wenn jemand Luft holt, Schuhe, die bei jedem Schritt leise knarzen. Aber da ist nichts.

Und genau das sage ich auch zu mir: Benjamin, da ist nichts.

Doch als ich wieder aufstehe, mein Blick für den Bruchteil einer Sekunde über meine Schulter fällt, stockt mir der Atem. Das Licht lässt den lang gezogenen Schatten, der über die Wand wandert, überdeutlich werden, doch als wüsste er, dass ich ihn gesehen habe, verschwindet er sofort wieder.

Ganz klar. Jemand verfolgt mich. Es gibt nur zwei Möglichkeiten: Entweder ich laufe der Gefahr davon. Oder ich gehe ihr entgegen. Beides macht nicht wirklich Laune, aber obwohl mein Fluchtinstinkt normalerweise bestens funktioniert, tue ich jetzt das Gegenteil. Ich renne die Stufen hoch, bis die Treppe die nächste Biegung macht und noch weiter nach oben, glaube sogar, ein Geräusch zu hören, aber wenn es wirklich vorhanden ist, so geht es jetzt im Keuchen meines Atems unter. Mir platzt gleich der Kopf vor Anstrengung.

Katie würde das nicht passieren, schießt mir durch den Kopf. Was die Kondition betrifft, stehe ich am Ende der Hackordnung. Okay, da ist noch Debbie.

Ich verharre.

Nichts ist zu sehen. Niemand ist zu sehen.

Ich drehe mich wieder um und laufe den Weg zurück. Denn irgendwann muss diese verfluchte Treppe doch enden und es ist leichter, nach unten zu steigen, als den ganzen Weg zurück nach oben.

Nur bin ich diesmal vorsichtiger. Ich achte weiter auf Geräusche, und wenn ich auch nur den geringsten Schatten die Wände entlanghuschen sehe, schieße ich herum, renne die Stufen nach oben, bis mein Atem klingt, als würde jemand in meinem Brustkorb an den Rippen herumsägen. Dann gebe ich wieder auf und kehre um.

Dieses Scheißspiel macht mich echt fertig. Und auch, dass die Stufen offenbar nie enden werden. Der Gedanke, dass es keinen Anfang, kein Ende dieser Treppe gibt. Dass ich nie ankommen werde. Und jemand mich immer weiter in die Tiefe jagt, in der Absicht, mich zu Tode zu hetzen.

Nein.

Ich habe meine Waffe immer dabei. Es ist meine Kamera. Sie belügt mich nicht. Ich ziehe sie aus dem Rucksack, von dem ich gar nicht wusste, dass ich ihn auf den Schultern trage, befestige sie an einer der Seitentaschen, und ohne noch einen Blick zurückzuwerfen, setze ich den Weg nach unten fort. Ich beginne wieder, die Stufen zu zählen, und als ich bei hundert angelangt bin, bleibe ich stehen und löse die Kamera vom Riemen. Während ich zurückspule, zittern meine Hände, ich muss aufpassen, dass sie mir nicht aus den Fingern rutscht. Zunächst sehe ich nur verzerrte Stufen, schiefe Wände, meine Schuhe, ein Stück meiner Jacke, schließlich flattert ein Riemen des Rucksacks durchs Bild.

Nichts Ungewöhnliches.

Die Aufnahme nähert sich dem Ende.

Und ... ich will schon ausschalten, da löst sich etwas aus dem Nichts, huscht die Wand entlang ... wie ein Stück schwarzer Stoff bleibt er oder es kleben, rutscht nach unten und dann baut er sich über mir auf.

Der Name ist mir sofort auf der Zunge: Der Schattenmann.

Er war aus meinem Gedächtnis verschwunden, dabei bin ich ihm schon einmal begegnet und wieder entkommen, damals in den drei Tagen, als Ronnies mushrooms, die goldenen Pilze, wie David sie nennt, mich weg von allem trieben, mein Bewusstsein zerstörten und meinen Körper vergifteten.

Und wie damals fange ich an zu rennen, stürme die Treppe immer weiter nach unten, immer tiefer. Wie damals treibt die Panik mich voran, immer größer wird meine Furcht, im Wahnsinn anzukommen, doch kurz bevor ich beginne zu schreien und um mich zu schlagen, als könnte ich ihn so besiegen, den Schatten... vielleicht, Benjamin, vielleicht... ist es dein eigener Schatten, dem du davonläufst,... jedenfalls enden sie im letzten Moment, die endlosen Stufen.

Und vor mir erstreckt sich ein langer Flur und ganz hinten... das Bild setzt sich nur langsam in meinem Kopf zusammen und nach und nach beruhige ich mich... führt der Gang mich direkt zu einer Tür, durch deren große Fensterscheibe ich Menschen erkenne.

Ich knalle die schwere Flügeltür hinter mir ins Schloss, dass ich echt Angst habe, die Glasscheibe springt aus dem Rahmen. Aber offenbar stört der Lärm keinen, denn kaum jemand hebt den Blick und wenn, dann nur, um ihn sofort wieder abzuwenden.

Ich bin in einer großen Halle gelandet, eine altmodische Treppe schwingt sich zu einer Empore in die Höhe, kleine Grüppchen von jungen Menschen, wie für eine Mottoparty gekleidet, stecken ihre Köpfe zusammen. Ziemlich angespannt die Atmosphäre, registriere ich, während ich gleichzeitig den Raum und die Leute scanne. Eine Mischung aus Irritation und Déjà-vu macht sich in mir breit. Mir kommt es vor, als sei ich schon einmal hier gewesen, obwohl mir im ersten Moment nichts, aber auch gar nichts vertraut erscheint. Und weil ich immer noch den Schatten in meinem

Rücken spüre, bewege ich mich von der Tür weg und mische mich unter die Menge.

Keine Ahnung, ob sie mich überhaupt sehen können. Niemand wundert sich, dass ich völlig außer Atem bin und keuche. Vielleicht bin ich ja unsichtbar. Ich ziehe den Rucksack von den Schultern, um die Kamera laufen zu lassen, und stoße dabei an einen Typen, dessen Haare bis auf die Schultern reichen. Er ist nicht der Einzige, der schon länger nicht mehr beim Friseur gewesen war. Vom Indianerlook bis hin zu Rastalocken ist alles vertreten. Vielleicht handelt es sich um eine Sekte, denn was Mode betrifft, sind die Leute nicht auf dem neuesten Stand. Ein Mädchen, das am Kamin lehnt, eine riesige braune Tasse in der Hand, trägt sogar einen faszinierenden Häkelrock bis hinunter zu den nackten Füßen. Zumindest denke ich, dass das schrille Teil gehäkelt ist, obwohl ich selbst noch nie jemanden getroffen habe, der noch häkelt.

Der Typ mit den langen Haaren starrt ziemlich lange auf meine Kamera: Ihm fallen fast die Augen hinter der Nickelbrille heraus: »Was ist das denn?«, fragt er.

Okay, ich bin *nicht* unsichtbar.

Aber vielleicht ist er blind.

»Eine Kamera, was sonst«, erwidere ich. »Manche nennen es auch Camcorder.«

»Verarschen kann ich mich selbst«, erwidert er, zieht ein Päckchen Tabak aus der Hose – eine Jeans, die unten so weit ist, dass er vermutlich bei jedem Schritt über die ausgefransten Enden stolpert.

Er ist nicht der Einzige, der hier raucht. Eine Rauchwolke schwebt über der Halle und der Gestank von Nikotin erfüllt die Luft und… damit kenne ich mich aus… der von Gras.

Ich muss lachen. Jetzt gefällt er mir, der Trip.

»Was gibt es da zu lachen?« Ein Mädchen mit langen Zöpfen betrachtet mich und ihr Blick wird zornig. Ihre nackten

Beine sind so lang, dass der kurze Lederrock die Oberschenkel nur knapp berührt. Das wäre was für Debbie. Sie würde umwerfend darin aussehen. Und wieder grinse ich.

»Hör auf zu grinsen«, faucht sie. Auch in ihrer Hand liegt eine Schachtel Zigaretten. Eine Marke, die ich nicht kenne. »Das ist nicht lustig.«

»Was?«

»Du hast es wohl noch nicht gehört?«

»Was?«

Sie kommt zu mir rüber. »Sie sind alle verschwunden.«

»Wer?«

»Kathleen, Milton und...« Scheiße, sie fängt an zu heulen. »Paul.«

Nein. Das ist wirklich nicht lustig. Nicht, dass sie verschwunden sind, das weiß ich ja, sondern dass dieser eine Joint mich offenbar zurückgebeamt hat. Wieder einmal. Doch diesmal bin ich definitiv nicht in der Hütte auf dem Ghost gelandet. Wo bin ich also? Oder besser... wann spielt das hier?

»Kannst du mich mal anfassen?«, frage ich blöd.

»Was?«

»Existierst du wirklich?«

»Du solltest das Zeug nicht rauchen, wenn du es nicht verträgst«, faucht sie erneut.

Da hat sie natürlich recht, aber dafür ist es jetzt zu spät. Ich bin mittendrin in der Welt der Halluzinationen und weiß nicht, ob es nicht besser wäre, Farben zu sehen oder Wände, die sich ausdehnen, anstelle dieser Bilder, die sich so real anfühlen, dass sich mir die Haare stellen.

»Spendierst du mir eine?« Ich deute auf die Packung Zigaretten.

Sie streckt sie mir wortlos entgegen. »Das macht einen total fertig, oder?«

Ich nicke.

Wie wahr.

Sie reicht mir ihr Feuerzeug. Ich zünde die Zigarette an und beim ersten Zug muss ich husten. Das Ding ist so stark, ich wundere mich, dass ich nicht abhebe. Um am Boden zu bleiben, schaue ich mich weiter im Raum um. Mein Blick bleibt an einer großen Marmortafel an der Längsseite der Halle hängen, in die mit goldenen Lettern der Spruch graviert ist: Vincit qui se vincit – Es siegt, wer sich besiegt.

Unter der Tafel stehen zwei Männer, die sich unterhalten. Sie kommen mir bekannt vor, obwohl sie ungleicher nicht sein könnten. Der eine ist korrekt gekleidet bis zur weißen Spitze des Taschentuchs, das aus der Anzugtasche ragt. Der andere, der ihn zwei Köpfe überragt, trägt Jeans und ein kariertes Holzfällerhemd. Die Gesichtszüge und die rabenschwarzen, zum Pferdeschwanz gebundenen Haare erinnern an Chief Bromden aus dem Film: Einer flog übers Kuckucksnest.

»Wer sind die beiden dort?«, frage ich das Mädchen und bemerke, wie die Zigarette in ihrer Hand zittert.

»Wer?«

»Die beiden dort unter der Marmortafel.«

Sie sieht mich verwundert an. »Bist du neu hier?«

»Kann schon sein.«

»Das ist der Dean. Callum Gray. Hat er dich noch nicht empfangen? Macht er normalerweise mit jedem Studenten. Das ist ja das Besondere am Solomon College. Wir sind nicht nur eine Nummer. Wir sind alle Individuen.«

David, schießt es mir durch den Kopf. Ja, der Mann erinnert mich definitiv an David. Kein Wunder. Er ist schließlich Davids Großvater. Und Dean des Solomon Colleges. Er steht hier, ungeachtet der Tatsache, dass er längst tot sein müsste.

Nur wenige Meter von mir entfernt. Ich könnte ihn anfassen. Wie ich das Mädchen anfassen kann.

»Spinnst du?«, ruft sie und schlägt meine Hand weg. »Die Zeiten sind vorbei, in denen Frauen Freiwild von euch Machos sind.«

»Ich bin schwul«, sage ich automatisch. »Keine Angst.«

»Oh. Entschuldige. Das sieht man dir gar nicht an.«

Absurd. Wie absurd ist das denn? Aber ich habe keine Zeit, darüber nachzudenken. Mein Trip kann jederzeit enden. Und es kann nur ein Trip sein, auch wenn es sich wieder völlig anders anfühlt.

»Und der andere dort drüben?«, frage ich schnell. »Wer ist das?«

Sie zieht an der Zigarette, von der nur noch der Filter übrig ist.

»Das ist Nanuk.«

»Nanuk Cree?«

Sie nickt und wieder treten Tränen in ihre Augen. »Die Suchmannschaft war vier Tage dort draußen. Aber sie haben keine Spur von ihnen entdeckt. Bishop...«

»Professor Bishop?«

»Ja, er ist immer noch da draußen, zusammen mit Brandon, seinem Assistenten. Es heißt, Bishop weigert sich zurückzukehren, bis sie wissen, was genau passiert ist. Die Einzige, die sie gefunden haben, ist Grace.«

Das darf ich nicht vergessen. Ich muss es Chris erzählen. Es wird ihn beruhigen. Sein Dad war nicht der verantwortungslose Säufer, den er uns beschrieben hat. Während mein Dad mich all die Jahre angelogen hat.

Nein, daran nicht denken. Es würde bedeuten, dass mein Verstand zurückkommt. Die Wirkung des Joints nachlässt. Ich kann noch nicht weg hier.

»Aber was die Suchmannschaft erzählt...«

Die Stimme des Mädchens. Sie kommt nur langsam zurück.

»Wie heißt du«, frage ich. »Bitte sag mir sofort, wie du heißt.«

»Jennifer. Jennifer Hill.«

Mir wird schlecht. Und sie, Jennifer, reagiert. Sie wirft den noch glühenden Rest der Zigarette auf den Steinboden … den ich wiedererkenne. Ich weiß jetzt, wo ich bin. Es sind dieselben Platten wie in der Empfangshalle des Grace.

»Grace?« Ich spreche den Namen nur beiläufig aus, aber Jennifer reagiert total strange.

»Bist du auch auf sie hereingefallen? Diese Schlampe«, zischt sie wütend. »Sie war eine Hydra. Er war in mich verliebt, verstehst du? Wir haben uns geliebt und dann kommt sie, und nur, weil er mir gehörte, hat sie Milton einfach stehen lassen und Paul den Kopf verdreht. Sie hat allen Männern den Kopf verdreht. Ich bin froh, dass ich sie ein für alle Mal los bin.«

Sie schlägt die Hände vors Gesicht und jetzt sind es nicht nur Tränen, die in ihren Augen stehen. Das verzweifelte Schluchzen, in das sie ausbricht, hat zur Folge, dass sich alle nach uns umdrehen.

»Es tut mir leid«, aus dem Weinen wird ein jämmerliches Wimmern. »Ich sollte so nicht reden. Sie ist tot, ich weiß und …«

»Und?« Glühende Asche fällt auf meine Hand und brennt ein Loch in die Haut. Ich nehme einen letzten Zug.

»Was passiert hier?«, schreit Jennifer. »Was geht hier oben vor?«

Obwohl es mir eiskalt den Rücken hinunterläuft und ich mich frage, ob es nicht besser wäre, abzubrechen, einfach zu fliehen, wiederhole ich meine Frage.

»Und?«

»Ich habe immer geglaubt, die Mythologie ist nur eine

Sammlung verrückter Geschichten …«, entgegnet sie flüsternd. »Jeder Mensch, der nur einen Rest von Verstand besitzt, glaubt doch so etwas nicht, oder?«

Mich darf sie nicht fragen. Mein Verstand entzieht sich jeder Kontrolle. Gerade jetzt.

»Ich bin nicht Medusa. Das wollte ich nicht. Ja, ich habe sie gehasst, aber …«

»Aber?«

»Dass sie zu Stein wurde, das ist doch nicht meine Schuld, oder? Aber alle sagen es. Alle, die dabei waren, als sie gefunden wurde, behaupten, die Leiche von Grace sei zu Stein geworden.«

Ich blicke mich verzweifelt um, versuche Halt zu finden in all dem Chaos. Über den Raum hinweg treffen meine Augen die von Nanuk. Und in ihnen spiegelt sich der misstrauische und zugleich kluge Blick von Ana Cree, seiner Enkelin. Und ich sehe, dass er es weiß. Er weiß, dass ich nicht hierhergehöre.

Welcome

Herzlich willkommen Debbie.

Debbie?

Konnte der Computer sie sehen? Hatte er sie identifiziert? Oder wie hatte er erkannt, wer vor dem Bildschirm saß?

Debbie ertappte sich tatsächlich, wie sie laut fragte: »Wer bist du?«

Natürlich blieb die Antwort aus, obwohl sie so viele Fragen hatte, dass ihr der Kopf schwirrte.

Woher hast du dieses Foto?

Wer ist das Mädchen neben mir?

Und wer der Mann?

Aber natürlich kam keine Antwort. Der Computer reagierte nur auf das, was sie tat. Er war nichts als eine Maschine und ohne ihre Befehle lediglich tote Materie.

Entschlossen bewegte Debbie den Cursor auf die Nachricht und mit dem nächsten energischen Klick öffnete sich ein neues Fenster. Plötzlich war sie ganz ruhig. Das hier war es. Das war das Tor zu Angela Finders Geheimnis. Und sie, sie war dabei, es zu öffnen.

Ungeduldig starrte Debbie auf das Symbol eines Labyrinths, das sich unaufhörlich drehte.

»Mach schon!«

Nach gefühlten zehn Minuten erschien endlich der Balken. Die Daten wurden geladen. Und ein weiterer Balken zeigte die Zeit, die dafür benötigt wurde.

Vierzehn Minuten und achtundfünfzig Sekunden.

Gebannt klebte Debbie am Bildschirm. Ihre Zähne vergruben sich in der Unterlippe.

Das Labyrinth drehte sich langsamer.

Dreizehn Minuten und siebenunddreißig Sekunden.

Sechsundreißig Sekunden.

Was, wenn das alles nur ein Fake war? Wenn nach der Ladezeit nur ein Clownsgesicht auf dem Bildschirm erschien, mit einem gruseligen Grinsen in dem weiß geschminkten Gesicht? Nun wurde sie doch wieder nervös. Es roch hier drin schlecht, eklig süß und gleichzeitig irgendwie stechend. Es dauerte, bis Debbie klar wurde, dass es ihr eigener Schweiß war, der so roch.

Der Balken kroch nur langsam vorwärts. Die Zeit verging im Schneckentempo. Wenn der Computer wusste, wer sie war, müsste ihm doch auch klar sein, dass sie keine Zeit hatte.

Ohne den Blick vom Bildschirm zu nehmen, wühlte Debbie in der Plastiktüte, zog die Schokolade hervor und biss einfach in die Tafel. Im nächsten Moment sprang sie auf und begann, im Raum auf und ab zu laufen. Die Bildschirme zeigten das herumwirbelnde Labyrinth. Das Foto von den beiden kleinen Mädchen mit dem fremden Mann war mittlerweile verschwunden.

Debbie wurde schwindelig.

Sieben Minuten und neun Sekunden.

Langsam fühlte sie, wie Euphorie in ihr aufstieg und das war nicht nur die Wirkung der Schokolade.

Fünf Minuten, acht Sekunden

Sieben …

Nur noch wenige Minuten.

Sie zählte laut mit, als sie plötzlich aufgeschreckt wurde.

Es klopfte. Debbie hielt den Atem an. Und noch einmal ein leises, aber entschiedenes Pochen.

So lautlos wie möglich huschte sie auf einen Platz, der weit von der Tür entfernt war und wo sie nicht sofort gesehen werden konnte, wenn jemand hereinkam.

Sie lauschte angespannt. Nichts. Vielleicht hatte sie sich getäuscht? Nein, diesmal war das Klopfen lauter, energischer... fast schon drohend.

Debbie hielt sich die Ohren zu.

Das hier war ihr Spiel. Sie hatte Stunden damit verbracht, Tage, Monate, um so weit zu kommen. Sie würde diesen Moment nicht teilen. Mit niemandem.

»Miss Wilder?«

Debbie ließ die Hände sinken. In ihrem Bauch begann sich etwas Dunkles, Unbekanntes zusammenzuballen. Wer konnte wissen, dass sie sich hier drinnen eingeschlossen hatte? Sie griff erneut in die Tüte und zuckte zurück, als diese laut raschelte.

»Deborah?«

Ihr Atem ging laut. Sie hielt die Luft an, bis ihr schwindelig wurde. Das Labyrinth, das sich auf dem Bildschirm drehte, verschwamm vor ihren Augen. Sie wandte den Kopf. Starrte in den Raum. Auf allen Bildschirmen dasselbe.

»Ich weiß, dass du dort drinnen bist.«

Ein eiskalter Schauer jagte ihr über den Rücken.

Sechzig Sekunden.

Neundundfünfzig.

Achtundfünfzig.

»Willst du die Wahrheit wirklich wissen?« Die Stimme klang beinahe sanft.

Zehn.

Neun.

Ein Knirschen, als wenn jemand versuchte, einen Schlüssel von außen ins Schloss zu stecken. Gänsehaut überzog ihre Arme. Sie begann, sich zu kratzen. Der Schmerz half ihr, sich zu konzentrieren und alles auszublenden. Der Schlüssel steckte von innen. Wer immer dort draußen stand, musste die Tür einschlagen, um hineinzugelangen. Außerdem hatte sie es gleich geschafft.

»Wissen und Weisheit – sie haben nichts miteinander zu tun.«

Debbie konnte die Stimme nicht zuordnen. Kaum mehr als ein Flüstern. Da wollte sich jemand wichtig machen ... oder ... nicht erkannt werden.

Drei.

Zwei.

Eins.

Stopp.

Das Labyrinth hörte auf, sich zu drehen. Es stand still. Sekunden vergingen.

Das Licht erlosch für den Bruchteil einer Sekunde. Sprang wieder an.

Nein, schrie Debbie innerlich. Nicht jetzt. Kein Stromausfall. Bitte. Bitte, lieber Gott, nicht jetzt.

Der Bildschirm vor ihr explodierte. Ein Auge erschien. Ein menschliches Auge, durch dessen Pupille eine Straße führte. Und dann scrollten in rasender Geschwindigkeit Datensätze nach unten. Das Geräusch eines Sturms ertönte, der Seiten eines Buches umblätterte.

Und dann, von einer Sekunde zur anderen, wurde es still. Vor ihr drehte sich ein Buch wie zuvor das Labyrinth.

Debbie kratzte an den alten Wunden an ihrer linken Hand, presste den Mund darauf, um das Blut abzulecken, das merkwürdig süß schmeckte.

Endlich kam der Bildschirm zur Ruhe. Debbie hob den Kopf.

Auf allen Bildschirmen zeigte sich dasselbe Buch.

Blackbook Death Valley

Von Angela Finder

Debbie schloss kurz die Augen. Sie hatte die Datenbank geknackt.

Sie hatte sie tatsächlich geknackt!

YES.

Deborah Wilder – du bist das Wunderkind.

Das absolute Genie.

Die große Hoffnung des Grace College.

Dass das College geschlossen wurde, schob sie zur Seite. Dass ihr vielleicht nur noch ein bisschen mehr als zwei Tage in diesem Leben blieben ... wer wusste schon, was danach kam? Hier ging es um den Moment. Um den Triumph, ihren Triumph.

Ein Klick, und das Buch würde sich öffnen. Sie konnte die Spannung kaum ertragen. Und dann plötzlich ging der Zweifel durch sie hindurch wie ein Stromstoß.

Wollen Sie es wirklich wissen?

Sie hob den Kopf. Lauschte. Doch nichts als das Brummen der Geräte war zu hören. Und Debbie schien plötzlich nichts mehr sicher.

Vielleicht hatte niemand an der Tür gerüttelt. Niemand ihren Namen gerufen. Vielleicht war es nur sie selbst gewesen, die mit sich selbst gesprochen hatte wie damals in der Zeit, als Superdad Wilder sie in das Zimmer gesperrt hatte, um sie zu bestrafen für ihre, wie er es nannte, Missetaten.

Anschließend hatte er sie regelmäßig zu Grandma Martha verbannt, die sagte, sie müsse ihre Sünden bereuen.

Sie ist tot, dachte Debbie und sagte es laut: »TOT.«

Debbie war froh gewesen, als sie die Nachricht bekommen hatte. Es bedeutete, dass sie die Stimme nie wieder hören musste, die behauptete, Gott hätte sie alle verflucht, während sie vor ihrem erbärmlichen Altar kniete, den sie in dem muffigen Schlafzimmer aufgebaut hatte.

Debbie hatte auf der Beerdigung nicht geweint, nein, sie hätte vor Freude fast gelacht. Nur das Eine würde sie ihr nicht verzeihen: dass Grandma Martha ihr Geheimnis mit ins Grab genommen hatte. Zeit ihres Lebens hatte ihre Großmutter gelogen, was die Sache auf dem Ghost anging. Sie hatte Debbie nur angestarrt, als würde sie nichts von dem verstehen, was ihre Enkelin ihr vorwarf. Aber so oder so, Debbie war sich sicher, dass ihre Grandma mit den anderen dort oben gewesen war. Und Debbie würde ihre Lügen irgendwann enttarnen.

Die Frage war nur, ob ihr dazu noch genug Zeit blieb.

Ihr Zeigefinger bewegte den Cursor über den Bildschirm und stoppte, als das Symbol einer Hand erschien.

Ihre Gedanken überschlugen sich.

Wie?

Wie war es ihr gelungen, die Datenbank zu knacken?

Was hatte sie eingegeben?

Die Bildschirme waren wieder in den Ruhemodus gegangen. Sie stand auf, schlappte an den Nebentisch und drückte auf die Leertaste. Starrte abermals auf das Foto von sich als Kleinkind, bevor sie es hastig wegklickte, weg damit, nur weg damit. Schließlich begann sie, ihre letzten Schritte genau zu rekonstruieren. Es dauerte nicht länger als fünf Minuten und das Passwort, das ihr den Zugang verschafft hatte, wurde angezeigt.

Debbie spürte den kalten Schauer, der ihr über den Rücken lief. Die Schokolade klumpte in ihrem Magen und wurde zu Stein. Sie hatte einen Fehler gemacht. Nicht die Routine war dafür verantwortlich, dass sie den Code geknackt hatte. Sondern der Name, den sie beim Schreiben des Artikels eingegeben hatte.

Purer Zufall.

Deborah M. Wilder. 18.03.2013.

Ihr Name. Und noch viel gruseliger: Das Datum von heute.

Sie überlegte fieberhaft.

Eine Lösung: Das Passwort änderte sich automatisch. Vielleicht hätte der Zugang auch morgen geklappt. Mit dem morgigen Datum. Oder...

Oder heute war ihre einzige Chance gewesen, einen Blick darauf zu werfen. Ein Sechser im Lotto? Aber warum nicht? Schließlich hatte sie zwei Jahre gebraucht, um bis ins Innere vorzudringen. Sie hatte es sich verdient.

Okay. Nicht länger nachdenken, einfach loslegen, Debbie.

Klick.

Es dauerte nur eine Sekunde und das Buch öffnete sich.

Nirvana

Ich spüre, wie sich ein Gewicht auf mich legt, gegen das ich mich wehre.

Jemand sagt: »Wir können ihn nicht einfach hier liegen lassen.«

Warum nicht?

»Meinetwegen kann er pennen, so lange er will.«

Wer das sagt, ist ein wahrer Freund, aber da sind noch andere Stimmen, die mich mit aller Gewalt aus diesem Traum zerren, in dem ich unbedingt bleiben will.

»He, Ben, aufwachen.«

Ich schlage um mich. Nicht! Nicht zurück. Etwas wartet hier noch auf mich. Ich bin noch nicht fertig mit der Geschichte.

»Spinnst du?«

Jemand drückt erst meine Arme nach oben und umklammert meine Handgelenke, bis es schmerzt.

»Lass ihn los, Chris.«

»Er hat mir voll auf die Fresse gehauen.«

Ich wende den Kopf hin und her, versuche, einen Blick zurück zu erhaschen. Kann Jennifer Hill noch erkennen, ihre Umrisse.

»Jennifer!«

Sie hört mich nicht, ich entferne mich immer weiter. Die Halle wird kleiner, bis nur noch ein schwarzer Punkt in meinem Auge ist.

»Er kommt zu sich.«

Nein. Schwachsinn. Ich komme nicht zu mir. Ich entferne mich von mir. Warum kann ich nicht frei entscheiden, in welcher der bestmöglichen Welten ich leben will? Und in welcher Zeit?

»Lasst mich«, murmele ich. »Bitte.«

Ein Daumen legt sich auf mein Handgelenk. Jeder Schlag dröhnt in meinen Ohren wider.

»Er ist okay. Der Puls ist etwas zu hoch, aber im grünen Bereich.«

Als ich die Augen öffne, starre ich direkt auf die Zimmerdecke, unter der ich seit mehr als zwei Jahren jeden Morgen aufwache. Den Riss im Holz, der aussieht wie ein Skorpion, werde ich nie vergessen. Eine Zeit lang ist er lebendig geworden, da oben, und es gab viele Nächte, in denen er auf meiner Brust hockte und mich anstarrte.

Jetzt bin ich froh, dass er sich nicht bewegt. Nur ein Riss im Balken. Das erste gute Zeichen, seit man mich geweckt hat. Im Zimmer ist es düster. Niemand hat das Licht angeschaltet. Plötzlich fühle ich mich hellwach, aufgeregt.

Chris steht mit verschränkten Armen am Kopfende des Bettes und tippt etwas in sein Telefon. David steht direkt neben mir und sieht mich besorgt an.

»Guten Morgen«, sagt er.

»Eigentlich spät am Nachmittag«, murmelt Chris, ohne den Blick vom Telefon zu nehmen. »Und es ist der denkbar schlechteste Tag, den du dir ausgesucht hast, um dich auf einen Trip zu beamen. Du hast uns wieder einmal eine Scheißangst eingejagt, Alter. Wenn du dich umbringen willst, dann so, dass dich keiner findet und retten muss.«

»Lass ihn in Ruhe«, mischt sich David ein. »Er kann nichts dafür.« Und dann reicht er mir ein Glas Wasser.

Ich bin tatsächlich durstig und trinke das Glas auf einmal leer.

»Ihr müsst hier nicht Wache schieben«, sage ich. »Mir geht es super.«

Chris zuckt die Schultern. »Dann solltest du nicht schreien, wenn du im Nirwana bist.«

»Nirwana?« Ich lache. »Oh Mann, nein. Das totale Gegenteil. Alles war so real, so scharf, wenn ich eine Kamera hätte, die solche Bilder macht, ich würde mein Leben dafür geben.«

Ich richte mich auf. Okay, mein Kopf fühlt sich noch an, als säße er gar nicht auf den Schultern, dennoch – ich bin wirklich ausgeruht.

»Musik«, sage ich. »Chris, ich will Musik hören.«

Jetzt starren sie mich an.

»Irgendetwas aus den Siebzigern.«

»Wo warst du?«

Eine ruhige Stimme unterbricht meine Euphorie. Es ist Robert. Bis jetzt habe ich noch gar nicht gemerkt, dass er auch im Raum ist. Er löst sich vom Schreibtisch und kommt zu uns rüber.

»Wo ich war? Eben dort. In den Siebzigern. Da gab es noch kein Rauchverbot hier im Gebäude.«

Während die anderen beiden mich anstarren, geht Robert nicht auf meine letzte Bemerkung ein. Das ist das Problem mit ihm. Er hat keinen Humor. Ist immer zielgerichtet. Weiß nicht, wie das ist, wenn man den Verstand ausschaltet, jeden Gedanken, der einem durch den Kopf jagt, einfach abschießt, bevor er zur echten Belastung wird.

»In den Siebzigern, okay. Und was war mit Jennifer?«

Noch so eine Sache bei ihm. Robert lässt nie locker. Redet wochenlang nicht mit einem und dann wieder kommen so Fragen, als würde er direkt ins Herz sehen.

Ich beschließe, ihn zu ignorieren.

»Was ist mit der Musik, Chris?«

Doch Chris macht einen Schritt zum Schreibtisch und hält

einen Zettel hoch. Diesen offiziellen Wisch von irgendeinem Amt, der mir schwarz und weiß bestätigt, dass mein Leben, so wie ich es bisher kannte, eine einzige Lüge war.

»Du hättest es uns erzählen sollen.«

»Wirf ihn weg. Zerreiß ihn. Verbrenne ihn meinetwegen.«

Chris sieht mich an. »Wir haben alle unsere scheiß Geschichten hinter uns. Willkommen im Club.«

Er kommt zurück, steht direkt vor mir. Sein Blick trifft meinen. Obwohl Chris nicht gerade der Sensibelste ist, versteht er mich. Er wird machen, was ich will, und wird diesen Wisch für immer vernichten.

Doch plötzlich taucht David in meinem Blickfeld auf und nimmt Chris die amtliche Adoptionsurkunde aus den Händen.

»Nein.«

»Aber Ben möchte es«, protestiert Chris.

»Er wird es bereuen.«

»Werde ich nicht«, murmele ich und richte mich auf. »Und es geht dich einen Scheiß an, David.« Ich stehe von meinem Bett auf. Alles beginnt sich zu drehen. »Welcher Tag ist heute?«, frage ich.

»Immer noch derselbe. Der 18. März 2013. Aber es wird bereits dunkel und wir wollen ein letztes Mal vor unserer Abreise zur Lichtung. Auch wegen Tim.«

Die Lichtung ist für die anderen zur Kultstätte geworden, an der sie der Toten gedenken. Aber nicht nur das. Auch der Gedenkstein zieht sie magisch an. Jeder von ihnen hat eine Verbindung zu den Studenten, die angeblich in den Siebzigern verschwunden sind. Jeder – nur nicht Debbie, nur ich nicht.

»Viel Spaß.«

»Du kommst nicht mit?«

»Da liegt eure Verwandtschaft, nicht meine.«

»Du hast es nicht verstanden, stimmt's?« David hebt den

Brief, das Formular... nein, für mich wird es in Zukunft einfach nur heißen – der Wisch – in die Höhe.

»Was soll ich da nicht verstehen? Meine Eltern haben mich adoptiert, es jahrelang verschwiegen. So what? Für mich ändert sich nichts, nur weil eine durchgeknallte Frau, die jetzt bereut, was sie getan hat, behauptet, sie sei meine Mutter. Sie will mich treffen. Und wozu? Was verbindet mich mit ihr? Die Hälfte meines Erbguts. Nichts als Chromosomen. Leute, das reicht nicht aus, um Mutter zu spielen. Nicht mehr lange, und es gibt die Dinger irgendwo zu kaufen. Tiefgefroren. Oder, Robert, was sagst du dazu?«

»Kann man jetzt schon.«

»Na also. Dass man sich seine Eltern aussuchen kann, ist sowieso längst überfällig. Die amerikanische Verfassung verspricht uns Freiheit...«

Ich hätte ewig so weiter fantasieren können, aber David unterbricht mich: »Ben, hast du es nicht begriffen?«

»Was?«

»Der Name! Der Name hier auf dem Blatt.« Er tippt auf den Brief. »Deine leibliche Mutter heißt Bellamy. Kathleen Bellamy. Wo warst du denn die letzten beiden Jahre?«

»Im Tal des Bösen und übermorgen geht die Welt unter.«

Echt, ich kann nicht aufhören zu lachen. Besser als darüber nachzudenken, was das alles bedeutet.

Chris und David sehen sich kopfschüttelnd an.

»Bellamy.« Jetzt hält er den... WISCH hoch. »Sagt dir der Name nichts?«

»Da gab es mal ein Duo. Countrymusik. Die Bellamy Brothers. Kennt ihr nicht? Waren mit Neil Young befreundet und... meine Eltern haben sie rauf- und runtergehört.« Werde ich je wieder ohne diesen Druck auf der Brust sagen können... *meine Eltern?* »Genau, spiele Neil Young.«

»Kathleen«, erklärt David und ignoriert meinen Versuch,

das Ganze ins Lächerliche zu ziehen. »Es gab eine Kathleen Bellamy.«

Obwohl mir irgendetwas dämmert, der Name mir bekannt vorkommt, kann ich keinen Zusammenhang herstellen. Oder, so ganz richtig ist das nicht, ich kann schon, doch ich will nicht.

»Sie gehörte zu der Gruppe der Studenten. Sie war mit der Expedition auf dem Ghost. Mit Paul Forster, Milton Jones, Grace…«

»Grace…« Plötzlich sehe ich wieder das Mädchen aus meinem Trip vor mir. Jennifer. Was hat sie gesagt?

Alle, die dabei waren, als sie gefunden wurde, behaupten, die Leiche von Grace sei zu Stein geworden.

»Was ist mit Grace passiert, Ben?«, Robert lässt mich nicht aus den Augen. »Was willst du uns sagen?«

»Sie ist versteinert«, murmele ich. »So haben sie sie gefunden. Und sie… Grace war erst mit Milton zusammen und dann mit Paul Forster. Jennifer… Jennifer. Jennifer Hill. Sie hat es mir erzählt. Sie war noch so jung.«

»Was hast du denn für eine Scheiße zusammengeträumt?«, murmelt Chris.

»Er hat nicht geträumt«, erklärt Robert.

»Ach, nein? Er hat dieses Zeug geraucht.« Chris hebt mit angewiderter Miene und gespreizten Fingern den Rest des Joints aus einem Glas. »Die Ärzte haben ihm doch ziemlich deutlich erklärt, was er damit riskiert.«

Robert ignoriert ihn. »Erzähl einfach alles, was du gesehen, gehört, erlebt hast. Jedes Detail.«

Ich halte mich an meinem Schreibtischstuhl fest und versuche, mich zu konzentrieren. Vielleicht ist es wirklich eine gute Idee, sich all den Irrsinn von der Seele zu reden. »Der Traum…«, nein, das ist das falsche Wort, aber welches andere soll ich denn sonst benutzen?, »spielte an dem Tag, an dem die Suchmannschaft vom Ghost zurückgekommen ist. Der Tag, an dem klar wurde, dass Paul Forster, Milton Jones und die anderen dort oben verschwunden sind.«

Und dann kann mich nichts mehr halten. Ich kann mich an jedes Detail so klar erinnern, als würde ich es jetzt vor mir sehen. Ich erzähle und erzähle. Von der Treppe, von der Halle. Erwähne Davids Großvater, Nanuk Cree.

»Wow!« Chris holt tief Luft. »Du solltest wirklich Filme drehen. Mit deiner Fantasie schaffst du es locker bis nach Hollywood. Nur blöd, dass du dir die Birne vorher mit Drogen weghauen musst.«

»Das ist keine Fantasie«, sagt Robert. »Du hast nur die Vergangenheit erlebt. «

Langes Schweigen, währenddessen wir Robert anstarren. Er scheint nicht zu bemerken, was er hier für einen Nonsens von sich gibt.

»Ich wusste, du bist der Schlüssel. Jetzt können wir herausfinden, was damals wirklich mit unseren Eltern passiert ist. Du bist unser Joker.«

Ich schüttele den Kopf. »Halt. Stopp mal. Ich habe einen Joint geraucht, ja, und war auf einem Trip. Da erlebt man alles Mögliche.«

»Nein, glaub mir«, Robert wird womöglich noch ruhiger, als er es sonst ist. »Du warst in der Realität. Allerdings in einer Realität, die schon lange zurückliegt.«

»Robert!« David rollt mit den Augen.

»Die Welt verliert nichts. Alles ist dort draußen. Wünsche, Hoffnungen, Pläne... Erinnerungen und Ängste. Sie sind in unseren Genen. Wir haben sie von unseren Vorfahren geerbt und vererben sie weiter.«

Er glaubt das tatsächlich und irgendwie wäre es cool, wenn er recht hätte. Nur, dann würde ich die Erinnerungen meiner unbekannten Mutter in mir tragen.

»Es gibt Forschungen dazu. Ich denke mir das nicht aus. Genau das hast du erlebt, Ben.«

»Und warum ich?«

Chris erhebt sich und deutet zum Fenster. Er will offenbar diese merkwürdige Diskussion um jeden Preis abbrechen. »Leute, wir müssen los. Die Bautrupps ziehen ab. Nicht mehr lange und es wird dunkel. Wenn wir noch zur Lichtung wollen, dann jetzt. Danach packen wir zusammen. Und morgen sind wir hier oben verschwunden.«

»Ohne mich. Ich meine«, ich stoße ein kurzes Lachen aus. »Ich komme gerade von einer Zeitreise zurück und ...«

»Du bist einer von uns.« Robert lässt nicht locker. »Genau wie bei uns anderen war auch einer deiner Vorfahren mit auf dem Ghost.«

»Kathleen Bellamy.« Davids Blick fliegt zu dem Wisch. »Du kannst es nicht mehr leugnen. Der Name steht auf dem Gedenkstein. Das hier ist es: Die Verbindung zwischen dir und der Vergangenheit.«

Und diesmal gelingt es mir nicht mehr, die Worte wegzuschieben. Die Erkenntnis haut mich um. Ich knicke ein. Kann mich nicht mehr zu einer ironischen Bemerkung aufraffen. Nach meinem Pilztrip damals hat mich immer nur eine einzige Sache aufrechtgehalten. Dass mich das Tal nicht wirklich etwas angeht. Dass ich nicht hierhergehöre.

Plötzlich durchschießt mich ein Bild wie ein Blitz. Der Traum von vor zwei Tagen. Die Berghütte. Das Mädchen mit den hellen Jeans. Sie hatte das Foto gemacht mit dieser Polaroidkamera. Wie hatten sie sie genannt?

»Was hat das alles zu bedeuten?« Es ist das erste Mal, dass *ich* diese Frage stelle und auf die es natürlich keine Antwort gibt, das weiß ich ganz genau.

Die anderen machen sich nicht mal die Mühe, mich anzusehen.

»Die Zeit wird knapp«, sagt plötzlich Robert. »Es kommt uns näher.«

»Es?«

»Das Tal. Wir gehören ihm. Du, ich, wir alle.«

»Debbie nicht.«

Robert tritt zur Tür. »Debbie auch. Es lenkt unser Schicksal. Aber auf dich – auf dich kommt es jetzt an.«

Bis ich kapiere, dass Robert mich meint, dauert es einige Momente. Ich spüre, wie sich mein Magen hebt.

»Was hast du noch gesehen? Da war noch etwas, oder?« Robert spürt sofort, dass etwas nicht stimmt. Schaut mich nun an mit diesen verdammten Augen, die... ich möchte nicht kitschig klingen, aber... sie scheinen mir eine Weisheit zu enthalten, die auf Jahrtausenden basiert. Und so einem Blick kann man sich nun mal schwer entziehen.

Ich atme tief aus. »Da war jemand. Er hat mich verfolgt. Ich bin diese unendlich lange Treppe hinuntergelaufen. Ich nenne ihn den Schattenmann«, sage ich und weiß plötzlich, dass ich ihn schon einmal gesehen habe. »Als ich verschwunden war, in diesen drei Tagen... er war dort auch.«

Robert will etwas sagen, aber ich komme ihm zuvor. »Aber hey, Leute, ich war auf einem Trip. Da kann man allen möglichen Wesen begegnen. Von Riesenkäfern bis hin zu singenden Mäusen. Schatten sind da die harmloseste Variante.« Ich sage das so locker wie möglich, aber gleichzeitig fühle ich wieder diese Scheißangst.

»Vergiss Mr Shadow«, meint Chris und verzieht sein Gesicht zu einem ironischen Grinsen, das allerdings schief gerät. »Nicht mehr lange und wir sind weg hier. Rose und Julia haben übrigens Kartons und Müllsäcke besorgt, in die wir unser Zeug packen können. Sie haben in der Kantine gefragt.«

»Du musst noch einmal zurück«, sagt Robert.

»Willst du mich mit Drogen vollstopfen?«, frage ich.

»Es gibt andere Wege, sich zu erinnern.«

»Welche?«

»Du findest sie, indem du nicht länger davonläufst.«

»Flucht steckt in meinen Genen«, spotte ich. »Meine leibliche Mutter ist auch vor mir davongelaufen.«

»Und meine wurde vor meinen Augen erschossen«, erklärt Robert. »Ich habe mich versteckt, verstehst du? Weil ich überleben wollte. Und genau darum geht es jetzt wieder. Etwas wird passieren. Und selbst wenn wir von hier weggehen, wird es uns verfolgen. Unser Leben lang.«

»Nicht, wenn die Welt wirklich untergeht.«

»Das wird sie.« Robert scheint sich tatsächlich sicher zu sein.

»Und was soll dann das Ganze?«

»Wir wissen nicht…«, Robert ist plötzlich nervös. Seine Hände fahren durch die Haare. »Wir wissen einfach nicht, was danach kommt. Und was, wenn wir es entscheiden können?«

Die bestmögliche aller Welten. Will er mir sagen, *ich* habe es in der Hand?

Generations

Debbie schwitzte vor Aufregung. Ihr Rücken war klatschnass und immer wieder musste sie sich die Hände an ihrer Kleidung trocken reiben. Zudem war die Luft stickig und die Geräte heizten den Raum zusätzlich auf. Welcher Idiot hatte den Computerraum in den Keller verlegt, wo man kein Fenster öffnen konnte? Früher hatte es hier einmal eine Klimaanlage gegeben. Debbie sah sich um. An der Wand war ein Schalter. Sie erhob sich. Das Tastenfeld war schwarz. Die Anlage war ausgeschaltet.

Als sie zurück zu ihrem Platz ging, fühlten sich ihre Beine an, als würden sie bei jedem Schritt in dem Parkettboden unter ihr versinken, oder... was, wenn sie in eine der Fugen zwischen den Dielen rutschte?

Debbie setzte sich vorsichtig und klammerte sich einige Sekunden an die Sitzfläche, bis ihre linke Hand zu jucken anfing. Automatisch begann sie, sich zu kratzen. Ein einziger Tastendruck und der Bildschirm, der sich automatisch abgeschaltet hatte, flackerte wieder auf. Wie ihre Neugierde. Dieselbe Neugierde, die sie immer wieder dazu brachte, an den gruseligsten Stellen eines Horrorfilms durch die vor das Gesicht gehaltenen Finger zu schielen.

Debbie hatte sich völlig falsche Vorstellungen davon gemacht, was sie erwarten würde, sollte es ihr gelingen, das Passwort zu knacken, das zu Angelas Geheimnis in den Untiefen des internen Collegeservers führte. Irgendein Wunderwerk an Computerprogramm, davon war sie eigentlich ausgegangen. Aber was sie vor sich sah, war einfach nur eine Datenbank. Und nicht einmal eine, die besonders kompliziert aufgebaut war. Eigentlich war es nur ein Personenverzeichnis.

Aber alles ... oh, Jesus ... alles war vorhanden: Fotos. Schulzeugnisse. Geburtsurkunden. Kontostände. Angela Finder hatte die totale Überwachung betrieben: E-Mails abgefangen, Telefongespräche protokolliert, Bestellungen im Internet kopiert.

Na, klar. Daher Angelas Nickname: Loaloa – der Augenwurm, weil sich Angela wie ein Wurm in die Server von Ämtern, Banken und Versicherungen gebohrt hatte.

Und ... das wurde Debbie erst auf den zweiten Blick klar: Angela hatte nicht nur einzelne Datensätze erfasst, die Leute bis ins Innerste ausspioniert, sondern auch Querverweise angelegt, Verknüpfungen geflochten, Personen vernetzt.

Die meisten Namen kannte Debbie. Alle Studenten des Grace und die des früheren Solomon Colleges. Debbie scrollte die Datensätze herunter. Auch die Professoren waren nicht ausgenommen, ebenso Angestellte des Colleges, Beamte des Sicherheitsdienstes. Ausgedruckt würden die Informationen eine ganze Schrankwand füllen. Und alles zu lesen – Tage, Wochen, Monate in Anspruch nehmen. Zeit, die sie nicht hatte. Debbie griff nach ihrer Tasche und zog die externe Festplatte heraus. Doch bevor sie alles sicherte, musste sie wenigstens wissen, was Angela über ihre Freunde herausgefunden hatte.

Mit ein paar Klicks erreichte sie einen jeden von ihnen.

Sie waren alle da und als Favoriten mit einem roten Stern gekennzeichnet: Bishop, Christopher, De Vincenz, Julia, De Vincenz, Robert, Freeman, David, Fox, Benjamin, Gardner, Rose, West, Katie, Wilder ...?

Sie starrte auf den Bildschirm.

Es war wie ein Schlag ins Gesicht.

Eine Wilder, Deborah gab es nicht.

Ein Schweißausbruch nach dem anderen folgte. Wo war sie? Warum konnte sie ihren Namen nicht in der Datenbank finden?

Sie schüttelte den Kopf, beugte sich weiter nach vorne, klebte geradezu am Bildschirm.

Was sollte das bedeuten? War sie so uninteressant für Angela gewesen? So nichtssagend? Das war wie bei den Promis. Nur wenn über dich geredet wird, existierst du. Wer nicht erwähnt wird, gehört nicht dazu.

Wozu?

Zum innersten Kreis. Wie Katie oder Julia. Die anderen hatten alle eine Verbindung zu den Studenten, die auf dem Ghost gewesen waren.

Und sie auch.

Selbst wenn Grandma Martha, diese boshafte Lügnerin, es abgestritten hatte. Obwohl sie angeblich an die heiligen zehn Gebote glaubte und ständig in die Kirche gerannt war. Klar – ihre Großmutter war nur noch Haut und Knochen gewesen und hatte nicht viel Ähnlichkeit mit der etwas dicklichen Martha Fleming von damals gehabt. Aber entscheidend war, dass Debbie selbst Martha Fleming wie aus dem Gesicht geschnitten war. Wie Schwestern, dachte Debbie.

Den anderen hatte sie das verschwiegen. Die hätten nur gelacht, nach Beweisen gefragt, aber sie musste nicht alles erzählen. Sie behielt gerne ihr Wissen für sich, um auf den richtigen Moment zu warten. Vielleicht schlossen sie sie deswegen ja aus – weil sie dachten, sie gehöre nicht dazu?

Aber warum behandelten sie dann nicht auch Benjamin als Außenseiter? Er war doch definitiv der Einzige ohne Verbindung zu den Studenten aus den 70er-Jahren.

Benjamin Fox.

Sie gab seinen Namen in der Suchmaske ein, der Datensatz wurde angezeigt, sie klickte auf *Bearbeiten* und überflog die Daten.

Wohnort: Little Rock.

Geburtsort: Los Angeles.

Und dann ein Link, der aufleuchtete, wenn sie mit dem Cursor darüberging. Debbie klickte, der Download begann und langsam baute sich das Bild eines Originaldokuments auf.

Ihre Augenbrauen hoben sich und sie stieß einen spitzen Schrei aus. Oh mein Gott! Das war eine Sensation. Was sie hier vor sich hatte, war eine Adoptionsurkunde. Benjamin war einen Tag nach seiner Geburt adoptiert worden. Und zwar von Thomas und Bridget Fox, Little Rock.

Debbies Blick flog nach unten.

Leibliche Mutter: Kathleen Bellamy...

Name des Vaters: Unbekannt. Debbie legte den Kopf schief und lächelte: ach nein... der arme Benjamin. Er hatte dasselbe Schicksal wie sie. Irgendwo existierte ein No-Name-Dad. Wie traurig. Und vielleicht wusste er nicht einmal etwas davon. Sie kannte wenigstens ihre leibliche Mutter Victoria Wilder, geborene Riley.

Den Rest des Eintrags überflog sie lediglich.

Eines war klar: Angela Finder hatte offensichtlich Freude an Stammbäumen und Genealogie. Da war jede Menge Verwandtschaft aufgeführt. Bis hin zur Generation seines Großvaters, Urgroßvaters und Ururgroßvaters.

In Debbie stieg Unruhe auf. Ein seltsames Gefühl der Erregtheit. Sie beugte sich hinunter und öffnete die Plastiktüte, in der sie ihre Süßigkeiten mit nach unten geschleppt hatte.

Benjamin würde Augen machen, wenn sie es ihm erzählte. Am besten sofort. Ihm einfach eine SMS schicken. Das wäre die absolute Rache dafür, dass er sich ständig über sie lustig machte.

Mist, nur noch ein Schokomuffin und eine Dose Cola. Es konnte doch nicht sein, dass sie alles andere schon gegessen hatte?

Die Folie des Muffins ließ sich nicht lösen. Debbie riss schließlich mit den Zähnen ein Loch in die Plastikhülle und stopfte den Schokomuffin vollständig in den Mund.

Mmmh – oh, Mann, dieses Zeug war so lecker, dafür könnte sie echt einen Mord begehen.

Aber keinen Selbstmord, dachte sie und lehnte sich zurück. Nicht wie Tim Yellad.

Und sie? Warum existierte kein Eintrag von ihr in der Datenbank? Es nagte an ihr, stieß ihr immer wieder auf.

Herzlich willkommen Debbie.

Also war sie kein Noname. Ihr Name war das Passwort! Sie war wichtig. Sie überlegte krampfhaft.

Noname.

No-Name-Dad?

Langsam dämmerte Debbie die Wahrheit. Ihr Schicksal unterschied sich nicht allzu sehr von Benjamins. Natürlich! Angela musste sie unter einem anderen Namen gespeichert haben. Sie war schließlich nicht die richtige Tochter von Superdad Wilder, nur die Stieftochter, und hatte einen anderen Superdad, den sie nie kennengelernt hatte. Aufgeregt presste sie die Lippen zusammen. Der Mann auf dem Bildschirmfoto, der sie an der Hand hielt, war das vielleicht ihr richtiger Vater? Ihr Herz klopfte. Schokokrümel landeten auf der Tastatur, die sie einfach wegwischte.

Debbie setzte den Cursor in das Feld *Suchen* und gab »Debbie« ein… nein, falsch… Sie löschte die letzten Zeichen und tippte langsam und bedächtig *»…orah«*.

So schnell konnte sie gar nicht denken und drei Namen wurden angezeigt.

Deborah Allen

Deborah Epifani

und …

Deborah Finder

Sie stutze, starrte auf den Namen und ihre Hand schwebte lange über der Tastatur, bevor sie die entscheidende Bewegung ausführte.

Ein Schauer lief ihr über den Rücken. Ihre Finger zitterten, aus Versehen drückte sie auf die falsche Taste und der Name verschwand aus der Suchmaske. Debbie hielt den Atem an, als sie ihn erneut eintippte.

Klick.

Ihrem Gefühl nach dauerte es Stunden, bis die Daten angezeigt wurden. Und da war sie.

Dieses hässliche Foto, das sie auf ihren Anmeldebogen für das Grace College geklebt hatte.

Mutter: siehe Victoria Riley, verheiratet mit George Wilder.

Vater: siehe William Finder

Wie oft hatte sie ihrer Mutter, ihrer Großmutter quälende Fragen gestellt, um sie dazu zu bringen, ihr den Namen zu verraten. Und Angela – Angela hatte ihn gewusst.

In Debbies Gehirn begann es zu arbeiten. Für einen Moment verschwammen alle Buchstaben vor ihr auf dem Bildschirm. Ihr Kopf begann zu schmerzen, wie immer, wenn sie sich aufregte.

Finder. Ihr biologischer Vater hieß Finder. William Finder.

Okay. Zurück zur Suchmaske. Um keinen Fehler zu machen, tippte Debbie langsam und konzentriert.

Das Fenster öffnete sich. Da war er. Geradezu gierig studierte sie das Schwarz-Weiß-Foto. Sie konnte keine Ähnlichkeit mit sich feststellen. Im Gegensatz zu ihr hatte der Mann dunkle Haare und … war nicht etwa hellhäutig. Eher braun gebrannt. Aber er war … ganz eindeutig der Mann auf dem Bildschirmfoto.

Herzlich willkommen Debbie!

Debbies Finger rasten jetzt nur so über die Tasten.

William Finder, geboren 31. März 1949.

Sie überflog die Daten. 1985 Heirat Luisa Frazer. 1989 Geburt der Tochter Angela, siehe Angela Finder. 1992 Geburt Tochter Deborah, siehe Deborah Finder: entstammt einer außerehelichen Beziehung mit: siehe Victoria Riley.

Debbies Augen brannten. Sie war... Angela Finders Halbschwester.

Sie hatte noch eine Schwester außer Alice! Nur dass Angela tot war. Und sie selbst, Debbie, war dabei gewesen, als sie im Sommer 2010 hier oben Angelas Leiche im See entdeckt hatten. Die Haare, die das tiefblaue Wasser des Lake Mirror wie rote Seidenfäden durchzogen hatten, waren die ihrer Schwester gewesen. Und es erklärte einiges. Das Passwort, über das sie Zugang zur Datenbank erhalten hatte, die Internetfreundschaft mit Angela, die noch auf die Zeit vor dem Grace College zurückging. Und dieses Gefühl von Vertrautheit, die Überzeugung, eine Seelenverwandte getroffen zu haben.

Debbie kaute unaufhörlich auf der Unterlippe. Hier, Debbie, geht es um deine Wurzeln, dachte sie. Um die Lücken in deiner Vita... nein, das klang zu sachlich, zu kalt, sie war schließlich ein emotionaler Mensch, sensibel und zart besaitet. Hier geht es um deine Identität, um deine Gene.

Es klopfte erneut. Debbie schrak zusammen. Dann klopfte es ein zweites Mal. Sie erwartete jeden Moment, wieder die Stimme von vorhin zu hören.

»Willst du die Wahrheit wirklich wissen?«

Debbie schloss die Augen und machte etwas, worin sie große Übung hatte. Sie klickte das Geräusch einfach weg. Wie sie gelernt hatte, Superdad Wilders Stimme auszublenden, fokussierte sie sich nun auf den einen Namen, der in ihrem

Kopf kreiste. Nicht einfach ein Name, nein, eine Geschichte, ihre Geschichte, die Biografie ihrer ersten Lebensjahre, die bisher völlig im Dunkeln gelegen hatten.

William Finder.

Finder.

William.

Klang das nicht einfach fantastisch? Überirdisch sympathisch? Im Gegensatz zu Wilder?

Nur eines hätte Debbie fast übersehen. Das Kreuz hinter seinem Namen. Ihr Vater war tot. Er war im Jahr 1992 gestorben. Im Oktober. Drei Monate nach ihrer Geburt.

Debbies Mund war trocken und sie musste dringend zur Toilette. Die Menge Cola, die sie in sich hineingeschüttet hatte, rächte sich. Aber sie konnte nicht... sie konnte jetzt nicht aufstehen und diesen Raum verlassen. Ihr blieb nicht viel Zeit. Und vielleicht war sie übermorgen bereits tot, wenn Tim Yellad alias Linford recht behalten sollte. Sie musste wissen, wer er gewesen war. Ihr Dad.

Ihre Augen flimmerten, so gebannt starrte sie auf den Bildschirm. Sie wollte sich gerade wieder dem Eintrag zuwenden, als sie mit einem Seitenblick registrierte, wie das Display ihres iPhones aufleuchtete. Sie hatte eine Kurznachricht über Twitter erhalten. Die neuesten Katastrophenmeldungen von *Mysteries*.

Seit heute Morgen stürzten geschätzt 5.000 Tauben in Paris tot zu Boden. Die Bewohner der Stadt wie Experten in aller Welt rätseln, was das sonderbare Massensterben ausgelöst haben könnte.

Und wennschon. Fünftausend tote Vögel bedeuteten für sie fünftausend Vögel weniger, die Baudenkmäler vollkackten.

Als ob *davon* die Welt unterging.

In der nächsten Sekunde beugte sie sich bereits wieder über den Bildschirm.

Schulbildung. Elementary School, Fields...

Debbie riss die Augen auf. In Fields.

Sie richtete sich auf und begann, an einer Haarsträhne zu drehen.

Sollte das heißen, seine Wurzeln lagen hier in der Gegend, genau wie die ihrer Mutter? Highschool in Golden, das war die nächstgrößere Stadt nach Fields. Und... sie quietschte... Abschluss der Polizeiakademie in Vancouver.

Das war nicht das, was sie hören wollte.

Polizist?

Ihr Vater war einfach nur Polizist gewesen?

Sie und Angela Töchter eines Polizisten? Ja, wenn es das FBI gewesen wäre, aber... nein, es kam noch schlimmer. William Finder war nicht etwa in Vancouver geblieben, nein, er war nach Fields zurückgekehrt, war also nichts als einer dieser Mounties gewesen. Womöglich hatte er auch diese alberne Uniform getragen. Und nicht einmal die Vorstellung, dass er im Dienste einer echten Königin gestanden hatte, konnte sie trösten. Das war nicht die Wahrheit, die sie hören wollte.

Tränen stiegen in ihr hoch. Sie fühlte sich persönlich beleidigt vom Schicksal. Gedemütigt. Der Mann, der ihr leiblicher Vater sein sollte, erwies sich als Versager. Ihre Hoffnungen, die noch vor Minuten in ihr aufgeflammt waren, die romantische Glut, die sie jahrelang in ihren Träumen genährt hatte – auf einen Schlag war sie erloschen. Dagegen war Superdad Wilder... wirklich ein Superdad. Er war immerhin ein bekannter Herzspezialist.

Ihre Hand zitterte, als sie mit der Maus weiter nach unten scrollte. Es gab eine Reihe von Bildern. Eine Angela im weißen Kleid mit beiden Eltern, die sie an Alice erinnerte, ihre andere Halbschwester. Angela im Badeanzug. Angela, die von einem Felsen ins Wasser sprang. Happy family. So sah es zumindest aus und machte die Sache nicht besser.

Sie dagegen blieb wieder allein zurück. Verlassen. Ein Bastard. Sie gehörte nirgendwohin.

Sie war eine One-Woman-Show.

Debbie wollte es nicht glauben. Und nur deshalb klickte sie auf den letzten Eintrag in Angelas ach so wunderbarer Datenbank. Den Link zur New York Times. Ein Fenster sprang auf und eine Todesanzeige öffnete sich.

Mit großem Bedauern teilen wir mit, dass William Finder, der Leiter unseres Sicherheitsdienstes, einem Gewaltverbrechen zum Opfer gefallen ist.

Solomon-Stiftung, New York

Red Cloud

Im Foyer halten sich ziemlich viele Leute auf. Und sie sind ausgesprochen nervös. Die meisten Studenten haben sich vor einer großen Tafel versammelt, auf der die Abreise bis ins Detail beschrieben ist. Die Busse bringen uns nach Fields und dort werden die Ersten sich trennen, in andere Busse steigen, die uns in verschiedene Richtungen bringen. Calgary, Vancouver, Seattle.

Die anderen haben es schließlich geschafft, mich zu überreden. Ja, ich werde mit zum Gedenkstein gehen. Aber nicht, weil ich diesen Bullshit glaube, den Robert von sich gibt. Von wegen, ich soll das Schicksal herausfordern, mich allen Erinnerungen aussetzen, soll die Geister aus der Vergangenheit rufen. Was erwartet Robert von mir? Plant er eine Art Exorzismus?

Als ob ich diese Trips steuern könnte. So einfach funktioniert das nicht. Das müsste Robert eigentlich kapieren. Wenn ich jetzt trotzdem mitgehe, dann aus einem anderen Grund. Kathleen Bellamy. Ihr Name ist auch in den Stein gemeißelt.

Die Eingangstüren sind fest verschlossen. Durch die Scheiben kann ich sehen, dass es aufgehört hat zu regen. Die Wolken jagen in einem böigen warmen Westwind dahin und die drei Gipfel des Ghosts ragen immer wieder am düsteren Himmel auf. Es ist schon fast Abend.

Die Stimmung ist gedrückt und gleichzeitig aufgewühlt. Es wird das letzte Mal sein, dass wir zur Lichtung gehen, zum Grabstein, der jetzt auch mir wie ein Symbol unseres Schicksals erscheint. Vielleicht zögern wir deshalb den Aufbruch hinaus. Ich überprüfe den Akkustand meiner Filmkamera.

»Gib sie mir«, sagt Chris.

»Was?«

»Die Kamera.«

»Warum?«

»Damit ich dich filmen kann, wenn du… wie sollen wir das nennen? In der Zeit reist, halluzinierst… was schlägst du vor?«

»Was soll das?«, widerspreche ich. »Ich bin doch keine Laborratte.«

»Aber Teil eines Experiments.«

Ich schüttele den Kopf. Das kann er vergessen. Ich gebe meine Kamera nicht aus der Hand, niemals.

»Wir können nicht länger warten«, treibt David uns an. »Wir haben höchstens noch eine Stunde, dann wird es dunkel.«

»Was ist mit Debbie?«, fragt Julia und vergräbt ihre Hände in den Jackentaschen.

»Eigentlich dachte ich, sie wäre im CD. Jedenfalls ist sie nirgends sonst zu finden. Aber unten war abgeschlossen. Und als ich geklopft habe, hat keiner geöffnet. Keine Ahnung, wo sie steckt.«

»Ach ja? Das CD war abgeschlossen? Echt Leute, so langsam glaube ich wirklich, die haben die Schließung des Colleges schon länger geplant.« Chris zieht die Stirn in Falten. »Und uns informieren sie erst einen Tag vorher.«

»Debbie weiß, was sie tut«, sagt Robert. »Ihr unterschätzt sie.«

Katie starrt in den Himmel. »Dann bin ich dafür, sie das tun zu lassen, wofür wir sie unterschätzen. Ich kann echt auf sie verzichten.«

Die anderen lachen, aber ehrlich gesagt, irgendwie denke

ich, es würde mir guttun, jemanden um mich zu haben, den ich in den Wahnsinn treiben kann – und nicht umgekehrt.

Nacheinander treten wir ins Freie. Das Gelände sieht aus wie eine Militärzone. Der Blick auf den See ist versperrt, weil das Ufer mit hohen Betonplatten abgesichert ist. Dazu kommen die Bauzäune, die lediglich den Weg Richtung Supermarkt frei lassen, der nur noch bis heute Abend geöffnet ist. Und überall Schilder: Betreten verboten. Das Verlassen der Wege ist untersagt.

»Und was wollen die machen, wenn wir uns nicht daran halten?«, Katie rollt ihren Kopf hin und her, um ihre verspannten Schultern zu lockern. »Uns aus dem College werfen?«

Wir brechen in hysterisches Gelächter aus, und zwar alle gleichzeitig. Als wir uns wieder beruhigt haben, fragt Rose: »Wie kommen wir eigentlich zur Lichtung? Das ganze Ufer steht unter Wasser.«

»Keine Sorge.« Katie wendet sich entschlossen nach links und versucht vergeblich, einer Pfütze auszuweichen. »Hinter den Bungalows geht ein schmaler Pfad über das Plateau in den Wald über. Ist nicht so bequem, aber ihr schafft das schon.«

Das klingt in meinen Ohren ziemlich bedrohlich. Ich bin nicht in der Stimmung für eine Wandertour. Egal, die anderen folgen Katie und ich stapfe hinterher. Wir lassen das Tor, das zur Bungalowsiedlung führt, links liegen und biegen in einen Pfad, auf dem das Wasser zentimeterhoch steht.

Ein kurzer Impuls überfällt mich, einfach umzudrehen, mein Zeug zu packen und von hier oben zu verschwinden. Goodbye Grace Valley. Roberts Gerede von wegen, ich sei der Schlüssel! Noch vor einer Stunde hat er mich damit fast gekriegt, aber jetzt, hier draußen bin ich mir nicht mehr sicher.

Ein Tal ist nichts als ein Ort.

Und ein Schatten nichts als die Abwesenheit von Licht, oder?

Man könnte denken, Robert ist der, der Drogen nimmt. Diese Theorie, ich könnte mich an Dinge erinnern, die vor meiner Geburt passiert sind, weil Erinnerungen unserer Vorfahren mit den Genen weitergegeben werden, klingt ziemlich abgedreht. Selbst wenn er dafür einen Fachbegriff hat. Epigenetik? Nie gehört.

»Wenn das wirklich möglich ist, was du da behauptest«, habe ich zu Robert gesagt, »dann müsste doch jeder ständig den ganzen Scheiß noch einmal erleben, den Eltern, Großeltern und so weiter durchgemacht haben.«

»Nicht jeder«, natürlich hat Robert widersprochen. »Nicht jedes Gen setzt sich durch. Das ist wie bei der Haarfarbe oder der Form deiner Nase.«

Na, toll. Schön, dass es ausgerechnet mich trifft. Ich kann dann nur hoffen, dass mein unbekannter Vater eine entspannte Jugend durchlebte, nicht wie... Kathleen Bellamy.

Ich stolpere, schwanke und mein linker Schuh landet in einer Pfütze.

»Vorsicht!«

Julia, die vor mir geht, rutscht und hätte mich um ein Haar mitgerissen, wenn Chris sie nicht in letzter Sekunde gepackt hätte. Bisher war es nur unangenehm, dem matschigen Pfad zu folgen, der erst relativ sanft angestiegen ist. Aber in der Zwischenzeit hat er sich in einen schmalen Felssteig verwandelt, der schließlich so steil bergauf führt, dass ich zu keuchen anfange. Ich spüre das Gewicht des Rucksacks. Und ich muss bei jedem Schritt aufpassen, dass ich auf dem glatten Steinuntergrund nicht ins Rutschen gerate. Als ich es wage, den Blick vom Boden zu heben, bemerke ich, dass Robert sich alle paar Sekunden nach mir umdreht.

Wie lange wir für den Anstieg gebraucht haben, weiß ich nicht; gemessen an der Menge von Angstschweiß, die in dieser Zeit meinen Rücken hinuntergelaufen ist, kommt es mir wie Stunden vor.

Irgendwann erreichen wir ein Plateau, das mir vage bekannt vorkommt. Ich schaue hinüber zum See und bemerke, dass wir uns genau oberhalb der Brücke befinden, wo Tim Yellad und die anderen zu Tode gekommen sind.

»Zum Teufel«, rufe ich, »das ist eine verfluchte Scheißidee, Robert. Du jagst einem Phantom hinterher. Und Fuck, es geht mir am Arsch vorbei, dass Kathleen Bellamy eine meiner Vorfahren ist. Ihr Name kann auf dem Grabstein meinetwegen verrotten. Ist sowieso bald alles vorbei.«

Entweder, sie hören mich nicht, weil jetzt der Wind aufheult und meine Jacke aufbläht wie ein Segel, oder sie ignorieren mich.

Wobei die erste Möglichkeit wahrscheinlicher ist, denn die Lautstärke, mit der der Wind plötzlich über das Plateau fegt, gleicht dem Tosen eines Blizzards.

»Ich weiß nichts!«, schreie ich. »Ich würde es euch sonst sagen. Ich weiß es nicht mehr, weil es ... oh, Scheiße ... ihr könnt es euch nicht vorstellen, nicht einmal in euren schlimmsten Träumen, und deshalb, okay ... Ich erinnere mich. Ja, ich erinnere mich, aber nur daran, dass es entsetzlich war.«

Jetzt bleiben sie tatsächlich stehen und ich bemerke erst jetzt, dass der Wald nicht mehr weit entfernt ist. Auch als ich bei ihnen ankomme, gehen sie nicht weiter.

»Hört zu, Leute«, sage ich keuchend und versuche, meine Atmung in den Griff zu bekommen. »Ja, ich habe in letzter Zeit einige schlimme Träume gehabt und hatte dabei ein seltsames Gefühl von Déjà-vu. Als wäre ich an dem Ort schon einmal gewesen oder als hätte ich das alles schon einmal erlebt. Albträume halt. Kennt doch jeder von uns.«

»Richtig«, erklärt Julia unverblümt. »Und Ursachen für Albträume sind unverarbeitete Geschehnisse, traumatische Erlebnisse. Genau darum geht es ja.«

»Wir sind bei dir«, versucht mich David zu beruhigen. »Wir lassen dich nicht allein.«

Warmduscher, denke ich gehässig. Er ist bei mir? Dass ich nicht lache.

Robert zieht seine Kapuze zurecht. »Vielleicht passiert überhaupt nichts«, sagt er und zuckt mit den Schultern. »Aber wenn meine Theorie stimmt, dann werden diese Erinnerungen von dir, diese Zeitreisen, wie du sie nennst, von einem Trigger ausgelöst. Und den müssen wir einfach nur finden.«

Ich weiß, was er meint. Es braucht nur einen Auslöser. Ein Geruch, eine Geste, ein Geräusch, ein Ort und ... schwupp ... die Erinnerung kehrt zurück. So wie Robert es beschreibt, klingt es total easy. Klick ... und der Flashback ist da. Herzlich willkommen in der Vergangenheit.

»Reden können wir später«, erklärt Katie energisch. »Sehen wir zu, dass wir in den Wald kommen, dann ist der Wind nicht mehr so stark.«

Kaum hat sie den Satz beendet, bricht der Wind plötzlich abrupt ab. Gerade noch hat er uns fast umgerissen und nun ... Stille.

Und dann setzt ein anderes Geräusch ein. Es nähert sich von links und wird innerhalb von Sekunden intensiver. Eine Art von Summen, als ob sich riesige Schwärme von Heuschrecken nähern. Es verstärkt sich zu einem Pfeifen, das trotz der Kapuze auf meinem Kopf zu einem unerträglichen Ton anschwillt.

Unwillkürlich zähle ich die Sekunden, bis Katie keucht: »Seht ihr das?« Sie deutet mit dem Zeigefinger nach vorne.

Ich starre angestrengt in die angegebene Richtung, doch ich kann nichts erkennen. Nur die hohen, langen Baumstämme vor uns, die den Berghang bedecken und die mit ihren verschwommenen Silhouetten und den vom Regen scheinbar geschliffenen Stämmen plötzlich wie metallisch glänzende Stäbe aussehen.

Die Druckwelle trifft mich unerwartet und schiebt mich nach hinten. Ich stolpere und werde zu Boden gezogen. Mühsam rapple ich mich auf und starre angestrengt geradeaus.

Und sehe sie auf uns zuschweben.

Eine farbige Wolke.

Nein – eher einen rötlichen Nebelschwaden, der einen gespenstischen Kontrast zu dem immer noch dunklen und wolkenverhangenen Himmel bildet. Als ob ein Streifen Abendrot am Horizont sich vom Himmel gelöst hat, bahnt er sich einen Weg durch die Gitterstäbe der Bäume und fliegt direkt auf uns zu.

Und plötzlich weiß ich, dass die Wolke sich auf uns stürzen wird.

»Was ist das?«, flüstert Rose. »So etwas habe ich noch nie gesehen.«

Mir wird innerhalb von Sekunden ganz komisch, besser gesagt horrormäßig übel. Es ist, als würde ein abgehackter, total wirrer Film in mir ablaufen!

Instinkt, Adrenalin – was auch immer. Ich tue es einfach. Ich werfe mich erneut zu Boden. Nur diesmal freiwillig und brülle: »In Deckung. Kapuzen auf. Gesicht nach unten. Nicht in die Wolke schauen.«

Ich bekomme keine Luft, atme in das Moos und kann nur hoffen, dass die anderen meinen Ratschlag befolgt haben, bevor es zu spät ist.

So liege ich mit geschlossenen Augen, den Arm schützend über dem Kopf, und lausche. Ohne mich zu bewegen, ohne die Ursache für meine plötzliche Angst zu verstehen, lausche ich.

Ich höre, wie es näher kommt.

Ein eiskalter Hauch fährt über mich hinweg. Ich friere bis ins Mark. Aber es ist noch nicht vorbei. Sand rieselt auf mich herunter, wie feine Hagelkörner bleibt er auf mir liegen und ich spüre, wie die winzigen Steinkörner sich in der feuchten Luft miteinander verbinden. In letzter Sekunde schaffe ich es noch, die bloßen Hände unter meinen Körper zu ziehen.

Als sich dicht neben mir jemand bewegt, flüstere ich: »Nicht aufstehen. Liegen bleiben. Nicht atmen.«

Dann ein Aufprall über meinem Kopf und es ist vorbei. In der nachfolgenden Stille spüre ich, wie sich auf meinem Rücken eine schwere Kruste bildet. Ich komme mir vor wie eine Schildkröte.

Ich wage nicht zu atmen. Der Staub verklebt die Nasenlöcher und den Mund. Und meine Gedanken sind nicht länger meine eigenen. Sie fallen durch mich hindurch, als wäre mein Körper ein einziger Hohlraum.

Das ist es also, das Gift. Das Gift des Tals. Das mich damals in die Hölle geschickt hat. Ich bleibe liegen, das Gesicht noch immer nach unten gepresst. Obwohl meine Augen fest geschlossen sind, scheint es, als könnte ich durch das Moos, den Waldboden, die Baumwurzeln entlang in das Innere der Erde sehen.

Ich habe eine Scheißangst. Sie schnürt mir die Luft ab. Am liebsten würde ich aufspringen und einfach weglaufen. Aber Idiot, der ich bin, starre ich durch das Loch ins Innere der Erde. Und ich weiß gleichzeitig, dass ich schon einmal dort war. Nicht genau an dieser Stelle, aber unter der Erde. Ich erinnere mich, dass ich mich in dem weit verzweigten Netz aus Stollen und Gängen des unterirdischen Höhlensystems verirrt habe. Bis das Licht einer Fackel mich blendete und jemand sagte: »Komm mit, Benjamin.«

Lost

Meine Hände nähern sich den Kanten einer Öffnung am Ende eines engen Ganges, durch die ein Lichtschein schimmert. Über mir, unter mir und rechts und links neben mir roher Felsen. Mir tut alles weh, als ich langsam vorwärtskrieche. Meine Muskeln beginnen sich zu verkrampfen, weil sie zu lang in einer Stellung ausharren müssen. Immer wieder muss ich stoppen, wenn ich mit dem Rucksack an der Decke hängen bleibe. Jedes Mal rieselt eine Kaskade von Staub und Geröll herunter, was mir zusätzlich die Luft abschneidet. Meine Brust brennt und ein Sandkorn hat sich in meinem rechten Auge festgesetzt, was mich in den Wahnsinn treibt. Ich spüre, wie mir Tränen das Gesicht herunterlaufen. Oh Scheiße, mir tut alles weh.

Verfluchter Hurensohn, denke ich und meine damit Robert. Es passiert genau das, was er geplant hat. Wie habe ich mich nur darauf einlassen können? Weil ich der totale Freak bin und auf diese Hollywoodscheiße abfahre. Von wegen die bestmögliche aller Welten. Und wo bin ich gelandet? Frühzeitig unter der Erde. Ha, ha, Benjamin, sehr witzig.

Dann schießt mir die nächste Frage durch den Kopf.

Wann? In welcher Zeit befinde ich mich? Werde ich sie gleich wieder treffen – Bishops Gruppe? Der Name Bishop löst eine Welle der Wut in mir aus. Ich hebe den Kopf und wieder lösen sich Sand und Steine aus dem Felsen. Bishop.

Warum ist dann nicht Chris hier an meiner Stelle? Soll er doch das verdammte Medium spielen.

Aber ich muss zugeben, neugierig bin ich schon. Obwohl ich mit dem Bauch direkt auf einem scharfkantigen Stein liege, bewege ich mich nicht weiter, sondern meine Hand greift über die Schulter. Es dauert einige Sekunden, bis ich die Kamera in dem obersten Fach des Rucksacks fühle. Vorsichtig gleiten meine Finger nach links, bis ich das Ende des Reißverschlusses ertaste und ihn aufziehe. Dann greife ich in das Fach, meine Hand umschließt die Kamera fest, damit sie mir nicht aus den Fingern rutscht.

Ich schalte sie blind ein, und als das Display aufleuchtet, kann ich im ersten Moment nichts erkennen. Mein rechtes Auge tränt weiter und ich fürchte echt, das Sandkorn steckt so tief, dass es Löcher in meine Netzhaut reißt. Es dauert, bis ich etwas erkennen kann.

Ich bin verblüfft.

Ich habe damit gerechnet, wieder im Jahr 1974 gelandet zu sein. Aber die Kamera zeigt ein anderes Datum.

10. September 2010.

Nur wenige Monate, nachdem wir an das College gekommen sind. Was hat das jetzt wieder zu bedeuten?

Und warum stecke ich hier in diesem Rattenloch fest?

Langsam bin ich bereit, an die Existenz des Schattenmanns zu glauben, vielleicht weil es die leichteste aller Erklärungen ist und weil es sich besser anfühlt, jemanden verantwortlich zu machen. Ich weiß rein gar nichts über ihn, aber er hat mich in der Hand, verfluchte Scheiße.

Das Licht vor mir wird heller, die Öffnung ist größer, als ich vermutet habe. Sie ist nur noch eine Armlänge von mir entfernt. Ein lautes Geräusch ertönt, als ob etwas zu Boden gefallen ist. Es hallt lange nach. Ich erstarre, mein Keuchen ist so laut, dass ich mir die Hand vor den Mund presse. Oh Gott. Ich warte, bis sich mein Herzschlag normalisiert hat. Wieder krieche ich weiter und trotz der Kälte schwitze ich.

Jetzt ist der Moment da. Ich muss nur den Kopf durch die Öffnung stecken, die durch Balken abgesichert ist, von denen einer geborsten ist. Sie ist breit genug, um durchzukriechen. Vorwärts – ein Zurück wird es dann nicht geben. Aber okay – ich ziehe das hier durch, weil ich es endlich wissen will und… ja, auch das schießt mir durch den Kopf, weil meine Freunde es von mir erwarten.

Bevor ich es mir anders überlege, stemme ich mich nach vorn. Der raue Stein kratzt an meinen Händen wie Schleifpapier und die Kälte dringt durch meine Kleider. Doch das Loch weitet sich und dann rutsche ich auf der anderen Seite die Wand hinunter.

Herzlich willkommen im Wahnsinn, Benjamin.

Erst jetzt erkenne ich das ganze Ausmaß der Höhle. Oder nein, das ist keine Höhle. Der Raum hat die Form eines Kreises und die Beleuchtung ist total abgefahren. Bläulich schimmernde Lichtreflexe erhellen immer wieder die Dunkelheit.

Magic.

Als könnte ich sehen, wie sich die Luft um mich herum bewegt, in Schwingung gerät, in sanften Wellen nach oben steigt. Ich sehe ihr nach.

Über mir wölbt sich eine riesige Kuppel, durch die das Licht in den Raum fällt. Es ist angenehm, es blendet mich nicht. Ich könnte ewig so stehen und es anschauen.

Jedenfalls verstehe ich jetzt, wo ich gelandet bin. In der Kathedrale. Katie hat diesen Raum so getauft. Und die Lichtquelle ist nichts anderes als das Wasser des Spiegelsees, das durch die Glaskuppel schimmert.

Endlich lasse ich den Kopf sinken. Ziemlich feucht hier unten. Rote Wassertropfen rinnen die Wand direkt neben mir herunter. Nein… das ist kein Wasser, das ist etwas anderes. Ich fahre mit dem Zeigefinger über die Wand. Die Flüssigkeit ist zäh, vergleichbar mit der, die aus Bäumen rinnt, wenn man sagt, der Baum blutet.

Du wolltest wissen, was auf der anderen Seite ist. Okay, jetzt weißt du es.

Als ich versuche, mich aufzurichten, krache ich mit dem Kopf gegen einen Vorsprung. Ich taumele zurück vor Schmerz und vor Schreck, denn die Kamera rutscht mir aus den Händen. Im letzten Moment bekomme ich sie noch zu fassen, bevor sie auf den Felsboden knallt.

Vorsichtiger geworden, überprüfe ich meine Lage. Ich stehe in einer Art Nische, die in die Wand eingelassen ist. Überall an den kreisrunden Wänden erkenne ich diese großen Öffnungen in den Felsen.

Ich bin sicher nicht zufällig hier. Denn mal angenommen, Robert hat recht und ich bin ein Schlüssel, ein Medium, dann muss ich davon ausgehen, dass ich mich nicht verirrt habe. Dieser Ort. Diese Zeit. Beide müssen etwas mit mir zu tun haben. Was durchaus sein kann, denn schließlich haben die anderen erzählt, dass sie meine Jacke hier im Labyrinth gefunden haben, nachdem ich die Pilze genommen hatte.

Ich reibe mir die Augen, versuche, das verfluchte Sandkorn herauszuwischen, und irgendwann gelingt es mir tatsächlich. Jetzt beginne ich konzentriert und ganz gezielt, die Umgebung zu scannen, während ich mich anstrenge, andere Geräusche außer dem tropfenden Wasser wahrzunehmen. Ich komme mir vor wie ein Tier, das in seinem Versteck sitzt und sich fürchtet... oder zum Angriff bereit ist.

Und dann sehe ich tatsächlich etwas, das ich vorher gar nicht wahrgenommen habe. Nicht alle Nischen sind leer. In einer scheint die Statue einer Frau zu stehen, deren Schönheit und Perfektion mich an griechische Skulpturen erinnert und an noch etwas... nur fällt es mir nicht ein, weil...

Ein eiskalter Schauer läuft mir den Rücken hinunter.

Ich bin nicht allein.

Vor der Nische steht jemand und starrt auf die Frau aus Stein.

Ein Mensch aus Fleisch und Blut. Mann, mein Puls rast und mein Herz schlägt so laut, dass ich wirklich Panik habe, die Felswände könnten das Hämmern als Echo wiedergeben. Doch stattdessen hallen andere Worte wider, nein, es sind keine Worte, viel eher klingt es so, als ob jemand weint.

Wir sehen das Ende. Hält die Zeit für uns still.

Woher habe ich diesen Satz?

Die Szene ist mir vertraut. Ich sehe mich selbst, wie ich an einem Tisch stehe und in Aktenordnern blättere. Namen ziehen an mir vorbei. Frank Carter, Paul Forster und...

Die Erinnerung trifft mich wie ein Faustschlag. Mir wird übel.

Ich war schon einmal hier. Nur damals war ich allein... allein bis auf den Schatten, der mich hierhergeführt hatte. Ich stand in diesem Raum und habe die Aufzeichnungen gelesen. Ich weiß auch, wie der Text weitergeht.

Und es wird uns finden. Wenn es uns will.

Unwillkürlich bewege ich mich. Geröll und Sand knirschen unter meinen Füßen. Und die Gestalt schreckt hoch und dreht sich zu mir um.

Es ist ein Mann, älter als ich. Vielleicht so alt wie mein Dad. Und wie dieser korrekt gekleidet. Mein Dad trägt nichts anderes als einen Anzug, wenn er das Haus verlässt.

»Nein. Geh weg. Es ist zu spät. Du kannst nichts mehr ändern.«

Ich hebe die Hände, wie man es eben tut, um zu zeigen, dass man in friedlicher Absicht kommt.

Der Mann weicht zurück, bis er die Mitte des Raums erreicht hat, wo ich Stufen erkenne. Sie führen wie in einem Amphitheater in die Tiefe.

Ich folge ihm. Gehe zehn Schritte, zwanzig, dreißig. Der Raum scheint sich auszudehnen, immer größer zu werden. Der Mann vor mir steht noch immer vor den Stufen, eingetaucht in das bläulich schimmernde Licht der Glaskuppel.

Ich verhalte mich möglichst ruhig. So ruhig, wie es mir bei all der Aufregung gelingt. Denn klar geht mir der Arsch auf Grundeis.

»Wer sind Sie? Und was machen Sie hier?« Irgendwie scheint mir das die beste Methode, ein Gespräch zu beginnen. Als wären wir zwei Fremde, die sich zufällig auf der Straße treffen. Und mein Gegenüber antwortet.

»Ich musste zurückkehren. Es ist der einzige Weg, meinen Frieden zu finden.«

Er sieht an mir vorbei, starrt auf die Statue in der Nische. »Weil sie hier ist.«

Sein Haar ist eisgrau, eine merkwürdige Farbe, nein, eigentlich eher das Fehlen einer Farbe.

»Sie sind einer von ihnen, oder?«, frage ich. »Einer der Studenten, die am Solomon College studiert haben und auf dem Ghost verschwunden sind.«

Jetzt wendet sich sein Blick mir zu. Auch seine Augen sind grau, eisgrau wie die Haare. »Wir haben versucht zu fliehen, jeder von uns hat das getan. Was für ein Hohn! Als ob eine Flucht jemals eine Option gewesen wäre.«

Ich versuche, mich auf die Fakten zu konzentrieren. Merkwürdigerweise habe ich einen klaren Kopf, meine Angst ist völlig verschwunden. Ich habe die Chance, hier und jetzt alles zu erfahren, was wir wissen müssen. Das spüre ich. Ich darf nur keinen Fehler machen.

»Was ist dort oben auf dem Ghost passiert?«, frage ich.

Er sieht mich nicht an, aber er antwortet trotzdem. »Als ich am Morgen zurückkam, waren sie alle weg. Mark, Frank, Martha, Eliza, Kathleen – sie alle waren verschwunden. Und sie hatten Grace dort liegen lassen. Die Vorräte haben sie mitgenommen, aber Grace, die hatten sie einfach vergessen. Verstehst du?« Sein Gesicht ist plötzlich tränenüberströmt. »Sie lag da und alles an ihr war aus Stein. Ich konnte sie nicht bewegen. Ich wachte drei Tage bei ihr, und als sie kamen, war ich bereit zu gehen.«

»Wer kam?«

»Bishop. Brandon. Nanuk Cree.«

Der Rettungstrupp, also. Der nur noch die versteinerte Leiche von Grace gefunden hatte, wenn man Jennifer Hill glauben durfte.

Ein zögerndes Lächeln gleitet über sein Gesicht. »Ich ging. Sie sollten mich nicht finden. Aber ich schwor mir damals, zu ihr zurückzukehren.«

Plötzlich begreife ich: »Sie sind Milton.«

Er nickt.

Milton Jones, der Grace mehr geliebt hat als sein Leben. Sie starb dort oben auf dem Ghost, ohne dass jemand aus der Gruppe Hilfe für sie geholt hatte. Ich habe immer versucht wegzuhören, wenn Katie mir von den Aufzeichnungen erzählen wollte, die sie im Labyrinth gefunden hatten und in denen die Studenten das Grauen der Nacht auf dem Ghost schilderten. Alles, was passierte, nachdem sie die Pilze gegessen hatten. Gerade die letzten Monate hatte Katie wieder und wieder davon angefangen und ich konnte mich dem nicht entziehen, so gern ich es auch wollte.

Und jetzt wird mir auch klar, was die Steinfigur in der Nische wirklich bedeutet. Es ist keine Statue, sondern ... Grace. Grace Morgan, die hier unten ihre letzte Ruhe gefunden hat.

»Wahre Liebe erweckt dich zum Leben«, flüstert Milton jetzt. »Aber sie kann auch töten.«

Tom ... kommt mir in den Sinn. Aber das meint Milton nicht, er kannte Tom nicht. Ihm geht es um Paul Forster.

»Du hast Paul umgebracht«, flüstere ich. »Du hast ihn mit der Eisaxt erschlagen und in die Gletscherspalte auf dem Ghost geworfen.«

Er nickt ganz selbstverständlich.

»Ja, ich musste es tun. Er war schuld an ihrem Tod. Warum hätte er weiterleben sollen, wenn Grace tot war?« Seine grauen Augen starren durch mich hindurch. »Und wie kann ich weiterleben ohne sie?«

Er lacht plötzlich auf, es klingt furchtbar, halb wie ein Schluchzen, halb wie ein Heulen. »Ich habe dafür gebüßt. All die Jahre. Wir alle. Wir haben dem Tod ins Auge gesehen und das hat uns verfolgt. Martha hat es als Erste erwischt. Brustkrebs. Sie starb mit nicht mal dreißig Jahren. Mark, er hat immer wieder die Gefahr gesucht, bis er selbst zum Opfer wurde. Bishop konnte nicht damit leben und verfiel dem Alkohol. Und Eliza ... sie hungert sich langsam zu Tode, ohne dass jemand es merkt. Jetzt bin ich an der Reihe.«

Mir ist kalt und das nicht nur, weil die eisige Feuchtigkeit, die aus den Felsen läuft, langsam durch meine Kleider dringt. Nein, es sind die Worte, die Milton sagt, und es scheint mir, als hätte ich sie schon einmal gehört.

»Die meisten Menschen sind nicht mehr als ein Staubkorn in dieser Welt, nur ein unbedeutender Stern in der Milchstraße. Und dann gibt es andere, die auserwählt scheinen. Aber sie müssen die Prüfung auch verstehen. Wir haben versagt.«

Er blickt auf. Ich kann ein bitteres Lächeln in seinem Gesicht erkennen. »Wir haben es nicht geschafft. Hatten keine Chance. Man darf sich niemals, verstehst du, auf gar keinen Fall zum Spielball für andere machen. Das bedeutet ausnahmslos, dass man sich dem Bösen ausliefert. Und dem Bösen kann man nicht davonlaufen.«

Er legt seinen Kopf in den Nacken und sieht zu dem Mond

auf, dessen magisches Licht durch das Wasser auf uns hinunterscheint.

»Aber jetzt ist alles gut. Denn ich bin zurückgekehrt.«

Milton seufzt und zieht aus der Tasche seines Jackets einen Beutel, öffnet ihn, und als er mir die Hand entgegenstreckt, erkenne ich ein rotes Pulver.

»Der rote Staub«, sagt er. »Es ist das Salz in der Erde des Tals. Ich habe lange gebraucht, bis ich es verstanden habe, warum Grace als Einzige damals gestorben ist. Es war die Wunde... Diese winzige Schnittwunde im Finger, die sie sich in den Gängen bei den Höhlenmalereien zugezogen hat.«

Er spricht nicht weiter, stattdessen streckt er den linken Arm aus, und bevor ich noch richtig verstehen kann, was er tut, liegt in seiner rechten Hand ein Messer. So eines, wie ich es auch besitze. Ich erkenne die Inschrift Cree & Söhne.

»Was machen Sie da?«

Es ist keine tiefe Wunde, die Milton sich zufügt. Ehe ich ihn zurückhalten kann, dreht er sich um und rennt die breiten Stufen zu dem riesigen Tisch hinunter, bückt sich, zieht an etwas und plötzlich öffnet sich vor meinen Augen der Boden. Weitere Stufen, die noch tiefer nach unten führen.

Er zögert einen kurzen Moment, dann kippt er den Inhalt des Beutels über seine Hand.

»Für Grace«, sagt er.

Ich bin mit drei Sätzen bei ihm, reiße ihm hektisch den Beutel aus der Hand, aber es ist zu spät.

»Mir ist kalt«, flüstert Milton heiser. Seine Zähne schlagen aufeinander. Er zittert am ganzen Körper. »Aber es wird nicht lange dauern.«

Panisch reiße ich mir die Jacke vom Körper. Versuche verzweifelt, ihn damit zu wärmen. Es ist das Einzige, was ich tun kann. Und Milton hat recht. Ich kann spüren, wie er unter meinen Händen erstarrt.

»Es wird mich zu ihr bringen«, flüstert er. »Jetzt ist sie nicht mehr allein.«

Er schafft nur noch zwei Schritte, dann sinkt er auf einer der unteren Stufen zusammen.

»Wir können nicht sterben. Wir sind die Erben«, murmelt er. »Das dachten wir, aber das Experiment ging schief.«

»Warum?«, schreie ich. Die Frage geht durch mein linkes Ohr, mein Kopf dröhnt und ich habe das Gefühl, der Klang durchbohrt mein rechtes Trommelfell und verlässt wieder meinen Körper: »Warum ging es schief?«

Verzweifelt presse ich meine Hände an die Ohren. Dennoch kann ich Miltons Antwort deutlich verstehen.

»Unser Kreis war nicht vollständig«, flüstert er. »Einer hat gefehlt.«

The Key

Der Raum mit seinen grauen Wänden und den vielen Bildschirmen verschwamm vor Debbies Augen. Das grelle Licht bereitete Kopfschmerzen. Wie lange saß sie schon hier unten? Stunden. Und sie brauchte noch mehr Zeit. Eine Menge Zeit. Und die lief ihr davon, während der Raum um sie herum still stand.

Fehler, Fehler, Fehler hämmerte es in ihrem Kopf. All die Jahre war sie so sicher gewesen, dass Grandma Martha ihre Verbindung zur Vergangenheit bedeutete. Das Band, das sie mit Rose, Julia und den anderen verknüpfte. Konnte es wirklich nur ein Zufall sein, dass ihre Großmutter hieß wie die andere Martha – Martha Fleming, die auf der Expedition dabei gewesen war? Hatte sie, Debbie, sich getäuscht? Einen Fehler gemacht? Sie? Fehler durften nicht passieren. Nicht ihr. Das machte sie rasend. Tränen stiegen in ihr auf.

Andererseits... sie hatte endlich ihren Vater gefunden, oder? Sie war immer noch ein Genie. Sie hatte ganz allein das Geheimnis ihrer Herkunft gelüftet, wenn auch anders, als sie geglaubt hatte.

William Finder.

Immer wieder sagte sie den Namen laut vor sich hin.

William Finder.

Mit großem Bedauern teilen wir mit, dass William Finder, der Leiter unseres Sicherheitsdienstes, einem Gewaltverbrechen zum Opfer gefallen ist.

Solomon-Stiftung, New York

Wieder und wieder glitten ihre Augen über die Zeilen der Todesanzeige.

Ihr Vater, ihr leiblicher Vater, war Leiter des Sicherheitsdienstes dieser Stiftung gewesen, die den gleichen Namen wie das ehemalige College trug. Die Frage war nur: Wozu brauchte eine Stiftung einen Sicherheitsdienst? Und wieso war er umgebracht worden?

Money makes the world go around, the world go around, the world go around. Money makes the world go around. It makes the world go 'round.

Plötzlich hatte Debbie den Song aus dem Musical *Cabaret* in ihrem Kopf.

Faktencheck, das war es, was sie jetzt brauchte. Nur dass das Internet wieder nicht funktionierte und sie nicht prüfen konnte, ob diese Stiftung...

Sie streckte ihren Rücken durch, beugte sich über die Tastatur und begann von vorn. Außer ihr, dem Bildschirm und der Datenbank schien nichts mehr zu existieren.

Eine Menge Leute, eine ganze Menge Leute hatten ihre Finger im Spiel bei dem Geheimnis, das über dem Tal lag. Und jeden einzelnen Namen rief sie in der Datenbank auf. Jede Kleinigkeit konnte wichtig sein. Jedes noch so unscheinbare Detail bereitete ihr Kopfzerbrechen. Jede Frage bohrte sich durch ihre Schädeldecke. Ihr Kopf fühlte sich an wie ein Riesenballon, der jeden Moment platzen konnte. Und die Luft hier unten im Computerdepartment war zum Ersticken.

»The world go around«, versuchte sie zu singen. Vor Durst war ihre Kehle ganz ausgetrocknet und rauh. Sie konnte kaum noch sitzen, dieses blöde Strickkleid kratzte und sie musste immer dringender aufs Klo. Aber sie konnte jetzt unmöglich aufstehen und den Raum verlassen. Hinter ihren unerträglichen Kopfschmerzen lauerte etwas. Sie konnte es nur noch nicht greifen.

Namen. Namen.

Grace Morgan, Rose Gardner, de Vincenz, Chris Bishop, Solomon, Brandon, Freeman, West und immer so weiter...

Nichts als Namen, die sie immer mehr durcheinanderbrachten. Einfach zu viele Namen.

Mach jetzt nicht schlapp, Deborah Wilder.

Es dauerte einige Sekunden, bis Debbie begriff, dass sie diesen Satz laut gesprochen hatte, mit der Stimme von Superdad. Sie hatte die versteckte Ironie, die Boshaftigkeit genau kopiert.

Debbie holte mehrfach tief Luft. Atmete tief in den Bauch.

Sie musste strukturiert vorgehen. Am besten alphabetisch. Also noch einmal von vorn. Bei Kathleen Bellamy.

Sie überflog die Daten. Adresse, Sozialversicherung, Scheckkartenbetrug, Vorstrafe wegen Drogenbesitz, Affäre mit einem bekannten Hollywood-Regisseur...

Die Daten, die Angela zusammengesammelt hatte, waren schier unerschöpflich. Debbie klickte sich durch die Angaben, wühlte in einem fremden Leben, doch ohne Ergebnis.

Noch einmal holte sie die Geburtsurkunde auf den Bildschirm und starrte sie an. Vater: Ken Bellamy, geb. 1935. Siehe Joshua Bellamy und Caroline Bellamy.

Vater: Joshua Bellamy, geb. 1901

Mutter: Caroline Bellamy, geb. 1910, geborene Caroline Tree. Und auch hier gab es Links, die noch weiter zurückreichten.

Debbie rieb sich die Stirn. Was sollte das? Warum diese Ahnenforschung? Dahinter musste etwas stecken, was sie nicht begriff. Sie musste sehen, was Angela auch gesehen hatte. Sie musste denken wie ihre Schwester.

Sie nahm sich die mütterliche Linie vor, aber auch hier nichts. Kathleens Mutter, eine Charlotte Cushing, hatte 1955 einen gewissen Ken Bellamy geheiratet, drei Jahre später war Kathleen zur Welt gekommen.

Sie seufzte und versuchte es mit dem nächsten Namen.

John Bishop, der Vater von Christopher.

Geboren 1945 in Boston.

Auch zu John Bishop gab es unendlich viel Material. Schon in seiner ersten Zeit am Solomon College hatte er sich einen Ruf in der Wissenschaft erworben, war eine Legende in der Welt der Philosophie. Debbie rief uralte Zeitungsberichte auf. Forschungsberichte. Artikel in der Zeitschrift »Dogma«. Sie betrachtete die Fotos. Bishop – Mr Wichtigtuer. Wie er Chris ähnelte. Derselbe arrogante Gesichtsausdruck. Die identische Haltung, die so viel Verachtung für andere ausdrückte. Es machte sie rasend.

Debbie schloss die Dokumente und versuchte es in der jüngeren Vergangenheit. Na also. Schon besser. Bishop hatte alles Selbstherrliche verloren, die Fotos zeigten einen gebrochenen Mann. Sie zoomte sich einen Schnappschuss näher und vergrößerte die Bildunterschrift. John Bishop, der Verfasser von Futurum I, am Grab seiner Mutter Sarah Cushing in Boston.

Wie dramatisch, dachte sie und dann...

Debbie stutzte. Seine Mutter Sarah Cushing? Nicht Sarah Bishop? Und war da nicht eben... Moment!

Sie spürte, wie ein Schauer sie durchfuhr, als sie zu dem Eintrag von Kathleen Bellamy zurückkehrte.

Tatsächlich, in der mütterlichen Linie gab es auch eine Cushing.

Zufall? Debbie kaute an ihrer Unterlippe. Überlegte.

Dann tippte sie den nächsten Namen ein.

Julia und Robert.

Vater: Mark de Vincenz, geboren 1957, siehe Kevin de Vincenz und Lisa de Vincenz.

Debbie überlegte kurz und versuchte es dann zuerst mit der Mutter.

Lisa de Vincenz, 1933 geboren als Lisa Cushing, Zwillingsschwester von Leland Cushing.

Leland. Was war das für ein bescheuerter Name?

Und wennschon, wichtig war doch nur einer.

CUSHING.

Immer wieder Cushing.

Die Erkenntnis traf Debbie wie ein Hammerschlag. In ihren Ohren dröhnte es laut. Das Labyrinth als Symbol. Das Labyrinth unter dem See. Das Labyrinth in ihrem Stammbaum. Und die verzweigten Gänge führten zu einem Namen. Debbie hörte ihr Kiefergelenk knacken, als sie vor Aufregung die Zähne aufeinanderpresste. Etwas schmeckte bitter, rieselte ihr Kinn hinunter und tropfte auf die Tastatur. Sie hatte sich die Lippen blutig gebissen.

Das war es.

Das war die Verbindung. Das fehlende Glied in der Kette.

Minutenlang saß sie einfach nur da, dann fing sie rasend schnell an zu tippen.

Katies Mutter: Mi Su Eliza West, geboren 1958, siehe James Cushing (gefallen im Korea-Krieg) und Sun-Ah Cushing, geborene Cho Sun-Ah.

Koreanische Namen waren wirklich seltsam.

David Freeman: Mutter Fiona Flanegan, Vater Callum Gray.

Moment.

Warum gab es keinen Hinweis auf Davids Urgroßvater? Hatte Angela ihn nicht gefunden oder war er unbekannt?

Spielte das eine Rolle? Etwas in ihr sagte, ja, es war wichtig.

Der Name Cushing tauchte in Davids Stammbaum nicht auf. Auch nicht in der mütterlichen Linie.

Mist. Wäre zu schön gewesen.

Aber egal. Debbie konnte sich jetzt nicht mit Misserfolgen aufhalten.

Noch hatte sie nicht alle überprüft. Also weiter!

Was war mit Rose?

Sie zögerte einen Moment, holte tief Luft und klickte dann auf den Namen Grace Morgan.

Grace Morgan, geboren 1959. Es gab eine Schwester, Hope, knapp zwei Jahre älter, die Mutter von Grace. Die Eltern... ein Joshua Morgan, verheiratet mit Bell Morgan und diese war, yes... Debbie stieß einen Freudenschrei aus... eine geborene Cushing.

Debbie riss ein Blatt Papier aus ihrer Tasche, nahm einen Stift und begann zu kritzeln. Es waren so viele. So viele Namen. So viele Kinder. Mein Gott, damals hatten die sich vermehrt wie die Karnickel.

Aber davon ließ sie sich nicht abschrecken. Sie würde die Verbindungen finden. Sie, Deborah Wilder – nein, sie verbesserte sich – Deborah Finder, sie würde dieses Geheimnis lösen.

Im Geist ging sie die Namen durch. Erst am Ende, wenn ihre Theorie Bestand hatte, würde sie sich um ihren eigenen Stammbaum kümmern.

Was war mit Milton? Sie tippte schneller, als sie denken konnte.

Milton Jones, geboren 1958; vermutlich Halbbruder von Martha Flemings. Vater von beiden war Leland... Leland Cushing, Zwilling zu...

»...Lisa Cushing!« Debbie schrie es heraus in einem einzigen Triumph. Alles, aber auch alles hing zusammen.

Wahnsinn!

Der pure Wahnsinn!

Klick, klick, klick.

In Debbies Gehirn liefen die Datenleitungen heiß, sie fühlte sich selbst wie ein Computer, alles verzahnte sich, griff ineinander.

Weiter.

Paul Forster. Bruder von Peter Forster, Mutter Mary... Cushing, Tochter von Sarah Cushing.

Überall und immer wieder: Cushing, genauer gesagt, Sarah Cushing.

Ein letzter Name fehlte noch. Der wichtigste.

Ein unmerkliches Zögern, dann klickte Debbie auf den Namen William Finder. Hier war ihr Vater. William Finder junior... geboren 1949. Sohn von William Finder senior, der... Debbie hörte, wie ihr Herz ging, poch, poch, poch, poch, poch, poch... verheiratet gewesen war mit Elza Cushing, erster Tochter von... wie konnte es anders sein? Sarah Cushing.

Sie hatte gefunden, wonach sie gesucht hatte. Ihre Wurzeln. Rose, David, Robert, Julia, Chris, Benjamin, Katie und sie, Debbie, waren nicht Freunde. Sie alle gehörten zu einer Familie. Hatten denselben Vorfahren.

Alle Anspannung wich plötzlich von ihr. Nicht weil sie beruhigt war. Im Gegenteil. Was sie plötzlich fühlte, war eine ungeheure Ohnmacht, ja fast schon Gleichgültigkeit. Eine Gleichgültigkeit, die zu gleichen Teilen auf Erschöpfung und dem Gefühl von Machtlosigkeit beruhte. Der Bildschirm flackerte. Der Name Sarah Cushing schien ihr entgegenzublicken, größer und größer zu werden.

Debbies Finger schwebte über der Taste.

Und dann endlich klickte es.

Wieder ein Stammbaum, diesmal nicht ganz so weit verzweigt.

Debbie merkte gar nicht, wie sie laut die Einträge ablas, die nacheinander auf ihrem Bildschirm erschienen. »Sarah Cushing, geboren 1914 in Edinburgh als Lady Sarah Dunbar, 1931 Heirat mit Godfrey Cushing, Boston. Mutter Fiona Countess of Dunbar († 1971). Vater John Graham Duke of Dunbar (verschollen in Kanada 1913).«

Das war es.

John Graham Duke of Dunbar.

Besser bekannt als Dave Yellad, dem Anagramm von Dead Valley.

Der Handlungsreisende, Forscher, Mathematiker, Geograf, der als Erster versucht hatte, das Tal zu kartografieren, und der hier ganz in der Nähe das letzte Mal lebend gesehen worden war.

Lady Sarah Dunbar, verheiratet mit einem Godfrey Cushing, war seine Tochter gewesen.

Und damit waren sie, Chris und Julia, Robert und Benjamin, Katie und Rose – seine Nachkommen.

Die Erben.

Minutenlang saß sie einfach nur da. Sie befand sich in einer Art Schockstarre. Und sie spürte nicht einmal, als ihre Blase dem Druck nachgab und Urin die Innenseite ihrer Oberschenkel hinabrieselte…

From Hell

Niemand hat uns angesprochen, als wir ins Grace zurückgekehrt sind, obwohl wir aussehen wie australische Aborigines mit Kriegsbemalung. Im Gebäude herrscht der große Aufbruch. Ich ziehe mein Telefon aus der Jackentasche und lege es auf den Fernseher. Angewidert streife ich den feuchten und verdreckten Anorak ab, werfe ihn zu Boden und ziehe die Schuhe aus, die im ganzen Raum rote Spuren hinterlassen haben. Erst dann lasse ich mich auf das durchgelegene Sofa fallen, bevor mir jemand anders den Platz abspenstig macht. Aber das ist das Gute an einem Verrücktenbonus, niemand protestiert, und um es mir noch bequemer zu machen, schiebe ich mir sämtliche bunten Kissen unter den Kopf, die die Mädchen im Laufe der letzten drei Jahre angesammelt haben. Ich bin völlig erschöpft nach dem, was passiert ist, und würde jetzt gerne einen Film sehen. Irgendetwas Schräges, Witziges, bei dem ich einfach nur lachen kann. *Per Anhalter durch die Galaxis* zum Beispiel. Solche Dialoge lehren einen, alles auf die leichte Schulter zu nehmen, sogar den Wahnsinn.

Und als mich David fragt »Alles okay, Ben?«, antworte ich tatsächlich mit einem Zitat. »Das ist nur völlig normale Paranoia, die kriegt jeder im Universum.«

Tja, was soll ich sagen, David merkt das nicht einmal. Das sagt ziemlich viel über die Situation aus, in der wir stecken.

Kein Wunder, dass ich lachen muss und mich gar nicht mehr einkriegen kann. Die anderen sehen das natürlich als hysterischen Anfall (okay, es ist auch einer), aber seltsamerweise ist es ausgerechnet Robert, der den Mund wenigstens zu einem Grinsen verzieht.

»Wisst ihr«, witzele ich weiter, »mein ganzes Leben hatte ich das komische Gefühl, dass etwas Gewaltiges und Böses in der Welt vorgeht.«

»Das ist nicht lustig.« Julia ist dabei, ihre nasse Jacke auszuziehen und versucht, nicht mit dem Staub in Kontakt zu kommen, der daran klebt. »Nach dem, was Benjamin von Milton erzählt hat, schmeiße ich meine Kleider besser in den Müll.«

»Das war nur ein Traum, eine Art Post-Trip«, versucht Chris, sie zu beruhigen. Er will es immer noch nicht glauben, dass ich auserwählt bin, durch irgendein Wurmloch im Universum zu kriechen, um den Schleier der Vergangenheit zu lüften.

»Und der Sandsturm?« Rose kommt aus der Küche, eine ganze Batterie Tassen in den Händen. Das Lampenlicht wirft tiefe Schatten in ihr Gesicht. Ihre blonden Haare schimmern rötlich im künstlichen Licht. »So etwas habe ich noch nie erlebt. Das war genauso wie auf den Fernsehbildern aus diesem Dorf in Guatemala. Ich dachte, ich ersticke. Und ich spüre das Zeug noch überall. Wir müssen alle unter die Dusche.«

»Genau das werde ich jetzt auch tun.« Sobald Katie die Jacke ausgezogen hat, knüllt sie sie zusammen, steckt sie in den gelben Müllsack, in dem bereits Julias Anorak gelandet ist, und verschwindet in ihrem Zimmer.

David gießt eine Tasse Tee ein und reicht sie mir. »Was hat Milton damit gemeint, dass der Kreis nicht vollständig war?«

Ich hasse Tee.

»Erklärungen und Analysen«, erwidere ich, »stehen nicht in meiner Stellenbeschreibung. Ich bin nur Mittel zum Zweck. Euer Medium. Das Einzige, was ich verstanden habe, war, dass deshalb das Experiment gescheitert ist.«

»Bishops Experiment?«, fragt David. Chris' Vater war es damals gewesen, der die Studenten ursprünglich auf den Ghost geschickt hat. Eine Untersuchung über Gruppendynamik. Jeder sollte jeden beobachten. Einen Sommer lang.

»Es war nicht die Schuld meines Vaters. Davon bin ich überzeugt.« Ich kann an Chris' Gesicht erkennen, wie sehr er sich beherrschen muss. Obwohl wir so unterschiedlich sind, hat Chris etwas an sich, das ich bewundere. Er ist immer zu hundert Prozent Chris und nicht einmal Julia ist es gelungen, ihn zu zähmen. Manche Leute können damit nicht so gut umgehen.

»Das sagt auch keiner«, versucht David, ihn zu besänftigen.

»Vergesst das Experiment. Es geht nicht darum.« Robert hat seinen Pullover ausgezogen und steht nur im T-Shirt da, das ihm viel zu groß ist. Ehrlich gesagt erschrecke ich bei diesem Anblick. Wenn unsere Krankenschwester, der Vampir, der Meinung ist, ich sei dünn, dann hat sie offensichtlich Robert vergessen. Er sieht irgendwie ausgezehrt aus, als ob etwas an ihm nagt. Nicht nur mir fällt das auf, denn Julia schlägt sich die Hand vor den Mund und flüstert: »Robert, was ...«

Aber sie kommt nicht dazu weiterzureden, denn in diesem Augenblick stürmt Katie durch die Tür und ihre Miene scheint wie ... erstarrt. In ihren Augen spiegelt sich tiefe Verwirrung. Rose ist sofort an ihrer Seite.

»Was ist, Katie?«

»Hier ...« Sie reicht Rose ein Blatt Papier. »Das lag auf meinem Bett. Jemand ... war in meinem Zimmer, während wir weg waren.«

Roses Stimme zittert, als sie zu lesen beginnt.

Liebe Katie,

wenn dich dieser Brief erreicht, werde ich nicht mehr leben. Dieser Brief bedeutet: Ich habe versagt.

Ich verstehe nun, was das Wort Besessenheit wirklich ausdrückt. Besessenheit kann dich um den Verstand bringen. Sie kann töten.

Du aber, Katie, du bist stark. Wie deine Freunde. Ihr habt widerstanden, mehr als einmal. Es hat euch bis jetzt nicht auseinandergebracht und es wird euch auch in Zukunft nicht trennen. Das ist eure Stärke! Vertraut darauf! Ihr könnt es zusammen überwinden. Und dann wird es euch gehen lassen.

Katie, ich habe in so vielen Punkten gelogen und es tut mir aufrichtig leid. Dave Yellad war nie mein Urgroßvater, genausowenig wie ich im Gefängnis wegen Mordes gesessen habe. Aber in einem Punkt, in einem Punkt habe ich immer die Wahrheit gesagt. Ich mochte dich wirklich. Mehr als gut für mich war.

In Liebe, Tim Yellad

PS: In diesem Umschlag findest du das Reisetagebuch von Dave Yellad, dem Duke of Dunbar. Gib es Robert. Vielleicht kann er mehr damit anfangen als ich.

Rose hebt den Kopf und in ihren Augen stehen Tränen.

Die nachfolgende Stille ist unheimlich, geradezu unerträglich gespenstisch. Und es macht die Sache nicht besser, dass von unten orangefarbenes Licht nach oben dringt. Als wir gleich nach dem Sandsturm zurück zum Grace gekommen sind, ohne an der Lichtung gewesen zu sein, haben wir die Streifenwagen der Polizei gesehen. Sie überwachen inzwischen das ganze Gelände.

Der Erste, der sich bewegt, ist David. Er geht zum Fenster und schiebt den Riegel zurück. Kalte, feuchte Luft strömt in das Apartment. Mal ehrlich, ich bin nicht wirklich überzeugt von der Theorie, dass frische Luft in allen Lebenslagen hilft. Nicht nur Julia zittert am ganzen Körper, auch mir ist scheißkalt. Aber wenigstens wird die Stille unterbrochen. Ein leises Ticken ist zu hören, das gleichmäßige Tröpfeln des Regens, der wieder eingesetzt hat.

Ein unerträgliches Geräusch. Am liebsten würde ich aufspringen und schreien: »Aufhören! Stopp!«

Diesmal tue ich es bewusst. Ich reiße die Schranken einfach hinunter, durchbreche die Grenze mit voller Absicht. Vielleicht, um mich zu retten, vielleicht, um uns alle vor dem Untergang zu bewahren. Die bestmögliche aller Welten ... nie war ich so weit entfernt davon wie in diesem Augenblick.

Alles, worauf ich hoffe, sind Bilder, die ich angeblich gespeichert habe. Mein inneres Kino. Ich berichte live aus der Vergangenheit ... oder so ähnlich. Ich schließe also die Augen. Höre auf, mich zu wehren. Mein Kopf sinkt tiefer in die Kissen, der Geruch eines intensiven Parfüms betäubt mich. Patschuli? Die genüssliche Entspannung breitet sich aus bis in die Zehen- und Fingerspitzen.

Dann nehme ich ein Geräusch wahr. Ein intensives Rauschen. Irgendwo muss Wasser sein. Ich kann es spüren und riechen. Die Luft, die ich einatme, ist feucht und hinterlässt einen modrigen, ja geradezu fauligen Geschmack in meinem Mund. Oh Mann, das ist so eklig.

Aber diesmal ist die Reise nicht ganz so strange.

Ich glaube nämlich, ich kenne den Ort, an dem ich gelandet bin. Bin schon einmal hier entlanggegangen, nicht in einer Vision, sondern in der echten Welt.

So richtig erkennen kann ich allerdings nichts, auch wenn sich meine Augen allmählich an die Dunkelheit gewöhnen. Ich erahne sozusagen die Stützbalken, die die Felsendecke tragen, und wenn ich beide Arme ausstrecke, dann kann ich die glatten, abgeschliffenen Wände zu beiden Seiten berühren. Ich glaube, ich bin in dem Stollen unter dem Ghost, durch den wir damals auf die andere Seite des Berges gelangt sind.

Und dennoch ist etwas anders. Es scheint, als ob die Balken, die die Decke tragen, erst vor Kurzem erneuert wurden.

Ich taste meine Taschen ab und – herzlich willkommen in irgendeiner Parallelwelt – wie durch ein Wunder habe ich tatsächlich mein Handy bei mir, obwohl ich es vorhin auf den Fernseher gelegt habe. Wenigstens dazu ist Fantasy gut. Allerdings kostet es mich einige Mühe, es aus der hinteren Hosentasche zu ziehen, denn meine Hände sind kalt und klamm.

Das Licht des Displays ist schwach, aber was ich erkennen kann, versetzt mich in einen totalen Bilderrausch. Die Wände entlang ziehen sich Muster. Zuerst glaube ich, dass es sich um die Maserung des Gesteins handelt, bis ich Figuren erkenne. Selbst in diesem Licht entwickeln die Farben eine unfassbare Leuchtkraft. Damals, als wir hier waren, gab es diese Bilder hier nicht. Nur in dem einen Höhlenabschnitt haben wir Reste von Felszeichnungen entdeckt.

Die monumentalen Abbildungen zeigen Menschen und Tiere in Lebensgröße. Vor allem Tiere. Puma, Luchs, Büffel, Adler, aber auch Arten, die in den Rockies nicht vorkommen, wie Schildkröten, Delfine und Wale.

Im ersten Moment denke ich an das Naheliegende – an Jagdszenen. Aber auf den zweiten Blick begreife ich, dass ich mich täusche. Wenn ich das Handy bewege, um mehr zu erkennen, spüre ich etwas. Unruhe, ja Panik. Das erinnert mich an Filmszenen aus alten Western oder an Herden von Elefanten, Giraffen, Antilopen, die vor dem großen Feuer fliehen, das die afrikanische Savanne überrollt. Was hier abgebildet ist, gleicht einer großen Flucht.

Ich fühle mich tatsächlich auserwählt. Ich habe etwas Unglaubliches entdeckt. Damit meine ich nicht, dass es sich vermutlich um eines der größten Kunstdenkmäler einer unbekannten, unentdeckten Vorzeit handelt. Das wäre wirklich cool. Aber da ist noch etwas abgebildet, das mich in totale Aufregung, ja fast schon Hysterie versetzt. Ich gehe weiter, bleibe stehen. Und es ist immer dasselbe. Die Höhlenmalereien spielen alle an demselben Ort. Sie werden immer von dem einen Berg überragt, den ich blind zeichnen könnte. Dem Ghost.

Wer das hier gemalt hat, war Zeuge. Zeuge eines Exodus, bei dem Menschen und Tiere dieses Tal verlassen haben.

Plötzlich überkommt mich Panik, wenn ich an die Warnung denke, die Tim uns in seinem Brief mit auf den Weg gegeben hat. Wir sollen zusammenbleiben. Dürfen uns nicht trennen. Aber ich – ich bin hier ganz allein!

Ich fahre herum und beginne zu rennen. Will zurück ins Freie. Zurück in die Gegenwart. Aber wie das so ist in Träumen, ich komme keinen Schritt vorwärts. Und nicht nur das. Ich höre plötzlich Stimmen. So deutlich, als ob sie direkt neben mir stünden.

»He, Leute, kommt mal her. Das müsst ihr euch ansehen.«

»Das ist der Wahnsinn!«

»Das müssen Indianer gemalt haben.«

Ich bin nicht alleine hier unten. Das ist ein gutes Gefühl. Weshalb ich mich in die Richtung bewege, aus der die Stimmen kommen, die immer deutlicher werden.

»Das sind Indianersymbole ...«

Ich kann den Rest nicht verstehen und mache einige Schritte vorwärts.

»... Gib mir doch mal die Taschenlampe.«

Stille. Etwas klappert.

»He, die muss ich unbedingt mitnehmen.«

Ein Aufschrei ertönt.

»Shit, jetzt habe ich mich geschnitten.«

Wieder werden die Stimmen verschluckt.

Und dann höre ich nur noch einen Namen.

Kathleen.

Umdrehen, weglaufen, signalisiere ich meinem Gehirn. Aber das hat wie immer seinen eigenen Plan. Meine Schritte beschleunigen sich, ohne dass ich darauf Einfluss nehmen kann. Ich komme mir vor wie ferngesteuert und willenlos. Na ja, ich bin ja auch offensichtlich Teil eines großen Masterplans.

Es ist nur so, als sich der enge Stollen weitet und ich in diesen Höhlenraum gelange, steht rechts von mir ein einzelnes Mädchen auf Zehenspitzen und kritzelt irgendetwas an die Wand.

Sie trägt die helle, ziemlich ausgewaschene und fransige Jeans mit dem roten Peacezeichen, die sie auch bei meinem Besuch in der Berghütte anhatte. Unter dem roten Anorak erkenne ich ein Sweatshirt mit der Aufschrift Solomon-College. Die wild gelockten hellbraunen Haare stecken unter einem rot-weiß karierten Regenhut.

»Kathleen!«

»Ich komme schon.« Sie vollführt den letzten Schwung, bückt sich, bindet den Schuh und dann rennt sie los.

Ich starre ihr nach, wie sie in der Dunkelheit des Stollens verschwindet.

Und dann, als ich mich wieder zur Wand drehe, steht immer noch jemand da. Wie kann das sein? Ich bin sicher, das Mädchen war allein.

Ich gehe einige Schritte näher und zucke zurück.

Ihre Haare sind nach wie vor hellbraun und wild gelockt, aber ansonsten erinnert nicht mehr viel an das Mädchen, das eben weggerannt ist. Die Gesichtszüge sind dieselben, dennoch scheinen Jahrhunderte dazwischen zu liegen. Tiefe Falten haben sich in ihr Gesicht gegraben. Ihre Mundwinkel ziehen sich nach unten. Es scheint, als hätte sie seit damals nie wieder gelacht.

Ich weiß, wer sie ist.

Vor mir steht meine Mutter.

»Du bist Benjamin, stimmt's?«, sagt sie und schaut mich ruhig an. »Ich hatte mir einen anderen Namen ausgesucht. Oliver. Kennst du Love Story? Nein, wahrscheinlich nicht. Aber ich habe diesen Film damals geliebt.«

Ich habe keine Ahnung, was ich darauf antworten soll. Love Story? Gute Dialoge und so weiter, aber ich begegne meiner Gen-Mom in der Vergangenheit und sie will mit mir über Filme plaudern?

»Ich weiß, wie verwirrend das für dich sein muss«, fährt sie fort. »Für mich ist das auch nicht einfach. Es gibt keine Entschuldigung für das, was ich getan habe, aber glaube mir, bei mir wärst du nicht glücklich gewesen. Das dachte ich damals, als ich mit dir schwanger war. Ich hatte keinen festen Wohnsitz. Ich weiß nicht einmal, wer von den Männern, mit denen ich damals geschlafen habe, dein Vater ist. Und ehrlich gesagt, keiner von denen wäre es wert, nach ihm zu suchen.« Sie lacht auf, aber es ist nur ein Ton, das Lachen kommt nicht von innen. Das macht mich noch wirrer im Kopf, als ich es schon bin.

»Ich könnte jetzt noch eine Reihe von Gründen aufzählen, warum ich dich nicht behalten konnte. Kein Geld, keine feste Bleibe und ich lebe verdammt ungesund... immer noch.« Sie holt ein Päckchen Zigaretten heraus. »Aber die eigentliche Wahrheit ist: Sie hätten dich mir sowieso weggenommen.«

Das Feuerzeug flammt auf und ich kann in ihre Augen sehen. Es ist ein Gefühl, als ob ich in einen Spiegel blicke, wenn auch einen Zerrspiegel. Davon wird mir ziemlich übel. Genau das wollte ich vermeiden.

Sie fährt fort. »Ich habe einen Vertrag unterschrieben, dass ich nie versuchen werde, dich zu treffen. Ich habe versucht, mich daran zu halten, aber ich bin nun mal nicht der Typ für

Verträge. Ich treibe die Produzenten echt in den Wahnsinn, weil ich nie die Termine einhalte bei meinen Drehbüchern …«

»Du schreibst Drehbücher?« Die Frage bricht aus mir heraus. Ich kann es nicht verhindern. Ich hatte keine Ahnung, dass Gene so hinterhältig und gemein sein können. Dieselben Augen – okay. Die gleiche Haarfarbe … kein Problem. Aber offenbar teilt sie meine Leidenschaft für Filme. Das macht mich nervös und anfällig für ihren Charme, den sie … das muss ich sagen … durchaus besitzt, auf diese verlebte, fertige Art und Weise.

»Ich lebe bei Los Angeles und arbeite für verschiedene Filmproduktionen. Kennst du den Film Fright Night? Da habe ich am Drehbuch mitgeschrieben.«

»Ich liebe diesen Film. Ich habe …«

Noch bevor ich den Satz zu Ende bringen kann, wird sie nervös und starrt in den engen Tunneleingang, der sich hinter mir öffnet. »Wir haben nicht mehr viel Zeit«, sagt sie. Sie lässt die Zigarette fallen und löscht sie mit der Fußspitze. »Nein, falsch, ich hab nicht mehr viel Zeit.«

Plötzlich will ich nicht, dass sie geht. Ich habe noch so viele Fragen. »Wie seid ihr damals verschwunden? Warum hat man behauptet, ihr seid verschollen?«

»Das ist lange her. Es gab viele Gründe zu verschwinden. Der Tod von Grace, Milton, der Paul getötet hat, und … das College wollte es so.«

»Das College? Sie wussten davon? Aber sie haben doch Suchmannschaften geschickt.«

Sie lacht wieder auf, abermals dieser entsetzliche Tonfall und dieses falsche, zynische Gelächter.

»Alle haben zusammengehalten. Der Dean, John Bishop und William Finder. Er war der Sicherheitschef vom Solomon-College und hatte Beziehungen zur Polizei. Er hat uns falsche Pässe besorgt, damit wir untertauchen konnten. Wir mussten unterschreiben, dass wir Stillschweigen bewahren. Alles lief über die Stiftung…«

»Welche Stiftung? Ich muss alles darüber wissen. Meine Freunde sind in Gefahr… irgendetwas geht hier oben vor und…«

Ich erhalte keine Antwort. Sie macht nicht mal Anstalten, etwas zu sagen. Stattdessen verflüchtigt sie sich einfach. Sie verblasst, verschmilzt mit der Wand.

Und jetzt kann ich auch erkennen, was dort geschrieben steht.

KATIE WAS HERE.

Angela's Truth

Was auch immer mich in die Realität zurückgebracht hat, ich wache auf, weil um mich herum eine aufgeregte Diskussion im Gange ist.

Bevor ich noch richtig wach bin, höre ich mich selbst sagen:

»Stillschweigen, Erbe, Absturz.«

So plötzlich aus meinem Zustand gerissen, für den ich immer noch keinen Namen habe, pocht mein Herz wie wild. Ich weiß nicht, was diese Worte bedeuten, oder besser, in welchem Zusammenhang sie stehen. Ich versuche, mich verzweifelt an alles zu erinnern, jedes Detail, aber die Bilder… ich spüre es, besitzen nur eine geringe Kraft, als ob jemand schon dabei ist, sie wieder zu löschen. Ich muss es sofort den Anderen erzählen. Aber niemand schenkt mir Aufmerksamkeit, als ich die Augen aufschlage. Sie scheinen nicht bemerkt zu haben, dass ich mich erneut auf eine Zeitreise begeben habe, wobei ich langsam glaube, es handelt sich um etwas anderes. Denn es liegt keine Logik in dem Ganzen. Also nicht in dem Sinne, dass ich Beobachter bin bei Ereignissen, die in der Vergangenheit stattgefunden haben… oder besser, ich bin natürlich Beobachter, aber gleichzeitig spiele ich auch mit. Und eben bin ich das erste Mal auf die Gegenwart getroffen. Das glaube ich zumindest.

Ich schaue zu den anderen hinüber. Sie achten noch immer nicht auf mich. Irgendetwas lenkt die Aufmerksamkeit von mir ab und im selben Moment begreife ich auch, was es ist, oder besser, wer es ist.

Debbie.

Sie steht mitten im Raum, und wenn mich nicht alles täuscht, bekommt sie kaum Luft.

»Nein, ich will mich nicht beruhigen«, kreischt sie. »Ihr hört mir jetzt mal zu! Steh auf, Robert. Und wenn du wirklich so schlau bist und diese hellseherischen Kräfte besitzt, die man dir zuschreibt, dann hast du das gewusst. Du hast es gewusst, stimmt's?«

Natürlich wartet sie die Antwort nicht ab. Ihr Gesicht ist fleckig vor Aufregung und ihre Augen blitzen. Normalerweise besitzen sie eine Leuchtkraft von null Watt, aber jetzt könnte sie damit vermutlich einer Lampe Konkurrenz machen. Und irgendein seltsamer Geruch hängt im Zimmer und ich hoffe nicht, dass das ihr neues Deo ist.

Sie klappt den Laptop auf und ihre Hände zittern so stark, dass sie es nicht schafft, den USB-Stecker der externen Festplatte anzuschließen, weshalb Chris ihr dabei hilft.

»Wonach riechst du eigentlich?«

»Ich habe mir in die Hose gemacht, okay! Und ihr geht lieber vorher auch noch mal pinkeln, weil ich glaube, das wird euer Leben verändern.«

Als ich bemerke, dass ihr angesichts des Weltuntergangs, für den sie doch der glühendste Verfechter ist, nicht mehr viel Zeit bleibt, beachtet sie mich nicht.

»Geht es auch weniger dramatisch?«, fragt Katie. Sie sitzt in eine Wolldecke gewickelt Debbie gegenüber und ihre Hände umklammern ein Getränk, bei dem es sich definitiv nicht um Tee handelt, sondern irgendetwas Alkoholisches. Und Katie rührt normalerweise keinen Alkohol an. Der Brief von Tim Yellad liegt neben ihr. »Dein Gekreische macht mir Kopfschmerzen.«

»Was ich herausgefunden habe, betrifft auch dich, Katie.«

»Was hast du denn herausgefunden? Wie der Weltuntergang stattfindet?«

»Nein, aber ich habe Angela Finders Datenbank geknackt.« Katie zuckt zusammen und wirft Julia einen Blick zu, den ich nicht verstehe.

Ich hebe den Kopf.

»Finder…«, wiederhole ich. »Angela Finder?«

»Ja genau, und sie ist… nein, ich zeige es euch besser, sonst glaubt ihr es mir sowieso nicht.«

Es dauert ewig, bis die Daten geladen sind, und nicht nur ich verliere langsam die Geduld.

»Wir sollten packen und hier nicht herumsitzen«, sagt Chris. Seine Haare sind wild zerzaust, seine Augen flackern unruhig. Ich mache mir plötzlich Sorgen um ihn. »Du kannst uns ja rufen, wenn du so weit bist.«

»Christopher Bishop«, zischt Debbie. »Dein Vater hat mehr gewusst, als du dachtest. Und einige andere auch. Sie kannten die Verbindung. Ganz bestimmt sogar.«

»Spiel dich nicht so auf, Wilder«, entgegnet Chris gereizt, »bis jetzt hast du nur Ärger gemacht.«

Aber Debbie beachtet ihn schon nicht mehr. Ihr kugelrundes Buddhagesicht ist konzentriert. Sie tippt auf den Bildschirm. »Wer will zuerst? Wie ist es mit dir, Benjamin? Möchtest du ein Foto von Kathleen Bellamy sehen? Sie war deine Mutter. Du bist nämlich adoptiert worden, und zwar einen Tag nach deiner Geburt…«

Als sie merkt, wie wir sie anstarren, fragt sie: »Was?«

»Woher weißt du das?« Ich stehe vom Sofa auf und trete an den Tisch. Auf dem Bildschirm ist tatsächlich ein Foto zu sehen. Kathleen Bellamy ist der Frau aus meiner Vision wie aus dem Gesicht geschnitten. »Du warst gar nicht da.«

Debbie hebt die Hände. Und ihr Tonfall ist plötzlich völlig

ernst. Sie klingt nicht wie Debbie, sondern wie jemand, der sich im Klaren darüber ist, was er tut. »Ihr solltet wissen, dass Angela Finder Daten von uns allen gesammelt hat. Ja, ich habe mich auch gefragt, wozu sie das getan hat. Und die Antwort ist ganz einfach ... wir haben denselben Vorfahren. Wir sind alle miteinander verwandt.«

»Was redest du da für einen Müll?« Chris hält mitten in der Bewegung inne.

»Wir alle und auch die Studenten von Bishops Experiment sind verwandt. Nur David gibt mir noch ein Rätsel auf, ansonsten hat Angela alles gefunden. Nein, falsch, sie hat alle gefunden.« Sie tippt mit ihrem dicken Zeigefinger auf den Laptop. »Egal in welche Ahnenlinie man schaut – ob in Roberts oder Katies – oder in meine –, überall findet sich eine«, sie macht eine Kunstpause, die niemand mehr kommentiert, »Sarah Cushing.«

Sarah Cushing. Aha. Und das ist nun der Quell der Erkenntnis? Der heilige Gral?

Ich will gerade einen Witz machen, als Chris sich einmischt.

»Sarah Cushing?«, fragt er stirnrunzelnd. »Das war Dads ...«

»Sie war seine Mutter«, sagt Debbie triumphierend. »Deine Großmutter. Und die Urgroßmutter von den meisten von uns. Aber auf sie kommt es gar nicht an. Sondern auf ihren Vater! Das ratet ihr nie!«

Sie springt hoch, hüpft aufregt von einem Bein aufs andere.

Es dauert einige Sekunden, bis jemand reagiert.

Katie. »Sag. Es. Einfach.« Ihre Worte sind wie Pfeile.

Selbst Debbie zuckt zusammen. »Sarah Cushing, geborene Lady Sarah Dunbar ist 1914 als Tochter von Lady Fiona Dunbar zur Welt gekommen«, sagt sie dann. »Das war knapp sieben Monate, nachdem John Graham Duke of Dunbar mit ihrem ersten gemeinsamen Sohn Timothy spurlos verschwand.«

Stille. Ich verstehe kein Wort. Wer ist mit wem verwandt? Und was haben all diese Adeligen damit zu tun?

»Kapiert ihr es nicht?« Debbies Stimme ist jetzt nicht viel mehr als ein heiseres Kreischen. »Wir sind alle seine Urahnen! John Graham Duke of Dunbar, der erste Weiße hier im Tal, ist unser Vorfahr.«

Katie deutet auf das kleine, antiquiert wirkende schwarze Buch, das auf dem Brief liegt. »Seine Tochter?«, flüstert sie fragend. »Diese Sarah… sie war wirklich seine Tochter?«

Debbies Gesicht hat sich im Laufe ihrer Erklärungen verändert. Ich habe sie noch nie so ernsthaft erlebt. »Genauso ist es.«

Ich erinnere mich an den Artikel. Ja, es existieren Phänomene in der Welt, die einem den Boden unter den Füßen wegziehen. Dazu gehören mit Sicherheit die sieben Weltwunder… zumindest gehe ich davon aus, dass ihr Anblick einem echt die Sprache verschlägt. Aber auch so Sachen wie schwarze Löcher. Doch die Vorstellung, dass wir alle hier eine Familie sein sollen, so etwas wie ein Clan, das klingt so absurd – ich kann nicht anders, als in ein Lachen ausbrechen, das zugegebenermaßen hysterische Züge besitzt.

Zwischen Debbies Nachricht und meinem Ausbruch dehnen sich allerdings wieder einmal Minuten des sprachlosen Schweigens. Und als ich dann wie gesagt anfange zu lachen und vor mich hin zu stottern, von wegen… »He, das ist so absurd, so spacig… ja geradezu… abgefahren«, fangen alle gleichzeitig an zu reden.

Von Julia kommt ein Aufschrei und zum ersten Mal höre ich David fluchen: »Ach, du Scheiße!«, während Katie knurrt: »Ich glaub's nicht. Hier verarscht uns jemand ganz gewaltig.«

»Und ich habe es entdeckt.« Ich glaube, Debbie ist die Einzige, die sich über die neue Verwandtschaft freut, während Chris brüllt: »Ich will endlich wissen, wer sich einbildet, er hätte mich in der Hand.« Er schlägt mit einer Wucht auf die Tischplatte, dass die Tassen und Gläser sich aufeinander zubewegen.

Ich muss wieder lachen, weil mich das an spiritistische Sitzungen erinnert, in denen man Kontakt mit Verstorbenen aufnimmt. In unserem Fall Dave Yellad, der durchgeknallte Duke aus Schottland, dessen Knochen vermutlich irgendwo hier im Tal vergraben sind.

»Mir reicht's.« Julia erhebt sich und ihr Blick ist auf Robert gerichtet, der bisher noch kein Wort von sich gegeben hat. »Ich bin draußen, versteht ihr? Mich interessieren keine Vorfahren. Meine Familie ist tot. Robert ist der Einzige, der bleibt. Und wir werden zusammen nach London gehen, Ende. Kontakt zu den Leuten aufnehmen, deren Job es verflucht noch mal ist, uns beide zu schützen.«

»Ich fürchte, das wird nicht funktionieren«, entgegnet Robert seelenruhig. »Julia, es ist egal, ob wir in London, Berlin oder sonst wo sind. Wir können nicht entkommen.«

»Was ist dann deine Lösung, Robert?«, David erhebt sich und wandert in dem kleinen Raum auf und ab.

»Der Kreis war nicht vollständig«, sagt Robert. »Er war nicht vollständig. Das hat Milton uns mit auf den Weg gegeben.«

»Wovon sprecht ihr?«, Debbie mustert Robert misstrauisch. »Ihr habt Geheimnisse vor mir, stimmt's? Ihr sagt mir nicht alles. Ihr vertraut mir nicht, weil ihr … ihr habt gedacht, ich gehöre nicht dazu.«

»Du hast dich ja im Computerdepartment eingesperrt, Miss Wilder.« Katie beugt sich nach vorne.

»Mein Name ist Deborah Finder. Ich bin die Tochter von William Finder junior, die Schwester von Angela Finder und die Ururenkelin von John Graham Duke of Dunbar. Genau wie du. So steht es in der Datenbank.«

»Mir scheißegal, was in der verdammten Datenbank steht...«

Wie die beiden sich jetzt anstarren, das hat etwas Hasserfülltes.

»Hört auf«, ruft Rose. »Hört auf, euch zu streiten. Wir müssen zusammenhalten, hat Tim geschrieben. Habt ihr denn vergessen, dass das College geschlossen wird? Robert, egal was du denkst, wir haben so oder so keine Wahl. Wir werden morgen früh das Tal verlassen müssen.«

»Es gab schon einmal einen Exodus aus dem Tal«, sage ich plötzlich.

»Als das Solomon College geschlossen wurde«, konstatiert David.

»Nein.« Plötzlich fällt mir ein, dass sie meinen letzten Trip gar nicht mitbekommen haben. »Ich habe Felszeichnungen entdeckt... im Stollen unter dem Ghostmassiv. Irgendwann sind Tier und Mensch von diesem Ort geflohen... «

»Oder wurden vertrieben...«, murmelt Robert und blättert in dem kleinen schwarzen Notizbuch. »Warum war der Kreis nicht vollständig?« Er steht auf und schiebt den Laptop näher an Debbie heran. »Die Studenten aus den 70ern. Wir gehen jetzt jeden einzelnen Stammbaum durch, bis zu Dave Yellad zurück.«

»Du meinst«, fragt Debbie, »jemand fehlt?«

»Exakt.«

Golden Gate

Irgendjemand hatte einmal gesagt, man solle, wenn die Welt droht unterzugehen, noch einen Baum pflanzen. Keine dieser Nadelbäume, wie sie hier im Tal standen – nein, soweit Debbie sich erinnerte, war es ein Apfelbaum gewesen. Nun, damals hatte sie gedacht, sie würde sich im Bett verkriechen und einfach die Decke über den Kopf ziehen.

Es kommt immer anders, als man denkt, hatte Grandma Martha oft gesagt. Sie hatte vieles gesagt und das meiste war einfach purer Nonsens gewesen, hatte Debbie nicht weitergeholfen. Aber vielleicht sollte sie sich den Spruch merken. Wenn die Zeit ablief, Ereignisse sich abspulten, man das Gefühl der Kontrolle verlor, dann sollte man sich alle Optionen offenhalten, immer vom Gegenteil ausgehen und am besten niemandem vertrauen.

Ihr Plan stand fest. Sie würde in das Haus von Grandma Martha gehen, wenn sie das Tal verließ. Allerdings gab es dort keinen Internetanschluss, aber... einen Fernseher und einen DVD-Player. Wenn sie also zu packen begann, musste sie unbedingt vorher noch dafür sorgen, dass sie ihre Lieblingsfilme zusammenklaute. Zum Beispiel aus dem Kino. Und Rose besaß ebenfalls eine ziemlich gute Sammlung. Niemand würde es merken, wenn sie Dinge an sich nahm, denn das Chaos nahm bereits seinen Gang.

Noch so viel zu tun.

Oh, wie ekelhaft. Sie konnte sich selbst nicht riechen. Sie stank wie ein Skunk – wie ein altes Stinktier – und dieses blöde Kleid – ein Sonderangebot aus einem Onlineshop – machte sie rasend. Es kratzte wie verrückt. Eine Dusche wäre jetzt genau das Richtige, aber Debbie fürchtete nicht nur, etwas zu verpassen, sondern wagte auch nicht, ihren Laptop aus den Augen zu lassen. Niemand außer ihr durfte in Angelas Datenbank herumwühlen. Das war ihr Hoheitsgebiet, dem Robert gefährlich nahe kam. Er saß dicht neben ihr. Sein linker Arm berührte ihren. Und immer wieder kritzelte er etwas in sein Notizbuch von Moleskine.

Oh Jesus, seine Schrift war so winzig, dass Debbie eine Lupe gerbraucht hätte, um irgendetwas zu erkennen. Sie konnte nur erahnen, worum es sich handelte. Mikroskopisch kleine Formeleinheiten, chemische Strukturen.

Noch so ein geheimnisvolles Notizbuch. Tim Yellad, dieser Lügner, hatte doch tatsächlich Katie das Reisetagebuch ihres gemeinsamen Ahnen hinterlassen. Rechtlich gesehen gab es da bestimmt Möglichkeiten, es einzuklagen. Überhaupt war Dave Yellad, nein, der Duke of Dunbar...

»Wisst ihr eigentlich, dass in uns allen blaues Blut fließt?«, fragte sie und sah sich in der Runde um.

»Ich glaube eher«, murmelte Chris, »schottischer Whiskey.«

Debbie ignorierte ihn. »Und da muss irgendwo noch ein großes Vermögen sein, Ländereien, ein Herrenhaus, der Park.«

»Was ist mit deinem Weltuntergang? Dir bleibt keine Zeit mehr, das Erbe anzufechten.«

Okay, das war ein Schwachpunkt, aber träumen durfte sie noch. Jedenfalls besser, als einen Baum zu pflanzen.

Sie sah zur Tür. Rose, fürsorglich wie immer, ganz wie die Heilige Muttergottes, war zum Supermarkt gegangen, um etwas zu essen zu besorgen. Hoffentlich vergaß sie nicht die Gummibärchen, die Debbie in Auftrag gegeben hatte.

»Debbie, konzentrier dich!« Davids Stimme war ungewöhnlich streng. Er hatte es übernommen, alle Namen, Verknüpfungen und Querverbindungen in ihrer Familiengeschichte in einen Stammbaum einzufügen, der inzwischen jedes Papierformat sprengte.

Sie hatten mit ihrer Generation angefangen. »Okay, wir haben Ben, Julia und Robert, Katie, Rose, Chris, dich und…«

Chris, der bis jetzt auf seinem Smartphone herumgetippt hatte, schnaubte.

David sah hoch. »Was ist?«

»Statt hier Familienforschung zu betreiben, solltet ihr mal einen Blick in die Nachrichten riskieren!« Chris hielt sein Telefon hoch. »An der Mündung des Catatumbo in Venezuela sind über hundert Menschen vom Blitz getroffen worden. Da draußen ist die Hölle los. Und ich will einfach nur weg. Komm, Julia, wir packen.«

Aber Julia, die ihm sonst folgte wie ein Schatten, sie widersprach. »Nein, ich will es wissen. Und… ich bleibe bei Robert.«

Oh, bahnte sich da ein Drama an? Geriet die große Love Story ins Wanken? Kein guter Zeitpunkt, wenn man Debbie fragte.

Und wenn Blicke töten könnten, dann würde Julia jetzt vermutlich in Flammen aufgehen, denn der Blick, den Chris ihr schenkte, brannte vor stillem Zorn. Und ohne noch ein Wort zu sagen – weg war er.

»He, Tür zu«, rief Debbie ihm hinterher. »Es braucht keiner zu wissen, was wir hier machen.«

»Debbie, genau, bleib so. Dein Grinsen hat einen stärkeren Ausdruck als das Lächeln der Mona Lisa.«

Benjamin hatte es sich wieder auf dem Sofa bequem gemacht. Sein Kopf lag auf ihrem gelben Plüschkissen und er spielte mit der Kamera herum.

»Hast du nichts Besseres zu tun?«, fragte sie.

»Jemand sollte das doch dokumentieren. Wie verhält sich eine Gruppe in einer extrem angespannten Situation, die zu eskalieren droht? Wenn es ums Überleben geht, das nackte Überleben …«

Robert sah nicht hoch. »Debbie«, wies er sie an. »Mach weiter mit der zweiten Generation. Peter und Paul Forster, Milton Jones und so weiter.«

Debbie gehorchte. Irgendwie hatte Roberts direkte Art etwas. Nahm einem die Entscheidungen ab. Und Debbie hatte das Gefühl, dass sie nicht mehr viele Entscheidungen treffen konnte, heute jedenfalls. Sie wandte sich wieder dem Bildschirm zu, doch da erhob sich David. »Warte«, sagte er ruhig. »Ich fehle noch.«

»Das hatten wir doch schon«, sagte sie. »Deine Mutter ist Fiona Flanegan, verheiratet mit Fred Flanegan. Vater mütterlicherseits: Cullum Gray, dessen Mutter eine Sofia Billing, Vater unbekannt.« Sie klickte sich zurück. »Vater väterlicherseits: George …«

»Vergiss die Linie meines Vaters. Sofia Billing ist der falsche Name. Versuch es mit Sofia Dunbar«, wies David sie an.

Debbies Augen weiteten sich. »Woher … was …?«

David zuckte nicht mit einer Wimper. »Tu es einfach.«

Schon wieder ein Befehl. Debbie zögerte. Aber dann siegte ihre Neugier. Offenbar hatte ihnen David Information vorenthalten. Ihre Finger klapperten über die Tasten. Treffer. »Sofia Billing, verheiratet in zweiter Ehe mit Loyd Billing, ehemalige Frau des früh verstorbenen Timothy Dunbar, Seattle«, las sie laut die Einträge der Datenbank ab.

Katie sah hoch. »Aber Timothy Dunbar ist …«

»… David Yellads Sohn. Das Kind, das er mit ins Tal genommen hat und kurz bevor er verschwand, den Cree übergab.« David nickte. »Erinnert ihr euch noch an die Geschichte, die Sammy Linford alias Tim Yellad uns über seinen angeblichen Urgroßvater erzählt hat? Irgendetwas davon kam mir bekannt vor. Ich habe damals meine Mutter angerufen ...« Er wischte sich mit der Hand über die Stirn. »Jedenfalls wusste ich schon ziemlich lange, dass Sammy Linford gelogen hat. Nicht sein, sondern mein Großvater war derjenige, der sich auf die Spurensuche von Dave Yellad gemacht hat. Deswegen ist er auch hierher ans Solomon-College gekommen. Aber er hatte keinen Erfolg. Mein Großvater hat die letzten Jahre kaum noch geredet, so verbittert war er über seinen Misserfolg. Letztendlich ist er, glaube ich, daran gestorben.«

Das war doch nicht zu fassen. Debbie spürte, wie ihr nun wirklich der Kragen platzte. Hatte denn hier jeder seine eigene Suppe gekocht? Warum war David nicht schon längst damit zu ihr gekommen?

Sie beugte sich über den Bildschirm. Die Zahlen und Buchstaben verschwammen. Ein weiterer Verweis blinkte auf dem Bildschirm auf.

Was noch?

Callum Gray: Siehe Solomonstiftung.

Debbie las den Eintrag laut vor. »Solomonstiftung? David, wenn du etwas darüber weißt, dann sag es lieber gleich.«

»Was? Was für eine Stiftung?« Chris war zurück, stellte eine Flasche Rotwein auf den Tisch und ließ sich auf den Stuhl fallen.

David schüttelte den Kopf. »Nie gehört.«

»Die Stiftung hatte ihren Sitz in New York«, ratterte Debbie das herunter, was sie vorhin im CD gelesen hatte. »Mein Vater hat für sie gearbeitet und wie es scheint, auch dein Großvater.«

Robert nickte. »Ein Großteil der Dozenten, die am Solomon College gearbeitet haben, arbeitete für die Stiftung«, sagte er ganz selbstverständlich. »Außer Bishop.«

»Du weißt von der Stiftung?« Debbie bekam kaum noch Luft. »Und hast es uns nicht erzählt?«

»Ich rede erst über etwas, wenn ich alles weiß. Wenn es keine Unbekannten mehr gibt, jede Variable gelöst ist.« Robert richtete sich auf. »Davids Großvater hatte von 1968 bis 1977 den Vorsitz inne. Aber die Stiftung existierte noch viel länger und wurde erst im April 2010 aufgelöst.«

»Woher hast du ...«

Debbie kam nicht mehr dazu auszureden. Rose stürzte zur Tür herein, beladen mit Plastiktüten, die sie einfach fallen ließ.

David sprang auf und nahm sie in den Arm. Sie hatte geweint, rieb sich nun die Augen und verschmierte so den schwarzen Kajal auf ihrer Wange. »Oh Gott, sie ist einfach eingestürzt«, sagte sie. »Von einer Sekunde zur anderen. Ich habe es auf dem Rückweg gehört. David, was passiert hier?«

David schaute sie hilflos an. »Wovon sprichst du, Schatz«, fragte er.

»Die Golden Gate Bridge ist zusammengebrochen«, sagte Rose. »Es gibt keine Überlebenden.«

Dead Days
No. 2

Weil das Leben stärker ist als der Tod.
D. Y.

Mailbox

Es ist Chris, der plötzlich ausrastet. Ich weiß nicht, was ihn genau dazu bringt. Vielleicht die letzte schlechte Nachricht oder das bloße Herumsitzen hier in diesem engen stickigen Raum, in dem die Luft zum Schneiden dick ist. Der Ausdruck in seinen Augen schockiert mich. Sie sind rot unterlaufen, von tiefen Schatten umrandet und auf seiner Stirn steht der Schweiß.

Ich kenne ihn. Er ist kurz davor zu explodieren.

Und tatsächlich springt er jetzt auf. Seine Hand fegt über den Tisch. Die Weinflasche kippt um und ein spärlicher Rest Wein verteilt sich über den Tisch. Er hat die Flasche fast leer getrunken.

»Chris«, ruft Julia, versucht, seinen Arm zu fassen, doch er stößt sie zur Seite.

Seine Hand vollführt eine Bewegung über der Stirn. »Ihr steht mir bis hier. Dieses Herumsitzen, das Orakeln über das große Geheimnis. Unsere gemeinsamen Vorfahren. Oh Mann, ich kann das nicht mehr hören. Es geht mir auf den Sack, versteht ihr?«

»Und was meinst du, was wir tun sollen?«, fragt David ruhig. Aber es ist klar, wie schwer es ihm fällt, sich zu beherrschen. Die alte Feindschaft zwischen den beiden bricht plötzlich wieder auf.

Chris schwankt und er muss sich an der Stuhllehne festhalten, um nicht umzukippen.

»Was wir tun sollen, Mr Klugscheißer? Klar, dass ausgerechnet du diese Frage stellst. Du hattest ja noch nie Eier in der Hose. Hast du uns ja selbst erzählt. Versteckt sich im Schrank und lässt seinen Bruder Leute abknallen.«

»Das reicht, Chris«, sagt Rose ruhig.

Und sie schafft es tatsächlich, ihn für einen kurzen Moment zu beruhigen.

»Du hast recht. Aber ich werde hier nicht länger herumsitzen und eurem Geschwafel zuhören. Sondern ich werde mir jetzt die Leute vorknöpfen, die meinen Vater unter die Erde gebracht haben. Ich schaffe Fakten. Von Angesicht zu Angesicht. Ergehe mich nicht in irgendwelchen Theorien, die ihr selbst nicht mehr kapiert!«

Ich bin auf dem Sprung. Chris ist mein bester Freund hier oben. Schon immer hab ich gespürt, dass da etwas ist, was uns verbindet. Jetzt weiß ich es ja, schießt es mir durch den Kopf. Jetzt kenne ich die Verbindung.

»Es ist mitten in der Nacht, Chris.«

»Ja, aber mitten in der letzten Nacht«, korrigiert er mich und dreht sich um. Er schwankt gefährlich, fällt gegen den Rahmen der Küchentür und im nächsten Moment ist er verschwunden.

Scheiße. In dem Zustand, in dem er sich befindet, ist alles möglich. Ich sehe ihn die Treppe hinunterstürzen, im See ertrinken und ... das dritte Bild ist das stärkste.

Hektisch ziehe ich die Schuhe über und verknote mit zittrigen Fingern die Schnürsenkel.

»Lass ihn doch«, meint Katie. »Ist sein Problem. Ich renn ihm nicht nach.«

Julia schluchzt. Irgendwann ist sie zur Heulsuse mutiert, denke ich, und keiner hat es gemerkt.

»Ach ja, Katie? Dir gefallen nur die spektakulären Aktionen, was? Wenn du die Heldin spielen kannst, wie bei Ana in der Gletscherspalte. Aber einem Freund beizustehen, der in der Scheiße steckt, in einer Scheiße, die ihn noch weiter in die Scheiße reitet, auf die Idee kommst du nicht?«

»Aber du?«, fragt sie höhnisch. »Und was hast du für Ronnie getan? Ihn im Knast vermodern lassen.«

Ich erstarre.

»Ja, du musst mich nicht anstarren. Tim hat es mir erzählt.«

»Hier lügt jeder«, entgegne ich spöttisch. »Und er war der Schlimmste von allen.«

Im nächsten Moment habe ich das Apartment verlassen und folge Chris' Spur.

Die Sicht ist schlecht. Kaum eine der Außenlampen funktioniert noch. Und es herrscht die große Stille. Der Regen hat aufgehört, der See ist nicht mehr zu hören. Als ob die Mauern auch seine Geräusche aussperren würden. Ein leichter Wassernebel liegt über allem. Ich kann ihn im Gesicht spüren. Die Luft stinkt nach Abgasen und Straßenstaub. Die Folge der Arbeiten, die heute hier oben stattgefunden haben und deren Sinn ich immer noch nicht verstehe.

»Chris«, brülle ich, aber ich erhalte keine Antwort.

Ich drehe mich kurz um. Das College liegt im Dunkeln. Nur ein einziges Licht. Das Apartment der Mädchen und eine Gestalt am Fenster. Debbie, die mir nachstarrt, kurz die Hand hebt und winkt.

Wir verändern uns mit den Ereignissen. Auch Debbie.

Und natürlich Chris. Denn hinter der Wut in seinem Blick habe ich noch etwas anderes erkannt: Angst. Diese Apokalypse ist nicht etwas, das morgen oder übermorgen über uns kommt. Natürlich nicht. Dieses absurde Datum, der 20.03.2013, ist eine von Linfords beziehungsweise Timis dreisten Lügen, er hat seine Leser, die Welt genauso getäuscht wie uns früher. Und alle Medien sind bereitwillig darauf eingestiegen, um nichts anderes als eine Massenpanik zu provozieren. Hat auch wiederum etwas von Weltuntergang, genau wie unsere ureigene Apokalypse im Tal, die längst da ist. Sie ist in uns. Hat etwas Ätzendes an sich. Wie eine giftige Säure. Hochkonzentriert und zerstörerisch. Mit jeder Information mehr zersetzt sie uns. Das ist das Gefährliche an diesem Ort. Er wühlt uns auf wie der Sturm das Wasser, die Wolken den Himmel. Er zersetzt unsere Seelen und das fürchte ich mehr als den Tod.

Und Chris – eigentlich ist er der totale Kontrollfreak. Doch während er versucht, die Welt um sich zu kontrollieren, verliert er die Kontrolle über sich selbst. Aber das ist ihm egal. Hauptsache, er fühlt sich stark und sozusagen kugelsicher. Er kann nicht damit leben, wenn ihm die Dinge entgleiten. Ich biege um die Ecke des Campus und sehe mich um.

Hinter mir liegt das Hauptgebäude, etwa zweihundert Meter weiter erhebt sich die preisgekrönte Architekten-Schwimmhalle. Und dort sehe ich eine Gestalt, die den Kopf an die Scheibe legt und ... ich kann hören, wie Chris sich die Seele aus dem Leib kotzt. Jeder Ort hier im Tal steht für ein Trauma. Die Schwimmhalle für Julias Entführung durch Peter Forster. Und für die schlimmsten Stunden in Chris' Leben.

Ich komme ihm näher. Uns trennen nur noch wenige Meter. Er richtet sich auf, schwankt und torkelt weiter. Der Untergrund ist nass und rutschig vom Regen. Ich bin schneller als Chris. Zwar fühlen sich meine Beine vor Müdigkeit an wie Pudding, aber ich bin nicht betrunken. Und dennoch wundere ich mich, dass ich ihm nicht näher komme.

»Bleib stehen. Lass uns reden«, schreie ich in den Himmel, denn Chris ist verschwunden.

Er will mir nicht zuhören.

Aber ich kenne sein Ziel.

Limits

Matsch unter meinen Füßen. Feuchtigkeit, die durch meinen Pullover dringt. Ich habe tatsächlich vergessen, eine Jacke anzuziehen. Spüre wieder den roten Sand überall und bewege mich in der Stille und der Dunkelheit wie in einem Stummfilm.

»Ich brauche einen Drink«, murmele ich, als ich durch das offen stehende Tor trete. »Und einen guten Film. Vielleicht dazu eine Tüte Chips – scheiß auf die Krümel im Bett. Ich möchte ein Wochenende im Bett. Und erst wenn ich einen Plan B habe, wieder aufstehen.«

Es fühlt sich total scheiße an, wenn man keinen Plan hat. Dabei könnte es anders sein. Ich könnte mich frei fühlen.

Ich zucke zusammen.

Ich spüre es mehr, als ich es höre.

Irgendwo klingelt ein Telefon. Und wenn ich sage »klingeln«, dann meine ich das auch. Also nicht irgendeiner dieser schrägen Klingeltöne, wie man sie aus dem Internet herunterlädt. Toms Handy zum Beispiel spielte in den letzten Tagen immer wieder Bach. Da hätte ich mir schon denken müssen, dass etwas nicht stimmt. Und ich selbst reagierte eine Zeit lang nur auf eine arabische Blaskapelle.

Aber was jetzt durch die enge Gasse zwischen dem Collegegebäude und der Bungalowreihe schallt, ist das typische Klingeln eines urzeitlichen Telefons. Nicht laut, aber in der Stille, die hier draußen herrscht, würde man sogar das Rülpsen einer Ameise hören, wenn die hier im Tal eine Überlebenschance hätte.

Dann bricht der Ton ab und ich bleibe stehen.

Rechts von mir reiht sich ein Bungalow an den anderen. Ich muss die quadratischen Häuser zählen, bis ich vor Brandons Eingang stehe. Alles ist dunkel und ich frage mich, ob ich mich doch geirrt habe – ob Chris gar nicht hier ist. Doch als ich die letzte Stufe erklommen habe – steht die Tür bereits einen Spalt offen. Mein letztes Zögern löst sich in Luft auf und ich stolpere gegen ein Hindernis. Im Flur stapeln sich Kisten. Brandon hat bereits gepackt.

Eigentlich hatte ich erwartet, dass hier alles hell erleuchtet ist. Vor meinem inneren Auge habe ich Chris gesehen, wie er den Bungalow stürmt, den Prof am Kragen packt, ihn aus dem Bett zerrt und ihm seine Fragen ins Gesicht schleudert. Brandon, der damals als Assistent von Chris' Vater dabei war, als die Studenten verschwanden, und der immer noch im Tal lebt. Aber das Haus scheint verlassen, es strahlt eine Stille aus, die privat, ja fast intim ist.

Ich wage es nicht, nach einem Lichtschalter zu suchen. Also taste ich mich vorsichtig weiter. Ich habe keine Lust, Kartonstapel zum Einsturz zu bringen, die ich mehr erahne, als sie wirklich sehe.

Scheiße, Chris, wo bist du denn, verdammt noch mal?

Ich versuche, mir vorzustellen, ich sei blind. Vielleicht hilft das, alle anderen Sinne zu aktivieren. Und dann spüre ich etwas Feuchtes an meiner Hand. Jemand atmet laut, direkt neben mir. Mein Herz schlägt immer lauter. Ich weiche zur Seite und es passiert, was passieren muss. Ein Kartonstapel knallt mit lautem Krach zu Boden. Ich erstarre, als etwas Raues meine Hand streift. Dann ein Kribbeln. Eine Invasion von Insekten scheint über meine Handfläche zu rennen und dann ein Schmerz, als ob diese Killerbestien etwas in den Boden rammen, ihre Fahne hissen und meine Hand zu ihrem Eigentum erklären.

Doch mein Geruchssinn funktioniert. Es riecht nach alten Socken. Mindestens. Hey, das stinkt so bestialisch, als ob in irgendeiner Ecke oder eingeklemmt zwischen den Kartons eine Leiche seit Tagen vor sich hin gammelt. Das würde auch die Insekten erklären, denke ich noch, als mein Verstand sich einschaltet. Schließlich habe ich Brandon heute noch live erlebt.

Und dann atme ich auf, weil ich es plötzlich kapiere: »Mann, scheiße, Ike! Hau ab, such dir andere Knochen, an denen du dich festbeißen kannst«, flüstere ich. Und Ike wäre nicht der genialste Hund aller Zeiten, wenn er nicht antworten würde. Ein ziemlich hysterisches Hecheln bringt mich zum Lachen, was zu weiteren Streicheleinheiten mit der Zunge führt. Ich ziehe die Hand weg.

»Wo ist er?«, will ich schon fragen, als ich spüre, wie der Hund sich von mir wegbewegt. Ich muss nur dem Geruch folgen und dann höre ich plötzlich leises Gemurmel hinter der Tür, auf die ich mich zubewege.

Eigentlich könnte ich jetzt umdrehen, denn Chris ist offensichtlich nicht dabei, Brandon zu ermorden. Kaum bin ich die Sorge los, schießt die Neugierde in mir hoch.

Worüber reden die beiden?

Ich bleibe stehen, kann aber nur einzelne Worte verstehen. Brandon spricht.

»So weit es in meiner Macht steht, werde ich alle Fragen beantworten«, sagt er.

»Fragen ... Antworten«, jetzt muss ich mein Ohr an die Tür legen, um etwas zu verstehen. Chris ist so scheißbesoffen, dass er nur noch lallt. »Das hier ist kein verdammtes Fernsehquiz, verstehen Sie? Und tun Sie nicht so, als hätten Sie keinen blassen Schimmer, was hier läuft. Hey, Sie haben es die ganze Zeit gewusst und trotzdem in Ihren Vorlesungen diese Show geliefert von wegen, wir wären alle Herr über unser Schicksal. Das ist Bullshit. Also machen Sie endlich den Mund auf.« Beim letzten Satz wird Chris lauter. Ike stößt ein leises Knurren aus und es ist nicht nur sein Mundgeruch, der mir Übelkeit verursacht.

»Ich kann nicht in die Zukunft sehen«, erwidert Brandon ruhig. »Das müssen Sie, das musst du mir glauben, Chris. Darüber hinaus: Ich bin der Erste, der sich wünscht, dass es vorbei ist. Irgendwann muss es schließlich mal aufhören.«

»Was? Was muss aufhören?«

Ich verstehe die Antwort nicht, weil abermals das Schrillen des Telefons durch den Flur hallt und das dumpfe Geplapper hinter der Tür überdeckt, ebenso wie das Knurren, das zusammen mit einer neuen Welle von üblem Geruch aus Ikes Kehle dringt. Kälteschauer jagen über meinen Rücken. Telefonanrufe mitten in der Nacht sind nie und nimmer Vorboten gemütlicher Gespräche.

Darüber nachzudenken, bleibt mir keine Zeit.

Die Tür schiebt sich auf, jemand kommt heraus, ich weiche zurück in die Dunkelheit. Gleich darauf bricht das Klingeln ab und ich erkenne Brandons Stimme: »Wer sind Sie?«, fragt er ruhig. »Warum rufen Sie immer wieder an?«

Das anschließende Schweigen ist eindeutig. Da will niemand antworten, sondern terrorisieren.

»Ich kann nichts tun, wenn Sie mir nicht sagen, wer Sie sind.«

Ich atme laut hinter der Tür. Normalerweise müsste Brandon jetzt auf mich aufmerksam werden. Aber der Professor legt nur auf und macht kehrt. Dumpfes Licht dringt aus dem Zimmer und ich erkenne, dass Brandon nicht im Schlafanzug ist, sondern eine braune Cordhose und ein Jackett trägt. Es ist komisch, dass ich darüber erleichtert bin, aber ich will, wenn ich morgen das Tal verlassen muss, ihn so in Erinnerung behalten, wie ich ihn erlebt habe. Wenigstens einer soll über der ganzen Sache stehen. Wenn es jemanden gibt, der nicht die Beherrschung, nicht die Kontrolle verliert, dann wird alles leichter.

Brandon kehrt in sein Arbeitszimmer zurück und will gerade die Tür hinter sich zuziehen, als ich aus meinem Versteck auftauche und ihm folge.

Er schaut mich nicht im Mindesten verwirrt an, sondern sagt nur: »Noch einer. Okay, kommen Sie, Benjamin.«

Chris sitzt auf dem Sofa. In seinen blutunterlaufenen Augen spiegelt sich Argwohn, sein Misstrauen ist mit Händen zu fassen. Ich spüre es wie die Glut im offenen Kamin, rieche seine Angst, die mir zusammen mit der Alkoholfahne ins Gesicht weht. Die besten Vorsätze fallen in sich zusammen, wenn das Leben einem zusetzt, denke ich. Chris rührt kaum Alkohol an. Aus dem einzigen Grund, weil sein Vater sich zu Tode gesoffen hat. In Chris brodelt es, als wäre sein Blut mit irgendeinem chemischen Zusatzstoff versetzt. Na ja, genau das ist es doch. Wir sind alle nur Chemie.

»Was willst du hier?«, lallt er. »Haben die anderen dich geschickt? David? Ich kann auf mich allein aufpassen.«

»Natürlich kannst du das, Chris.« Brandon schiebt sich am Schreibtisch vorbei, nimmt auf dem abgewetzten Ledersessel Platz und greift nach einem Glas mit einer bernsteinfarbenen Flüssigkeit. Ich vermute mal, es ist Whiskey, von dem er einen großen Schluck nimmt.

»Setz dich, Benjamin.«

Ich lasse mich neben Chris auf das Sofa fallen, der keinen Millimeter weicht, sodass meine Schulter seine berührt.

»Wer war das eben am Telefon?«

Brandon schüttelt den Kopf. Er sieht nachdenklich aus. »Ich weiß es nicht«, sagt er. »Ich weiß es nicht.«

»Was für ein Scheiß«, murmelt Chris, ohne wirklich auf die letzte Bemerkung zu reagieren. »Sie wissen viel mehr, als Sie zugeben. Sie kannten meinen Vater. Sie waren sein Assistent. Sie waren hier! Also, was hat ihn zum Säufer gemacht? War es das Gefühl von Schuld? Er war überzeugt, dass das Unglück auf dem Ghost seine Schuld war.«

»Niemand...« Brandon beugt sich nach vorne. »Niemand, Chris, hat die Verantwortung für ein Menschenleben, außer er ist ein Mörder. Und dein Vater war kein Mörder. Er war nicht dort oben dabei. Er konnte es nicht verhindern. Sie alle waren erwachsen. Sie haben sich freiwillig für das Experiment gemeldet. Egal was ich dir erzählen kann, genau das ist passiert. Es war der Lauf der Dinge. Es ändert nichts, verstehst du? Chris, verstehst du das?«

»Klar, versteht er das«, entgegne ich. »Er ist ja kein Idiot.«

Brandon lehnt sich wieder zurück, holt tief Luft. »Das weiß ich... ihr alle... ihr wart die besten Studenten, die ich je unterrichtet habe... Als ich hier ans College zurückgekommen bin, dachte ich, ja, ich war überzeugt: Es gibt einen Neuanfang. Dieser Ort hier oben... er ist außergewöhnlich. Wie konnte ich ahnen...? Nein, ich hätte es begreifen müssen. Aber so vieles... so vieles habe ich viel zu spät verstanden.« Er schüttelt den Kopf, greift erneut nach dem Glas.

Chris sitzt vornübergebeugt und hält den Kopf zwischen seinen Händen. Jetzt hätte ich gerne... einen Joint, wenigstens eine Zigarette. Für einen kurzen Moment drifte ich ab, sehe mich lässig als Humphrey Bogart am Kamin stehen. Ich habe die Lage voll im Griff – nichts berührt mich. Aber das ist nur Fantasie. Denn die Wahrheit lautet: Das hier ist der Showdown vor dem großen Ende. Und im Griff habe ich nicht mal mein eigenes Leben.

Ike trabt ins Zimmer, lässt sich neben Brandon fallen und sieht zu ihm hoch. Brandons Hand streicht ihm über den Kopf.

»Ich habe deinen Vater sehr bewundert, Chris. Er war einfach brillant. Er hatte ein Gespür für Menschen. Milton, Paul, Grace... Er hätte sie nie auf den Ghost geschickt, hätte er nicht daran geglaubt, dass sie dem Experiment gewachsen sind.«

»Und warum hat er sich dann zu Tode gesoffen?«

»Chris...«, versuche ich, mich einzumischen. Er fährt herum. »Hau ab, Benjamin. Das hier ist meine Sache.«

»Es geht uns alle etwas an«, erwidere ich und mein Blick fällt auf weitere Kartons.

Atlas Canada – der Name der Umzugsfirma.

»Wo werden Sie hingehen?«, frage ich Brandon, einfach weil ich es wissen möchte.

»Alle Dozenten haben eine Abfindung erhalten. Vermutlich werde ich den ganzen Kram in einem Container lagern. Ich wollte immer auf Reisen gehen.«

Ein sehnsüchtiger Ausdruck überzieht sein Gesicht. Er lehnt sich zurück. Zögert kurz und sagt. »Ich hätte vielleicht wissen müssen, wie es endet. Aber... es war eine andere Zeit. Alles war in Bewegung, im Aufbruch. Der menschliche Geist, der über Grenzen geht, der sich befreit...« Brandon seufzt. »Risiko? Das spielte keine Rolle. War nur eine Phrase der vorhergehenden Generation. Für uns schien alles möglich. Ich glaube wirklich, hätten Paul oder Grace gewusst, sie würden dort oben sterben, sie hätten es in Kauf genommen. Es ging darum, Erfahrungen zu sammeln. Und selbst wenn ich gewollt hätte, ich hätte sie nicht aufhalten können.«

»Futurum I«, sagt Chris leise. »Mein Vater hat genau das beschrieben.«

Brandon nickt. »Bishop, dein Vater war der freieste Geist, den ich je getroffen habe. Vielleicht war genau das seine Schwäche. Und er ist nicht gestorben, weil er sich schuldig fühlte.«

Chris zuckt zusammen. Er blickt auf. Sein Blick trifft den

von Brandon. »Dein Vater ist an seinen Idealen zugrunde gegangen.«

Ein Gedanke schießt mir durch den Kopf. Ich bin, wie sie waren. Ich will sein, wie sie waren. Brandon beschreibt die Grenzen, die ich immer gespürt habe. Meine Eltern ... sie waren die besten der Welt. In ihrem Sinne. Aber ... was, wenn ich bei meiner leiblichen Mutter aufgewachsen wäre? Bei Kathleen Bellamy. Ich erinnere mich daran, wie ich sie in meinen Halluzinationen getroffen habe oder wie immer man diesen Zustand bezeichnen soll, der mich in eine fremde Vergangenheit katapultiert.

»Man muss noch Chaos in sich haben, um einen tanzenden Stern gebären zu können«, murmelt Brandon. »Nietzsche hat das gesagt und dein Vater hat daran geglaubt.«

Das Leben ist bizarr, denke ich. Die Grenzen, die Mom und Dad sich gesetzt hatten, bestanden aus einer Vorstadtvilla, einem sicheren Einkommen und der Idylle eines perfekten Familienlebens. Dagegen kann man nur schwer ankämpfen. Aber unbewusst habe ich genau das getan. Warum sonst meine Freundschaft zu Ronnie? Meine Liebe zu Tom? Mein Leben war einfach zu perfekt.

Ich muss sie treffen, schießt es mir durch den Kopf, ich muss Kathleen Bellamy, meine Mutter, treffen. In der Realität.

»Paul, Milton, Grace ... Sie waren meine ... Freunde«, sagt Brandon. »Damals – als die Suchmannschaft mit Nanuk Cree an der Hütte ankam und alle verschwunden waren ... da habe ich gehadert. Freiheit hat ihre Grenzen. Aber es war schon immer mein Fehler, das nicht akzeptieren zu wollen.«

Für eine Weile schweigen wir und lassen die Worte in uns hineinsacken, bis Chris fast tonlos sagt:

»Wie reagierte mein Dad ... mein Vater?«

»Er war entsetzt, völlig außer Fassung ... und ließ sich

durch nichts beruhigen. An diesem Tag ... habe ich ihn zum ersten Mal betrunken erlebt. Er hat danach aufgehört zu arbeiten.«

»Nicht freiwillig ...«

»Nein, er wurde suspendiert.«

»Warum? Weil er getrunken hat?«

»Deswegen auch, aber das war nicht der einzige Grund. Er steigerte sich da in etwas hinein. Behauptete, er würde verfolgt. Und es gäbe Spuren und Beweise, dass das Experiment von Anfang an scheitern sollte. Man hätte die Studenten mit Absicht in den Tod geschickt.«

»Und wer sollte das gewesen sein?«

Brandon starrt regungslos auf Ike. »Ich weiß es nicht«, flüstert er. »All die Jahre, und ich kann es immer noch nicht verstehen. Paul. Milton, Kathleen ... « Ich zucke bei dem Namen zusammen, doch Brandon scheint es nicht zu bemerken.

Eine Pause entsteht, bis Chris sich aufrichtet und Brandon direkt ansieht: »Wenn mein Vater wirklich dieser freie Geist war, den Sie beschreiben, warum ... warum hat er sich dann für sein Schweigen bezahlen lassen?«

Wovon spricht er?

Brandon zieht die Augenbrauen hoch. »Du meinst die Stiftung?«

»Stiftung oder wie auch immer ... ich habe seine Kontoauszüge durchgesehen. Er hat monatlich über viertausend Dollar erhalten. Von einer Gesellschaft, die sich Solomon nennt.«

»Das war kein Schweigegeld, Chris. Er wurde für seine Forschungen bezahlt.«

»Und Sie?«, frage ich. »Wohin sind Sie gegangen ... danach?«

»Das College wurde geschlossen ... wie jetzt wieder. Ich musste ganz von vorne anfangen.«

Wieder sekundenlanges Schweigen. Mein Blick schweift

über den Raum. Zwar sind bereits einige Regale leer geräumt, aber nicht alle.

Brandon räuspert sich, greift nach dem Glas und nimmt einen Schluck. »Es tut mir leid. Ich kann euch nicht helfen. Und glaubt mir, ich wünschte es mir mehr als alles andere auf der Welt.«

Ich höre nicht mehr zu, denn mein Blick fällt auf einen schwarzen, viereckigen Kasten. Kodak, lese ich.

»Vielleicht doch«, sage ich laut. »Vielleicht können Sie uns doch helfen.«

Brandon starrt mich an. »Wie?«

Ich stehe auf, umrunde den Tisch, trete an das Regal und ziehe den Kasten heraus. Als ich ihn öffne, sehe ich die Filmrollen.

»Hier. Diese Filme. Vielleicht ist darauf etwas... oder jemand zu sehen... vielleicht finden wir eine Spur...«

»Ich kann mir nicht vorstellen, dass...«

»Haben Sie etwas dagegen, wenn wir sie uns ansehen?«, unterbreche ich ihn.

»Die haben mit der Sache nichts zu tun. Das sind alles Aufnahmen, die wir in unserer Freizeit gemacht haben.« Er zögert den Bruchteil einer Sekunde, dann nickt er. »Aber wenn du glaubst, es könnte euch helfen... Irgendwo habe ich noch den alten Filmprojektor. Er muss in einem der Kartons sein. Ich wollte ihn wegwerfen, aber...«

Er erhebt sich und tritt an die Kisten, die sich an der Wand stapeln.

Wenn ich sehe, wie er eine nach der anderen öffnet, überfällt mich wieder Panik. In wenigen Stunden muss auch ich gepackt haben. Aber ich kann es mir nicht vorstellen. Ich kann mir nicht vorstellen, dass wir wirklich das Tal verlassen werden.

»Hier...« Brandons Stimme reißt mich aus meinen Gedanken. Er zieht einen Karton hervor, klappt ihn auf und hebt etwas heraus.

Ich springe auf. »Wahnsinn. So ein Ding kenne ich nur aus dem Museum.«

»Ich hoffe, dass er noch funktioniert.«

Er hat den Satz kaum ausgesprochen, als das Telefon wieder schrillt.

Wir sehen Brandon an, der leise den Kopf schüttelt.

Als der Anrufer nach dem sechsten Mal aufgibt, sagt er: »Nehmt sie einfach mit. Ich brauche sie nicht mehr.«

Ich klemme mir die Kiste unter den Arm. Brandon folgt uns hinaus auf den Flur. Wir drehen uns gerade um, um uns zu verabschieden, als das Telefon erneut klingelt.

Im nächsten Moment hält Chris bereits den Hörer in der Hand.

»Wenn du denkst, du verfolgst uns, irrst du dich«, schreit er. »Jetzt sind wir dir auf den Fersen. Wir werden dich jagen.«

Inner Circle

Der Kinosaal hat ausgedient. Er ist seit Monaten nicht mehr benutzt worden. Die meisten von uns schauen Filme im Internet oder laden sie sich auf ihren Laptop oder iPad herunter oder spielen sie auf ihren privaten DVD-Geräten ab. Der Einzige, der sich um das Kino gekümmert hat, war ich. Nur seit Toms Tod habe ich mich nicht mehr dafür interessiert. Den Filmvorführer zu spielen, hat mich immer in gute Laune versetzt – Traumwelten, magische Geschichten auf der Leinwand – das war einmal mein Leben. Aber klar – das brauche ich alles nicht mehr – das habe ich jetzt vor Ort, live und sozusagen exklusiv in meinem Kopfkino. Jetzt erst fällt mir auf, dass ich meine Kamera im Apartment gelassen habe. Wieder einmal. Ich ändere mich, denke ich. Alles ändert sich.

Als ich die Tür aufschließe, schlägt uns schlechte, abgestandene Luft entgegen. Der Saal ist offenbar seit meinen letzten Vorführungen nicht mehr betreten worden. Mein Blick bleibt an den gemauerten Wänden, dem abgetretenen Parkett hängen. Über uns flackern die Neonröhren. Auch hier unten kann man den Verfall ablesen, ihn mit jedem Atemzug einatmen.

Umso überraschter bin ich über die angenehme Temperatur, die im Raum herrscht. Als hätte jemand geahnt – vielleicht sogar gewusst –, dass wir kommen würden. Und das ist seltsam, denn eigentlich steht doch die Räumung des Colleges bevor – oder besser, sie ist bereits in vollem Gang. Aber was ist nicht seltsam in dieser Nacht?

Während die anderen – Katie, Julia, Rose, Debbie und Robert – sich in eine der mittleren roten Stuhlreihen schieben, gehen David, Chris und ich nach oben in den Vorführraum, um den alten Filmprojektor in Gang zu bringen.

»Seid ihr endlich so weit?«, ruft Debbie nörgelnd.

Im Vorführraum ist noch alles so, wie ich es zuletzt gesehen habe. Einige DVDs liegen herum und erst auf den zweiten Blick erkenne ich, dass sie mir gehören. Die Klassiker des Science-Fiction. *Der Tag, an dem die Erde stillstand, The Core, Deep Impact.* Ich kann mich gar nicht daran erinnern, die hier gezeigt zu haben.

Durch das kleine Fenster kann ich die anderen sehen. Sie haben in der Mitte Platz genommen. Julia ist tief im Sessel versunken, hat die Beine hochgezogen und verschwindet fast in ihrer Jacke. Rose, Katie und Robert unterhalten sich leise, während Debbie nervös auf dem Stuhl herumrutscht. Fast wünschte ich, sie würde schreiend fragen, wo das Popcorn bleibt und die Cola.

»Was ist jetzt?«, unterbricht mich Chris, der ungeduldig neben mir steht. »Fangen wir an oder nicht?«

Er scheint plötzlich wieder nüchtern zu sein oder tut wenigstens so. Ich hole tief Luft.

»Am besten du und David, ihr baut den Filmprojektor auf. Ich nehme mal die Filmrollen unter die Lupe. Ihr habt keine Ahnung, wie vorsichtig man mit denen umgehen muss, damit sie nicht reißen.«

In dem schwarzen Kasten befinden sich an die zwanzig Filmrollen. Ich nehme eine nach der anderen heraus und ziehe sie behutsam auseinander. Es ist schwer, etwas zu erkennen. Meine Finger bleiben immer wieder an dem Material hängen und ich habe wirklich Schiss, dass sie zwischen meinen Fingern zerfallen. Aber nichts passiert. Und langsam gewöhnen sich meine Augen an die Negative. Alles, was ich bisher gesehen habe, wurde im Tal aufgenommen. Im ersten Moment bin ich erleichtert, denke, jetzt hast du's, und dann verfalle ich wieder in Hektik. Das alles anzusehen, dazu fehlt uns die Zeit.

Bis ich endlich auf eine stoße, auf der ich so etwas wie eine große weiße Tafel erkenne, auf der nur ein einziges Wort steht. Ich glaube, ich bin auf der richtigen Fährte. Außerdem gibt es nicht viele Versuche. Irgendwo müssen wir anfangen, wenn wir verstehen wollen, wo es endet.

»Hier...«

Ich reiche die Filmrolle Chris. Seine Hände zittern. Die Filmrolle fällt zu Boden. Sofort bückt sich David, um sie aufzuheben, als Chris rot anläuft: »Ich brauche deine Hilfe nicht.«

Er ist an der Grenze angelangt. Körperlich. Psychisch. Wie wir alle. Und wie ich. Woran ich das spüre? Dass sich mein Körper anfühlt, als trüge ich an allen Gelenken Gewichte. Wie manchmal Katie, wenn sie trainiert. Ich habe immer noch den Sand in meinen Haaren und meine Augen tränen vor Erschöpfung.

Schließlich ist Chris so weit. Er legt die Spule ein und befestigt sie. David schaltet den Projektor an.

Es knistert. Die Spule schleift. Ich drücke den Lichtschalter. Im Saal wird es dunkel, bis vorne auf der Leinwand das Licht flackert und zu einer großen hellen Fläche wird. Es ist still, nur das Schleifen und das Brummen des Projektors ist zu hören. Wir warten. Eine Ewigkeit, obwohl in der Realität vermutlich nur eine Minute verstreicht.

Und dann taucht endlich der Schriftzug auf.

DAS EXPERIMENT

Ich hatte erwartet, dass jetzt Musik ertönt. Trommelwirbel. Oder eine Stimme aus dem Off, die uns Informationen liefert, Verheißungen verspricht, Lösungen gibt. Stattdessen tauchen wir ein in eine Landschaft, die wir kennen und dann doch wieder nicht.

Die Kamera macht nichts anderes, als Kulissen heranzuzoomen. Der Ghost war damals noch von einer größeren Schneeschicht verhüllt, der Lake Mirror scheint kleiner, das Gelände, über dem sich das Collegegebäude erhebt, wirkt weitläufiger. Es wird dominiert durch riesige Rasenflächen, auf denen sich Studenten tummeln, die aus einem Kostümfilm stammen könnten. Und wenn ihre Gesichter in der Totale erscheinen, dann sehe ich nur lachende Gesichter. Wenn sie den Mund öffnen, um etwas zu sagen, folgt nur Stille.

»Hey, Mann, das ist ein scheiß Stummfilm«, flucht Chris. »Und der soll uns weiterbringen? Wo ist denn dieses Tal, Robert, das angeblich so böse ist? Das ist ein Fuck-Werbefilm –, nichts anderes.«

Na ja, ich muss Chris recht geben. Ich kann mir beim besten Willen nicht vorstellen, wie uns das weiterbringen soll. Die Kamera schwenkt auf das Collegegebäude. Die Seitenflügel sind auch zu unserer Zeit noch erhalten. Es fehlt die heutige Glasfront, an deren Stelle ein steinernes Eingangsportal die Architektur dominiert. Vor dem Gebäude reihen sich Autos aneinander, die gleichen Modelle, in denen ich auf Mr Kowalskis Schrottplatz ein Dutzend Mal gesessen habe, um mir eine Ladung Dope zu verpassen.

Dann die Nahaufnahme einer Inschrift über dem Portal:

Vincit qui se vincit – Es siegt, wer sich besiegt.

Ein kalter Schauer läuft mir über den Rücken. Ich bin nicht gerade ein Fan solcher totalitären Sprüche. Und bin schon so weit, einfach abzubrechen, als die Szene wechselt und ... ein strahlend blauer Himmel ins Bild kommt mit einer Sonne, gestochen scharf, wie es nur zu der Zeit im Jahr vorkommt, wenn die Tage länger werden. Dann scheint der Kameramann auf eine Gruppe von Studenten zuzugehen, die sich unter einem Ahornbaum versammelt haben. Gesichter, die unterschiedlicher nicht sein können und sich dennoch merkwürdig ähneln.

»Robert«, ich höre Julias Aufschrei bis nach oben. Sie spricht plötzlich deutsch. »Das ist Papa.«

Und dann fangen alle an zu reden.

»Sie sind so jung«, ruft Rose. »Und... mein Gott, das ist Grace... ich wusste nicht, wie ähnlich sie Mom sieht.«

Jeder von uns sucht nach seiner eigenen Verbindung. Es fühlt sich an wie in meinen Zeitreisen. Die Zeitebenen – Vergangenheit, Gegenwart, Zukunft –, sie verschmelzen miteinander.

Ich höre, wie Chris laut neben mir atmet. Er hat den einen Mann im Visier, um den es ihm geht. Professor Bishop steht in der Mitte des Kreises und Mimik, Gestik, Körperhaltung verraten, wie sicher er sich fühlt. Es ist Chris. Dieselbe Körperhaltung. Distanz, Coolness, nur mit einem Unterschied. Bishop strahlt darüber hinaus noch etwas anderes aus – eine Art von... Demut? Bullshit – falsch. Das ist ein Wort fürs Archiv, fürs Museum. Hingabe. Das trifft es eher. Und man kann es fast mit den Händen fassen. Er zieht sie mit seinen Worten in den Bann. Das ist klar, auch wenn ich nur die Bewegungen des Mundes sehe.

Und der Junge, der neben einem Mädchen in einem langen Häkelrock sitzt... das muss Paul Forster sein. Ich kenne ihn von dem Foto, das wir gefunden haben. Dann bleibt nur noch Frank Carter. Vermutlich der Typ, der mit dem Rücken zu uns sitzt. Sie sind so jung. Sie sind so glücklich. Und bald wird ihr Leben, so wie sie es bisher kannten, vorbei sein.

Und – das habe ich ausgeklammert – da ist dann noch meine Mutter. Punktgenau nimmt die Kamera sie jetzt in die Totale. Sie ist dabei, ein knallgelbes Tuch in ihre Haare zu binden. Als sie die Kamera bemerkt, winkt sie und grinst.

»Du bist ihr ähnlich«, murmelt David. Nicht – du siehst ihr ähnlich – das könnte ich auf die Gene schieben. Aber die Art, wie sie jetzt Grimassen schneidet, offenbar einen Scherz macht und alle zum Lachen bringt – nimmt mir etwas von mir selbst. Als sei ich nicht ich selbst, sondern lediglich eine Kopie.

Für einen Moment will ich aufspringen und den Film abschalten. Doch ich werde abgelenkt. Ein Schnitt. Ein Schatten, ich zucke unwillkürlich zusammen, denke an den Schattenmann aus meinen Visionen, doch dann entpuppt sich der Schatten als ein hochgewachsener Junge mit Rastalocken. Er trägt eine Gitarre und drängt sich jetzt zwischen meine Mutter und Grace – die personifizierte Schönheit.

»Okay, passt gut auf. Jetzt kommt's«, ruft Robert.

Ich bin total verwirrt, habe keine Ahnung, worauf Robert hinauswill, aber das ist nichts Ungewohntes. Kennt er den Streifen?

Ganz automatisch stoppe ich den Film, lasse das Bild einfrieren. Robert steht auf und deutet auf die Gruppe. »Seht – es sind alle da, wie auf dem Polaroidfoto.« Er geht sie einzeln durch. »Kathleen Bellamy, die leibliche Mutter von Benjamin. Mark, der Vater von Julia und mir. Grace, die Tante von Rose. Katies Mutter Eliza Chung. Paul Forster, Milton Jones. Martha Flemings, alle Nachkommen von Sarah Cushing und damit Dave Yellad. Und Frank Carter.«

»Was stimmt daran nicht?« David versteht nicht, genauso wenig wie wir anderen.

»Auf dem Bild sind neun Studenten zu sehen«, erklärt Robert. »Neun. Nicht acht.« Er schaut hoch zu mir. »Lass den Film noch einmal weiterlaufen, Ben.«

Ich gehorche, starre nach vorn auf die Leinwand. Wir sind alle elektrisiert. Irgendetwas sind wir auf der Spur, so viel ist klar. Und dann sehen wir es. Der Junge, der der Kamera bisher den Rücken zugedreht hat, steht langsam auf und wendet dem Kameramann das Gesicht zu. Er ist kleiner als die anderen und seine Züge wirken deutlich jünger.

Meine Hand zuckt vor wie von allein, das Bild gefriert.

»Peter Forster.« Roberts Stimme hallt durch den Kinosaal, selbst hier oben ist er bestens zu verstehen. »Der Bruder von Paul. Das ist es. Das ist die Lücke. Er war nicht dabei und deswegen hat sich der Kreis nicht geschlossen.«

»Peter Forster.« Das ist Julia, ihre Stimme klingt nicht mehr wie die ihre. »Die anderen wollten ihn nicht dabeihaben. Und er hat später unserem Vater die Schuld dafür gegeben, dass sein Bruder gestorben ist.«

Das stimmt. Genau wie die anderen erinnere ich mich an Peter Forster und das, was er während des Schneesturms vor über zwei Jahren getan hat. Peter, der sein Leben lang nicht verwinden hatte können, dass er nicht mit auf den Ghost durfte.

Dennoch, ich begreife nicht ganz. Worauf will Robert wirklich hinaus? Ich werfe Chris einen Blick zu, er scheint ebenso wenig zu kapieren, aber immerhin ist die Wut aus seinem Gesicht verschwunden, wenigstens das.

Robert zeigt wieder auf das Standbild. »Frank Carter. Er ist die Lücke. Alle, die hier in dem Film im Kreis sitzen, gehören genetisch zu einer Linie. Die direkt abstammt von Dave Yellad. Nur Frank«, er deutet auf die lange Gestalt, die sich dazwischengedrängt hat, »Frank Carter gehörte nicht dazu.«

David neben mir nickt. »Es stimmt«, sagt er leise. »Wir haben den Stammbaum ausgewertet. Franks Linien gehen weder auf Sarah noch auf Timothy zurück.«

Jetzt begreife ich. »Aber Peter Forsters Stammbaum, der ja der leibliche Bruder von Paul war, schon.«

Ich merke gar nicht, wie ich den Film wieder in Gang setze. Das Bild läuft weiter, jetzt geht Peter Forster aus dem Bild, als hätte er unsere Worte gehört, und Frank Carter bleibt im Kreis zurück.

Nun sind sie wieder acht. Und einer unter ihnen ist ein Fake, das Glied der Kette, das nicht passt.

Wir schweigen. Der Filmstreifen flattert in der Luft, während die Spule sich weiterdreht und auf der Leinwand dort vorne nur noch ein großer weißer Fleck ist, weiß, weiß wie Schnee, weiß wie Eis. Ich kenne diese Farben oder vielmehr das Fehlen dieser Farbe, ich habe sie schon einmal gesehen, letzte Nacht, als ich auf den weißen Film starrte, den Youtube abspielte, und meine eigene Stimme hörte.

Kalt, mir ist plötzlich so kalt.

Die anderen reden durcheinander, aber ich höre ihre Worte nicht. Denn was ich fühle, das bedeutet mehr als einfach nur einen Schock.

Es ist der Horror, der absolute Albtraum. Er lässt mir das Blut in den Adern gefrieren. Das Licht da vorne verändert sich. Ich hebe den Ellbogen und verdecke meine Augen, um nicht geblendet zu werden. Dann springe ich auf, stoße gegen den Projektor, der nach unten kracht, und die totale Dunkelheit bricht aus. Wie ich es schaffe, dennoch aus dem Vorführraum zu kommen, verstehe ich nicht. Aber ich muss raus hier. Raus aus dieser Enge, wo Wände sich krachend auf mich zubewegen. Ich strecke die Arme aus, versuche, sie wegzuschieben oder mich festzuhalten.

Von weit her Chris, der schreit: »Benjamin. Benjamin. Wo willst du hin?«

Doch ich höre nicht mehr, stürze nur noch nach vorn, hinein in das große Weiß.

Ice Age

Als ich wieder zu Bewusstsein komme – obwohl nein, falscher Ausdruck, das Bewusstsein scheint mir abhandengekommen –, dringt Eiseskälte ausgehend von den Zehenspitzen hoch zu meiner Brust. Nässe durchdringt meine Hose und meine Jacke scheint steif gefroren. Der Himmel über mir ist weit entfernt. Mein Kopf ist leer, leicht, luftig. Ich möchte so liegen bleiben, aber ehrlich, es ist scheißkalt. Die Kälte frisst mich von innen auf. Als hätte jemand einen ganzen Eimer Eiswürfel über mir ausgekippt. Sie durchdringt alles. Meine Kleider, meine Haut, sie kriecht in die Organe. Ich hätte nicht gedacht, dass man sogar im Magen frieren kann. Echt, ich habe das Gefühl, meine Organe kleben zusammen, mein Körperinneres ist nur noch ein einziger Eisklumpen. Ich öffne den Mund aus Sorge, auch die Lippen könnten zusammenkleben, und ich wäre nie wieder in der Lage, sie zu öffnen.

Ich weiß doch, wie das läuft. Zuerst friert einem immer die Nase ab. Der Körper verlangsamt seine Reaktionen, das Gehirn stumpft ab. Beweg die Hände, sage ich mir. Beweg die Hände, die Beine, den Mund und hör nicht auf damit. Sonst erfrierst du.

Also zappele ich herum wie ein Fisch, der an Land gezogen worden ist, und spüre mich bald tatsächlich wieder. Bin sogar in der Lage, den Kopf zu heben.

Mir fehlt jede Orientierung. Was Raum betrifft und Zeit. Und Licht und Dunkelheit. Stille und Geräusche. Ich weiß nicht, ob ich sitze, ob ich liege. Vielleicht atme ich nicht einmal mehr. Es ist, als ob ich nur in meinem Kopf existiere.

Wo bin ich?

Eigentlich eine rein rhetorische Frage, denn es gibt nur eine Möglichkeit. Ich muss mich in der Gletscherspalte befinden, in der Paul Forster sein Grab gefunden hat. So weit bin ich inzwischen. Ich versuche gar nicht mehr, an meinen Visionen zu zweifeln, sondern bin dazu übergegangen, sie als real zu akzeptieren. Aber das bedeutet, ich bin auf dem Gletscher, direkt unterhalb des Ghost. Sozusagen in der Todeszone.

Und wenn das so ist, muss er auch hier sein.

Paul Forster.

Ich sehe mich um und kann kaum etwas erkennen. Hier unten herrscht ein seltsames Licht. Um mich herum glitzert und flimmert das Weiß der Eiskristalle, angestrahlt von einem Licht, das von oben in die Gletscherspalte dringt. Ich erinnere mich, was Katie erzählt hat. Es muss hier eine Nebenhöhle geben. Dort hat sie Paul Forster entdeckt.

Wie durch ein Wunder habe ich meine Kamera dabei. Sie hängt an meinem Handgelenk. Es dauert eine Weile, bis meine eiskalten Finger es schaffen, sie anzuschalten. Das Licht, das sie spendet, kann man eigentlich vergessen, aber es ist besser als nichts. Immerhin gelingt es mir, mich so weit aufzurichten, dass ich auf die Knie komme. Die Kamera nach vorne gerichtet, krieche ich auf einen schwarzen Fleck links von mir zu.

Meine Hand tastet sich vorsichtig weiter und ich denke schon, dass da gar nichts ist, als ich ein Geräusch höre. Atemzüge, die so flach und röchelnd klingen, dass ich mich wundere, die Worte überhaupt zu verstehen.

»Ist da jemand? Hallo? Ist da jemand?«

Ich krieche näher und zucke zusammen, als ich an etwas stoße. Schuhe. Schwere Schuhe und noch etwas. Etwas Scharfes, Spitzes.

Steigeisen, schießt es mir durch den Kopf.

Und wieder dieses Röcheln, mein Puls schnellt nach oben und zum ersten Mal habe ich den Wunsch, in die Vergangenheit einzugreifen. Zum ersten Mal denke ich überhaupt darüber nach. Und weiß gleichzeitig, dass das unmöglich ist.

Mein Job bei der Sache ist wie immer der Beobachter. Meine Rolle ist klar definiert. Ich muss herausfinden, was in der Vergangenheit passiert ist, aber ich bin nicht befugt, sie zu ändern. Scheißjob.

Also bewege ich mich auf allen vieren vorwärts, darauf bedacht, meine Hände nicht zu lange auf dem eisigen Untergrund zu lassen, damit sie nicht festfrieren. Der Körper neben mir ist noch warm. Ich versuche, ihn zu wärmen, indem ich mich fest an ihn presse. Und tatsächlich habe ich das Gefühl, der andere wird ruhiger, das Röcheln wird schwächer, er atmet ruhiger.

Und dann habe ich das Gesicht vor mir. Nur wenige Zentimeter vor meinem eigenen. Paul Forster dreht den Kopf zur Seite, weil sogar das schwache Licht der Kamera ihn blendet. Aber ich erkenne ihn sofort.

Nicht weil er den Fotos ähnlich sieht oder ich die langen Haare wiedererkenne. Nein, es ist der Ausdruck in seinem Gesicht. Wach … und er lächelt.

»Was machst du da?«, flüstert er.

Mein Gehirn, benommen von der Kälte, der Müdigkeit und gleichzeitig im totalen Adrenalinrausch, begreift allmählich.

Er wird sterben. Vor meinen Augen. Jetzt und hier.

Er weiß es auch.

»Live and let die«, flüstert er.

Meine Antwort kommt sofort.

»James Bond 1973.«

Paul lacht und wird von einem Hustenanfall geschüttelt.

In mir zieht sich alles zusammen.

Er darf nicht sterben. Noch nicht. Ich muss ihn wach halten. Er darf nicht einschlafen.

»Scheißkalt hier, was?«

»Darauf kannst du einen lassen.«

Egal wie beschissen das alles hier ist, Paul ist jemand, den ich gern kennengelernt hätte. Nicht wie Milton, verbittert, vereinsamt, gebrochen. Sondern jemand, der nicht bereut.

»Wer bist du?«

Wer bin ich? Kommt darauf an, liegt mir auf der Zunge, doch stattdessen höre ich mich sagen:

»Ich bin Benjamin, Kathleens Sohn.«

»Kathleen...«, wiederholt er und ich glaube, er lächelt.

»Nur so eine Frage. Welches Jahr?«

»2013.«

»Du bist irre.«

»Bin ich.«

Er lacht. Es kostet ihn Mühe, aber er lacht.

»Ich dachte immer...« Pause. »Wenn man stirbt, sieht man seine Vergangenheit, aber ich... ich... das ist... die Zukunft.«

Ein Schwall Blut tritt aus seinem Mund und bringt ihn zum Husten. Jetzt erst geht mein Blick seinen Körper entlang. Begreife: Er liegt auf dem Rücken und die Axt, die zwischen seinen Schulterblättern steckt, gräbt sich immer tiefer in ihn hinein. Ich kann ihn nicht retten, aber vielleicht das Sterben erleichtern.

Vorsichtig packe ich seine Schultern und rede auf ihn ein: »Ich drehe dich einfach herum, okay. Pass auf. Ich zähle bis drei. Eins, zwei, drei...«

Paul Forster rührt sich nicht. Sein Körper ist so schwer... als sei er bereits tiefgefroren. Ich höre, wie sich endlich die Kleidung und das Plastik des Rucksacks vom Eis lösen, und schaffe es tatsächlich, dass er seitlich zum Liegen kommt. Behutsam löse ich den Rucksack von den Schultern.

Sein Atem hat ausgesetzt. Ich beginne zu zählen. Als ich bei dreißig angekommen bin, holt er wieder laut hörbar Luft.

Seine Augen werden weit, er schließt sie wieder. Ich fühle mich so hilflos. Ich kenne dieses Geräusch. Dieses nach dem letzten Atem ringende Röcheln. Genau so wie bei Mom in den letzten Tagen. Und wie Mom versucht auch Paul, es zu ignorieren und die letzten Sätze herauszupressen. Dinge, die man glaubt, noch sagen zu müssen.

Und wie bei Mom muss ich mich über ihn beugen, um überhaupt etwas zu verstehen.

»Im Rucksack ... ein Joint.«

Das war nicht das, was ich erwartet habe. Aber ich kapiere ziemlich schnell. Kiffen gegen Schmerzen. Ich kann Paul das Sterben erleichtern. Das Letzte, was ich für ihn tun kann.

Ich greife nach dem Rucksack, wühle in seiner Unterwäsche und der muffigen Kleidung.

»Nein«, flüstert er. »Im Seitenfach.«

Ich ziehe meine Hände zurück, die so stark zittern, dass ich nicht weiß, ob ich überhaupt in der Lage bin, einen Joint zu drehen.

Etwas knistert, als meine Finger in das Fach greifen. Ich ziehe eine Plastiktüte heraus. Jetzt brauche ich nur noch Zigarettenpapier. Es ist ganz unten. Ich fühle das Päckchen.

Danach muss ich mich erst einmal beruhigen.

»Ich hoffe, du kennst dich aus mit dem Zeug?« Ein schwaches Grinsen überzieht Pauls Gesicht. »Oder gibt es das in der Zukunft nicht mehr?«

»Du hast Glück. Du bist genau an den Richtigen geraten.«

Als ich das Marihuana aus dem Beutel hole, beruhige ich mich. Ich bin schließlich kein Anfänger.

Ich ziehe ein Papier aus der Packung, streiche es glatt, verteile die Haschischkrümel gleichmäßig und rolle den Joint in meinen Fingern. Als er die perfekte Form hat, fahre ich mit der Zunge über den Streifen und … halte mein Meisterwerk in der Hand.

»Ich hoffe, du bist zufrieden. Irgendwo Feuer?«

»In meiner Jacke.«

Als ich den Reißverschluss der Jackentasche aufziehe, fällt mir das Feuerzeug schon entgegen. Ein Werbegeschenk von Air Canada.

»Kannst ruhig einen Zug nehmen«, flüstert Paul.

»Nein, ich brauche das Zeug nicht mehr«, erwidere ich, bringe den Joint zum Brennen und stecke ihn Paul in den Mund. »Ich bin sowieso schon auf einem Trip.«

Wieder lacht er. Das klingt so angestrengt, dass es mir wehtut.

Aber, auch wenn er stirbt und ich weiß ja, dass genau das passiert –, habe ich ihm ein Stück Leben gerettet. Minuten, vielleicht nur Sekunden, aber mal ehrlich, zehn Minuten früher oder später zu sterben. Macht das einen Unterschied? Im Maßstab des Universums ist das völlig egal. Das geht dem Universum am Arsch vorbei, oder?

Ich sehe ihm zu, wie er langsam einen Zug nach dem anderen nimmt. Er ist nicht mehr in der Lage, den Joint festzuhalten, also helfe ich ihm. Nach einigen Minuten spüre ich, wie er ruhiger wird. Und schwächer.

Ich lasse den Joint fallen und trete ihn in den Boden.

»Danke«, sagt er schließlich. »Jetzt kann ich die große Reise antreten.«

Wir schweigen einige Minuten. Ich lausche seinem Atem, der rasselnd durch seine Brust geht.

»Hey, weißt du was, Alter?«, flüstert er plötzlich. »Wenn du mal einen richtig geilen Trip erleben willst, dann sieh in meinem Brustbeutel nach. Dort findest du alles.«

Ich schüttele den Kopf. Wie soll ich ihm erklären, dass mir auf einem Trip nicht wirklich nach einem Trip zumute ist?

»So etwas kann man sich nicht ausdenken«, fährt er fort und schließt die Augen. »Ich war dort unten, verstehst du? Ich dachte, ich komme nie wieder raus. Aber...«

Er bricht ab, weil er erneut husten muss. Ich wische ihm mit bloßer Hand den Speichel vom Mund.

»Hast du Durst?«

»Nur wenn du ein Bier hast.«

Mir ist zum Heulen zumute. Frage mich, warum immer die Besten sterben müssen, und eine unbändige Wut auf Milton überfällt mich. Ich hasse ihn. Ich hasse das alles.

»Milton, oder? Er ist schuld.«

Ich weiß nicht, ist das ein Seufzer, der aus Pauls Kehle kommt, oder ein Röcheln?

»Niemand ist schuld. Ich hätte die Pilze nicht mitnehmen sollen, hätte vielleicht überhaupt nicht zurückgehen sollen.«

»Was wäre anders gewesen?«

»Das Tal prüft uns. Uns alle. Auch dich. Es hält dich in seinen Fängen, lässt dich nicht los. Es beobachtet dich. Es will wissen, ob du die Kraft hast zu widerstehen. Du musst immer auf der Hut sein. Bleib wachsam! Lass dich nicht täuschen. Ich habe es nicht ernst genommen. Konnte nicht widerstehen. Macht nicht dieselben Fehler. Haltet zusammen. Dann gibt es eine Chance. Aber das Blöde ist, oder... wir wissen nicht, was kommt.« Er holt keuchend Luft. »Sohn von Kathleen, wie heißt du?«

»Benjamin.«

»Falsche Entscheidungen, Benjamin. Geht es nicht immer um falsche Entscheidungen?«

Pause.

»Woher sollte ich wissen, was richtig ist?«

»Das ist das ewige Dilemma. Du bist mir ähnlich.«

»Du kennst mich nicht.«

Er hört mich nicht mehr. Seine Augen sind weit geöffnet. Er starrt auf den Streifen Licht, der von oben in die Gletscherspalte fällt.

Ich halte seine Hand. Es kann nicht mehr lange dauern. Ich spüre es.

»Manche Fragen«, er muss alle Kraft beim Sprechen zusammennehmen, damit ich ihn überhaupt verstehen kann. »Sind unlösbar. Zum Beispiel, was ist besser? Tod oder Unsterblichkeit.«

Und dann ist es plötzlich vorbei. Paul Forster atmet nicht mehr. Er ist tot. Tränen laufen über mein Gesicht. Und ich denke: Mit so einem Satz auf den Lippen möchte auch ich sterben.

Mystery Place

Ungeduldig drückte Debbie auf den Knopf, während sie auf die Anzeige blickte, die über der Fahrstuhltür angebracht war. Das verdammte Ding ließ sie hier im Untergeschoss warten. Wie kam es, dass nie ein Fahrstuhl da war, wenn sie es eilig hatte?

Sie sah auf die Uhr. Halb fünf Uhr morgens.

In wenigen Stunden würden alle die Busse stürmen, die besten Plätze besetzen und sie hatte noch nicht einmal gepackt. Bei dem Gedanken wurde ihr schlecht, und immer wenn ihr übel wurde, bekam Debbie Heißhunger auf fettige Donuts mit bunten Zuckerstreuseln. Aber Julia und Rose hatten daran natürlich nicht gedacht, dass sie dringend Kalorien benötigten, um in der Zeit, wenn die Nahrungsvorräte knapp wurden, von den eigenen Reserven zehren zu können.

Endlich, da kam er, der Scheißaufzug. Seine Türen glitten auf, sie trat ein, die Türen schlossen sich. Sie konnte nicht mehr hinaus. Der Fahrstuhl setzte sich geräuschlos in Bewegung. Debbie krallte ihre Fingernägel in die Handflächen, schloss die Augen und zählte.

Eins … zwei … drei … der Aufzug stieg noch langsamer als sonst in die Höhe. Das Blut in ihren Ohren rauschte.

Nichts zu sehen, machte die Sache nicht besser. Also öffnete Debbie wieder die Augen. Jemand hatte mit roter Farbe an die Wand gesprüht: »Fahrstuhl des Grauens.«

Das würde zu Benjamin passen.

Mein Gott, immer dieses Drama um Benjamin. Als dieser

Loser aus dem Kinosaal hinausgestürzt war – na ja, er war schwul, da konnte man wohl von Dramaqueen sprechen –, hatten alle total panisch reagiert. Chris war ihm sofort nachgelaufen und selbst Katie hatte gerufen: »Wir dürfen ihn nicht gehen lassen. Er ist nicht er selbst.«

Debbie konnte sich nur wundern, wie dumm sie waren. Sollte er sich doch da draußen abreagieren. Er würde sowieso den Sicherheitsbeamten in die Hände laufen und die würden ihn sofort zurückschicken. Es war einfach nicht die Zeit – oder besser gesagt Stunde –, um verrückt zu spielen.

Egal, was andere sagten, es war doch gut, sich mit den Problemen anderer zu beschäftigen, denn sie hatte es geschafft: Die Fahrstuhltüren öffneten sich, das Licht im Korridor sprang an und eine Minute später war sie im sicheren Apartment angelangt.

Debbie zog die Tür zu ihrem Zimmer zu, schloss zweimal hinter sich ab und holte mehrfach tief Luft.

Nr. 1 – auf ihrer Liste – Laptop an, Datenbank checken, drei Kopien auf verschiedene Festplatten ziehen. Sie waren von historischem Wert.

Nr. 2 – Koffer packen – nur mit dem Nötigsten. Den Rest einfach in einen Müllsack stopfen.

Drittens duschen, duschen, duschen – ihren Körper schrubben, bis sich die alte Haut löste und …

Sie setzte sich an ihren Schreibtisch und klappte den Laptop auf. Eher zufällig fiel ihr Blick auf die Leiste am oberen Bildschirmrand und sie stutzte. Damit hatte sie nicht gerechnet. Es schien, dass die Verbindung zum Internet in letzter Minute wieder funktionierte. Halleluja.

Ein Klick und die Suchmaske erschien, um sofort wieder zu verschwinden. Stattdessen öffnete sich Google Earth automatisch. Oh, Fuck, ausgerechnet jetzt.

Sie versuchte, das Programm zu beenden oder wenigstens

zu minimieren, aber nichts passierte. Die Kugel drehte sich, wurde immer größer, bewegte sich auf sie zu. Das schroffe Relief der Rocky Mountains wurde zu Bergen, Tälern, durch die sich Flüsse zogen, und sie raste auf ein Gletscherfeld zu.

Wie oft hatte Debbie versucht, sich auf Google Earth ins Tal zu klicken.

Nie war etwas geschehen. Sie kam nie weiter als bis nach Fields oder bis zur Gletscherlandschaft. Dann war Ende. Das Tal war ein blinder Fleck in Google Earth.

Aber jetzt, jetzt stoppte das Bild nicht. Nein, stattdessen vergrößerte sich die Fläche noch, Debbie erkannte den Solomon-Felsen, den See, sogar das College.

Und jetzt...

Ein roter pulsierender Fleck.

Ähnlich einer seismografischen Warnmeldung. Das Zentrum befand sich genau auf den Koordinaten des Sees.

Debbie schlug das Herz bis zum Hals. Ihr Gehirn war völlig leer, wie erstarrt. Hier war es, das Tal. Wie ein riesiger Blutfleck auf einer weißen Fläche. Die Angst wurde stärker, ihre Beine begannen zu zittern, ihr Mund war plötzlich wie ausgetrocknet. Denn dieser pulsierende Fleck war dabei, sich auszubreiten, zog Kreise, grub Linien, durchschnitt andere Täler und Schluchten, brachte Berge zum Einsturz, überflutete Landschaften.

Debbie sagte sich, dass es sich lediglich um eine Animation handelte. Nichts weiter. Irgendein Gruselvideo. Aber es beruhigte sie nicht. Nein, sie spürte die Bedrohung. Sie bedeutete: Das Tal breitete sich aus. Der Pulsschlag des Horrors – schoss ihr durch den Kopf – ging von diesem Ort hier aus. Sie, Debbie – befand sich im Epizentrum des Bösen.

Panisch sprang sie auf und begann, alles in die Koffer zu stopfen, was ihr in die Hände kam. Sie kratzte die Reste von Gebeten zusammen, die Grandma ihr beigebracht hatte, während nur ein Gedanke sie beherrschte: Sie hatte das ganze Leben noch vor sich und sie war nicht bereit, darauf zu verzichten. Sie würde kämpfen, und wenn es das Letzte war, was sie tat. Nein, sie wollte nicht hier oben sterben.

Rockin' the Free World

Als ich wieder zu mir komme, liege ich auf dem kalten, feuchten Waldboden. Ich liege auf dem Bauch, das Gesicht in die Erde unter mir vergraben. Kein Wunder, dass ich keine Luft kriege.

Ich lausche auf Geräusche.

Null Dezibel um mich herum.

Ich bin allein.

Vielleicht sind die anderen schon in die Busse gestiegen und abgereist. Haben mich hier oben einfach vergessen.

Ich habe keine Ahnung, wie ich hierhergekommen bin. In jedem Fall muss ich eine Zeit lang ohnmächtig gewesen sein. Meine Zähne klappern. Die Kälte der Eishöhle steckt noch in meinen Knochen. Wie lange bin ich dort gewesen in diesem Grenzbereich zwischen der Gegenwart, dem Diesseits, dem Abgrund der Gletscherspalte und irgendwie auch meiner Seele?

Pauls letzter Satz hallt in mir nach.

Tod oder Unsterblichkeit?

Muss ich mich wirklich entscheiden?

Nun, ich kann ihn nicht mehr fragen.

Nachdem er mir den Satz ins Ohr geflüstert hat, ist er gestorben. Warum mit einem Lächeln im Gesicht? Weil er seine Entscheidung getroffen hat? Für den Tod? Oder weil er sie gar nicht treffen musste? Milton hat für ihn entschieden. Und, denke ich, mich betrifft das doch nicht.

Aber wenn doch?

Der Gedanke schleicht sich von hinten an und lässt nicht locker.

Und wenn du dich entscheiden müsstest?

Ich habe diese Frage schon einmal gehört. Es war Pauls Stimme auf dem Youtube-Video. Aber wer hat auf Repeat geklickt und stellt mir diese Frage immer wieder?

Tod oder Unsterblichkeit?

Beides fühlt sich gleich beschissen an. Bin ich tot, kann ich nicht weiterleben. Lebe ich weiter, kann ich nicht sterben. Ein Deal, den ich nicht eingehen will.

Einfach nicht denken, Benjamin.

Nur – und das ist nun wirklich beschissen, fühlt sich der Boden unter mir an wie ein Grab, ja, wirklich, als läge ich in einem frisch ausgehobenen Erdloch. Meine Hände graben sich in den Untergrund, und als ich sie davon löse, bleiben Erdklumpen an meinen Händen hängen. Panik überfällt mich. Ich wühle weiter, immer weiter, als schaufle ich mir mein eigenes Grab. Dieses Erwachen fühlt sich anders an als sonst. Ich empfinde keine Erleichterung, dass ich wieder im Jetzt bin.

Wie ist das mit dem Tod?

»Es ist gut«, hat meine Mom am Ende immer wieder gesagt. »Es ist gut, dass es vorbei ist.«

Und dieser Gedanke gräbt sich fest in mein Gehirn ein, genau wie meine unruhigen Hände sich immer tiefer in die Erde bohren, sie aufwühlen. Sie fliegt durch die Luft. Landet auf meiner Brust. Ich kann sie fühlen, schmecken, riechen.

Wo sind die anderen?

Sie haben mich im Stich gelassen. Niemand ist mir gefolgt.

Eine glasklare Erinnerung schiebt sich vor mein inneres Auge. Ich sehe mich, wie ich aus dem Kinosaal stürze, als ich Paul Forster auf dem Film erkannt habe und etwas mich zwang, zurückzukehren in die Gletscherspalte, in der ich auf meinem Mushroom-Trip schon einmal gewesen bin.

Das Schlimmste. Das Allerschlimmste ist passiert. Ich habe keine Kontrolle mehr über mich. Du musst sterben, denke ich. Schon bald musst du sterben.

Und das Schreckliche – irgendwie bin ich erleichtert. Weil, dann habe ich die Entscheidung getroffen, oder?

Doch Paul hat noch etwas anderes gesagt. Dasselbe wie Tim Yellad. Macht nicht dieselben Fehler. Haltet zusammen. Dann gibt es eine Chance. Bin ich der Einzige, der das kapiert? Meine Freunde – sind sie es wirklich? Sie kehren mir den Rücken zu. Auch Chris. Sie haben mich dem Tal ausgeliefert. Allein bin ich so hilflos.

Ihr könnt es schaffen. Pauls flüsternde Stimme. Die Worte eines Sterbenden scheinen mehr Gewicht zu haben als die der Lebenden. Nächster Gedanke.

Weil sie die Erkenntnis haben, die uns fehlt?

Ja, ich glaube, ich kapiere es endlich.

Ich glaube nicht, dass man in ein Licht sieht, wenn man stirbt. Oder das Ende eines Tunnels vor sich hat. Wäre ja auch zu einfach.

Nein, ich glaube, man denkt: Okay, das war es also. So war mein Leben. Damit muss ich mich abfinden. Ich kann nichts mehr ändern, nichts rückgängig machen. Ich muss Frieden schließen. Und Paul hat seinen Frieden geschlossen, oder? Sonst wäre er nicht mit einem Lächeln gestorben.

Angst überfällt mich. Vor mir selbst. Vor meinen Gedanken. Es gibt keinen Grund dafür, denn ich lebe doch. Aber unter welchen Voraussetzungen? Allein bin ich nichts, nichts, nichts.

Weglaufen, Flucht – das war doch schon immer deine Stärke. Steh einfach auf und gehe ab. Ganz easy.

Aber da ist eine andere Macht. Sie scheint stärker als ich.

Ich war nicht dabei, als Mom starb. Nein, ich saß, einen Kaffee to Go in der Hand, vor dem Zimmer. Und ich habe den Raum nicht betreten. Und zwar nicht, weil Mom und Dad diese Unterhaltung führten, die ich damals nicht verstand, sondern weil ich keinen Bock hatte auf den Tod. Ich wollte ihm nicht ins Gesicht sehen. Und mal ganz ehrlich, als die Cops damals Ronnie abführten, dachte ich nicht wirklich: Scheiße, du bist daran schuld. Nein, ich war erleichtert. Ich dachte: Super, du bist raus aus der Sache. Und Ronnie – ich meine, er war doch immer cooler als ich. Er kannte sich aus. Er kam aus diesem Milieu. Ich nicht. Ich war der Sonnyboy anständiger Eltern aus der Middleclass.

Und Tom?

Es ist die Ehrlichkeit angesichts des Todes, die einem das Sterben erleichtert. Klar, ich habe genau gespürt, dass er dabei war abzudriften. Er hat mir unzählige Zeichen gegeben. So viele verzweifelte Versuche gemacht, dass ich Fragen stellen hätte müssen.

Unsterblichkeit. Auf so eine Idee wäre ich doch nie gekommen.

Okay, Benjamin. Schluss. Ende. Du stehst jetzt auf, gehst zurück zum College. Packst. Irgendwohin wird das Leben dich schon schicken. Es heißt doch immer, das Leben ist eine Reise mit ungewissem Ausgang.

Immer noch habe ich mich keinen Zentimeter bewegt.

Ich könnte ewig so liegen bleiben, wenn nicht...

Erde dringt in meinen Mund, die Nase. Sobald mir dies bewusst wird, halte ich es nicht länger aus. Ich schaffe es, mich umzudrehen, und – ich schlage die Augen auf.

Über mir die Wipfel von Bäumen.

Wäre alles um mich herum dunkel, echt, ich wäre happy. Nur das Gegenteil ist der Fall. Ein scheiß Vollmond hängt am Himmel. Und er leuchtet mir direkt ins Gesicht. Zeigt mir, wo ich mich befinde. Am Grabstein. An der Lichtung. Ich liege direkt neben einer der Grabstellen. Sie ist mit einem der weißen Kreuze markiert, die Rose und Julia hier errichtet haben. Und zu allem Überfluss ist sie auch noch mit Blumen geschmückt.

Das Böse, denke ich, ist nicht einfach nur brutal. Es trägt Züge von Zynismus, von Boshaftigkeit, von feinfühliger Raffinesse.

Meine Zähne klappern. Die Kälte des Todes hat sich über meine Knie und Ellbogen ausgebreitet und mein Fleisch in gefühllosen Marmor verwandelt. Die Beklemmung kriecht hoch zum Hals und stoppt kurz unterhalb des Adamapfels. Immer wenn ich schlucke, spüre ich einen Widerstand.

Der Tod erscheint mir leichter als die Unsterblichkeit. Er ist einfach die elegantere Lösung.

Ich drehe mich auf die linke Seite, damit ich mit dem rechten Bein zuerst aufstehe. Soll angeblich helfen, um einen guten Tag zu erleben. Der neue Tag, der mir bevorsteht.

Meine Hand greift nach meinem Hals. Erschrocken zucke ich zusammen. Ich fühle einen Widerstand. Etwas Raues, Hartes.

Ich versuche zu erkennen, was sich um meinen Hals schlingt. Bin nicht einmal sicher, dass es tatsächlich existiert.

Etwas zieht sich fest. Der Kragen meines Sweatshirts. Vergeblich versuche ich, mich zu befreien. Panik überfällt mich, während ich langsam begreife, worum es sich handelt.

Ein Strick.

Scheiße, um meinen Hals schlingt sich ein Strick.

Hektisch, mit zitternden Händen versuche ich, mich daraus zu lösen.

Fuck Leben. Erzähl mir keinen Scheiß.

Ich ziehe, zerre, höre mich selbst keuchen.

Im nächsten Moment stehe ich auf beiden Beinen. Kann mich im Mondlicht beobachten. Bin nicht mehr als eine panische Maus, die um ihr Leben ringt. Eine Ratte, die das sinkende Schiff verlässt. Eine scheißblinde Fledermaus, die gegen Fensterscheiben knallt.

Wovon ich mich versuche zu befreien, ist nur ein Seil, in das ich mich verheddert habe.

Ha. Ha. Ha.

Wäre ja zu einfach, oder?

Wäre zu einfach dafür, dass mich jemand auf dem Kieker hat.

Denn im nächsten Moment begreife ich.

Was ich in der Hand halte, ist ein Stück des Seils, das sich um Pauls Hüfte geschlungen hat. Es ist ein Teil des Kletterseils, das ich auf dem Beifahrersitz in Tim Yellads Wagen gesehen habe. Es ist der Strick, mit dem sich Susan, Jenn, Richard Harper und Tim erhängt haben.

Und jetzt ich.

Jetzt bin ich an der Reihe.

Tod oder Unsterblichkeit. Ein unauflöslicher Konflikt. Und meine Entscheidung.

Shadow

Ich habe die Zeit nicht unter Kontrolle. Sie scheint wieder in Sprüngen zu verlaufen, Bildsequenzen laufen in mir ab, deren Zusammenhang ich einfach nicht kapiere. Denn jetzt renne ich plötzlich durch den Wald, bleibe an Gestrüpp hängen, schramme mit der Schulter an Baumstämme, aber irgendwie schaffe ich es, die Lücken zwischen den hohen Bäumen zu finden, die enger aneinandergerückt scheinen, als ich es in Erinnerung habe. Ich beiße die Zähne fest aufeinander, werde schneller, kenne mein Ziel nicht und dennoch habe ich Angst anzukommen.

Das passiert alles nur in deinem Kopf, denke ich. Nur – das ist nicht wirklich ein Trost. Aber ehrlich gesagt, darüber kann ich jetzt nicht nachdenken. Weil jeder Schritt meine ganze Aufmerksamkeit erfordert. In der Dunkelheit, nur gemildert durch das Licht des Vollmonds, treibt mich die Angst vorwärts. Irgendetwas sagt mir, dass ich verfolgt werde.

Und dann wieder: Das bildest du dir nur ein, Ben. Du bist hier völlig allein. Allerdings glaube ich tatsächlich, Schritte hinter mir zu hören. Da ist etwas. Es ist mir auf den Fersen. Also gibt es nur eine Richtung. Nach vorn.

Es ist nicht einfach, auf dem nassen Untergrund voranzukommen. Der Boden ist glitschig. Das Laub zu meinen Füßen bringt mich ins Rutschen. Und es fällt mir schwer, das Gleichgewicht zu halten. Meine rechte Hand umklammert etwas. Ich spüre etwas Raues zwischen meinen Fingern. Ich ziehe etwas hinter mir her. Ein kurzer Blick zurück, und im ersten Augenblick bin ich überzeugt, es handelt sich um eine Schlange, die mich verfolgt. Es dauert einige Sekunden, bis ich begreife: Ich ziehe das Seil hinter mir her. Was will ich damit? Ich versuche, es loszuwerden. Schüttele immer wieder den Arm, aber es scheint an meiner Hand festzukleben. Völlig in Panik stolpere ich über eine Wurzel, die aus dem Boden ragt. Oder ist es ein Tier? Da ist ein Maul. Da sind Zähne, die sich in der Sohle meiner Schuhe festbeißen. Wieder versuche ich, die Arme ausgebreitet, das Gleichgewicht zu halten. Und es wäre mir gelungen, doch beim nächsten Schritt versinke ich in einem Laubhaufen, gerate ins Rutschen und schlittere einen Abhang hinunter. Steine und Felsbrocken bohren sich in meinen Rücken. Etwas zerreißt meinen Pullover. Ich fühle den Schmerz an meinen Schultern, im Nacken und im Gesicht. Meine Hände krallen sich in den Untergrund und rutschen ab. Und ich erschrecke, als ich mich laut schreien höre. Der Geruch nach Erde, Laub und Moos steigt in meine Nase. Ich bekomme keine Luft mehr, rolle mich schützend zur Seite, kneife meine Augen fest zusammen und wehre mich nicht mehr.

Das alles passiert in einer derartigen Geschwindigkeit, dass ich keinen klaren Gedanken mehr fassen kann. Und ich gebe einfach auf. Natürlich. Ich war noch nie der große Kämpfer. Auch jetzt nicht.

Und wahrscheinlich würde ich noch ewig liegen bleiben, wäre da nicht ein Geräusch, das mich aufschreckt. Laub, das raschelt. Ein Windstoß, der durch die Bäume fährt, Schritte. Ein Keuchen.

Ich reiße die Augen auf und ... es werde Licht. Ich bin wahrscheinlich verrückt, aber ich lache. Weil ich plötzlich kapiere, wo ich bin. Und dieser Platz ist nicht der schlechteste. Ich liege genau an der Abzweigung, wo der Weg zur Lichtung abbiegt. Links von mir geht es zum Bootshaus, rechts von mir zurück zum College.

Ich rappele mich auf. Keine Frage, wohin ich will. Zurück

ins College. Schließlich kann ich die Lichter erkennen. Die Signallampen des Sicherheitsdienstes. Sicherheitsdienst. Bisher konnte ich die Typen nicht ausstehen, aber jetzt sind sie das Beste, was mir passieren konnte.

»Einfach zurück«, höre ich mich sagen. »Und dann nichts wie weg hier.«

Mit einer Antwort habe ich nicht gerechnet.

»Klar. Wie immer. Du haust ab. Verpisst dich ins Warme.«

Im ersten Moment glaube ich, dass ich mit mir selbst spreche. Weshalb ich die Bemerkung zunächst einfach ignoriere. Ich wende mich nach rechts. Werde langsamer, je näher ich der Brücke komme. Je deutlicher ich das Rauschen des Wasserfalls höre.

Ich biege um die nächste Kurve und kann ihn sehen. Das Wasser stürzt mit voller Kraft aus dem Felsen, rauscht unter der Brücke durch und prallt mit solcher Wucht auf die spiegelglatte Fläche des Lake Mirror, dass es schäumt.

Wassernebel versperrt mir die Sicht. Mit meiner rechten Hand das Seil umklammernd, wische ich mir mit der linken über das Gesicht und ... erstarre.

Am Ende der Brücke erhebt sich der Schattenmann.

Die ganze Zeit war ich sicher, jemand verfolgt mich. Aber das Gegenteil ist der Fall. Da vorne steht er und erwartet mich. Und bei jedem Schritt, den ich mache, wird er größer.

Ich stoppe, schaue mich um. Bin verwirrt, denn er steht jetzt hinter mir.

Also renne ich weiter, nur um zu begreifen, ich laufe direkt auf ihn zu. Schwer atmend. Keuchend. Schon spüre ich die schwankenden Holzbohlen der Brücke unter mir. Debbie beschwert sich schon seit Monaten im Chronicle darüber, dass sie repariert werden müsste. Aber nichts ist passiert.

Rechts von mir der Wasserfall. Links der See, aus dem Wasserfontänen schießen.

Vor mir …

Hinter mir …

Ich kann ihm nicht ausweichen.

Und – will es auch nicht mehr.

»Was willst du von mir?«, rufe ich. »Sag es mir einfach hier und jetzt.«

Ich gehe direkt auf ihn zu, bin nur noch wenige Schritte von ihm entfernt, als er einen Schritt zur Seite macht und das volle Licht des Mondes ihn trifft.

Die Holzbohlen unter mir vibrieren im Takt meines zitternden Körpers. Ich kann es nicht glauben.

Ja, vor mir steht ein Schatten. Nur, dass ich ihn jetzt deutlich erkennen kann.

»Ronnie?«, höre ich mich schreien.

Und weiß, ich irre mich nicht. Dort steht er, beide Hände tief in den Taschen vergraben. Er ist genauso gekleidet wie damals, als die Cops uns festgenommen haben.

Der Schattenmann – der Schatten meiner Vergangenheit.

Und er sagt etwas. Ich kann es nicht sofort verstehen.

»Was? Was hast du gesagt?«

»Nicht schwer«, flüstert er. »Es ist gar nicht schwer.«

Ein Windstoß fegt mit aller Kraft über mich hinweg. Ich schwanke, die Bohle unter meinen Füßen kracht.

Gar nicht so schwer …

Ich spüre das Seil in meiner Hand. Es fühlt sich leicht an, geschmeidig. Es windet sich zwischen meinen Fingern und im nächsten Moment kann ich mir zusehen, wie ich es um das Holzgeländer schlinge, wieder und wieder, und mit einem Ruck den Knoten festzurre.

Ein Blick über meine Schulter. Ronnie steht immer noch da, zieht einen Joint aus seiner Tasche und zündet ihn an. Nickt.

Ich weiß, was er von mir möchte. Und diesmal kann ich ihm seinen Wunsch erfüllen.

Simpel, oder?

Doch irgendwo in einem Winkel meines Hirns begreife ich, dass es so leicht nicht ist. Dass es Gegenargumente gibt, die mir jetzt nur nicht einfallen. Ich sollte aufwachen, meinen Kopf irgendwie klarkriegen, aber gleichzeitig ist mir klar, dass ich das nicht allein schaffe.

Ich streife das andere Ende des Seils, die Schlinge, über den Kopf. Sie zieht sich von alleine zusammen und schnürt mir die Luft ab. Noch umklammern meine beiden Hände den Strick. Voller Hoffnung drehe ich mich einige Male im Kreis. Hinter mir der Wasserfall. Vor mir der See.

Ein Blick nach links … Ronnie.

Rechts Ronnie.

Ich höre Schritte.

Sehe unter mir den Abgrund. Das Wasser des Sees ist aufgewühlt, Schaumkronen.

»Benjamin?«

Die Stimme kommt näher.

Ronnie, der mich verfolgt. Seine Rache verfolgt mich.

Ich schwinge das linke Bein über das schwankende Geländer, ziehe das rechte Bein nach.

Alle Gedanken. Alle Fragen. Wie weggewischt.

Tod oder Unsterblichkeit … Die Entscheidung ist überhaupt nicht schwer, denn ich muss nur loslassen.

Mein Körper fühlt sich schwerelos an.

Ich schließe die Augen, breite beide Arme aus und warte.

Sehe eine weiße Leinwand, auf der sich ein Wort zusammensetzt.

THE END.

Im nächsten Augenblick packt mich jemand an den Schultern. »Spinnst du?«, höre ich jemanden brüllen.

Ich werde zu Boden gerissen. Fäuste schlagen auf mich ein. »Bist du total verrückt geworden?«

Ich krümme mich zusammen wie ein Embryo und schütze mein Gesicht mit beiden Ellbogen.

Der nächste Schlag ins Gesicht. »Vielleicht bringt dir das deinen letzten Rest Verstand zurück.«

Ein Fußtritt folgt.

»Chris. Chris. Hör auf. Was soll das? Lass ihn los.«

Eigentlich will ich gar nicht, dass Chris aufhört. Denn es fühlt sich so real an. Der Schmerz ist gewaltig, aber er wischt alle Spinnenfäden in meinem Gehirn weg, die Stimmen der Vergangenheit. Ich wache auf aus diesem Albtraum. Mein Bewusstsein kehrt zurück. Jedes noch so kleine Geräusch um mich, jeder Lufthauch, der Wassernebel in meinem Gesicht – das alles löst eine Welle der Erleichterung in mir aus.

Eine Taschenlampe leuchtet mir ins Gesicht.

»Fast wären wir zu spät gekommen«, flüstert Julia.

»Weil diese Scheißsecurity uns bewacht, als ob wir Verbrecher wären.« Katies klare Stimme bringt mich dazu, die Augen zu öffnen. »Wie hast du es geschafft, Ben, denen zu entgehen?«

Es dauert einige Sekunden, bis ich antworten kann, und als ich mich sprechen höre, klinge ich wie jemand, dessen Stimmbänder sich verknotet haben.

»Ich bin den Weg gegangen … den du uns gezeigt hast.«

Katie schüttelt den Kopf und verschränkt die Arme vor der Brust. »Und jetzt erklär mir mal, warum du so eine Scheiße machst.«

Ich will antworten, aber ich begreife es selbst nicht.

»Ist er da?«, frage ich stattdessen.

»Wer?«

»Der Schattenmann?«

Alle starren mich an.

»Hier ist niemand außer uns.«

Ich stoße die Luft aus, fühle mich wie verwandelt. Als hätte ich den bösen Geist vertrieben, ihn in die Flucht geschlagen.

Nein, ich gebe es ehrlich zu. Ich habe ihn nicht vertrieben – sie haben das geschafft. Ich blicke von David zu Chris, von Rose zu Katie, Robert und Julia. Sie sind gekommen. Sie haben mich nicht im Stich gelassen. Sie waren da, als ich sie gebraucht habe. Meine Freunde, meine Familie, sprichwörtlich. Nur von Debbie ist nichts zu sehen.

Was hatte Paul Forster in der Eishöhle gesagt? Das Tal prüft dich. Es hält dich in seinen Fängen, lässt dich nicht los. Will wissen, ob du die Kraft hast zu widerstehen.

»Sehen wir zu, dass wir ihn zurückbringen«, bestimmt Rose. »Er holt sich sonst den Tod.«

Einen Moment herrscht Schweigen und dann breche ich in Lachen aus.

Roadback

In Filmen soll das Ende immer eine Logik haben. Alles folgt einem Plan. Unser Film hat keine Logik. Nichts, was hier im Tal geschieht, macht irgendeinen Sinn. Tausend Fäden und überall lose Enden. Wie soll man da eigene Entscheidungen treffen können?

Kaum biegen wir vom Pfad am See in den Campus ein, umringen uns fünf oder sechs Männer. Die Security – sie haben die Macht hier oben übernommen. Und denken tatsächlich, was sie tun, macht irgendeinen Sinn. Solche Typen, die brauchen keinen Joint. Die schlucken kiloweise Anabolika, um Schultern zu bekommen, die in diese Uniformen passen. Und – sie fühlen sich sicher mit ihren Waffen. Vermutlich bilden sie sich ein, dann könnten sie sich das Denken sparen.

Früher hätte ich mich darüber lustig gemacht.

Aber jetzt sehe ich ihnen ruhig entgegen. Ich spüre keine Angst. Handele nicht wie damals bei der Sache mit Ronnie aus irgendeinem Gefühl heraus. Nein. Ich bin dem Tod von der Schippe gesprungen, will ich ihnen zurufen, also, was könnt ihr mir noch anhaben?

Einer von ihnen baut sich vor uns auf. Nicht viel älter als wir, die Haare rasiert, Oberarme wie Baumstämme, spricht er mit uns, als seien wir ein Trupp Sträflinge.

»Sie haben das Gelände ohne Erlaubnis verlassen. Wir waren gerade dabei, einen Suchtrupp zusammenzustellen. Wir werden Sie zum Parkplatz bringen. Das College ist bereits geräumt. Die Busse sind bereit zur Abfahrt.«

Katie und Chris beginnen eine Auseinandersetzung, aber es ist von Anfang an klar, dass sie keine Chance haben. Was hat Rose gesagt? Wir müssen das Tal verlassen. So oder so. Wir haben überhaupt keine Wahl.

Die Argumente, sie werden einfach weggewischt. Dass wir noch nicht gepackt haben, dass ich vor Schmutz nur so strotze und unter die Dusche muss, dass eine von uns fehlt – Debbie Wilder – und dass wir uns weigern, das Tal zu verlassen.

Jeder Grund wird mit einer einfachen Handbewegung weggewischt.

Katie und Chris geben alles, sie fluchen und schreien, aber die Männer bleiben unerbittlich.

»Das hier ist eine Evakuierung«, sagen sie.

»Wenn Sie Ärger machen, müssen wir Sie mit Gewalt zum Parkplatz bringen«, sagen sie.

»Es ist keine Zeit mehr zum Packen. Wir stellen Ihnen in Fields die notwendigen Dinge zur Verfügung«, sagen sie.

Die Frage nach dem Warum beantworten sie nicht. Machen solche Typen nie. Sie diskutieren einfach nicht. Das alles scheint vertraut. In Katastrophenfilmen sind immer die Soldaten diejenigen, die die Helden ins Verderben schicken, weil sie einfach nur irgendwelche Befehle befolgen.

Helden?

Im Moment sind wir alles andere als Helden.

Die Security nimmt uns in ihre Mitte und führt uns über einen abgesperrten Weg zwischen der Notufermauer und dem Collegebäude zum Parkplatz.

Langsam geht die Sonne hinter dem Ghost auf und taucht die Türme und Spitzen, die Balkone und Gauben in ein mildes Licht. Wenn die Uferabsperrung nicht gewesen wäre – ich bin sicher, noch nie wäre das Tal schöner gewesen. Die perfekte Kulisse für einen dramatischen Abschied.

Still gehen wir nebeneinanderher. Unsere Empörung, Katies Entrüstung, der Wutanfall von Chris – alles zwecklos. Die Aufregung der letzten Nacht hat Spuren hinterlassen. Wir sind hungrig, müde, erschöpft. Und resignieren.

Wir haben keine Chance und jeder versucht auf seine Weise, Frieden mit diesem Ort zu schließen. Das jedenfalls erkenne ich in den Gesichtern der anderen.

Nur nicht bei Robert. Was er denkt, habe ich noch nie begriffen, aber jetzt ist sein Miene starr, völlig undurchdringlich. Ein Panzer umgibt ihn, der niemanden an ihn heranlässt. Aber schützen kann er ihn nicht.

Wir passieren die große Glasfront des Foyers. Ich erkenne Polizei und Angestellte des Colleges im Inneren. Studenten sind nicht mehr zu sehen. Und noch jemanden entdecke ich. Es ist Professor Brandon. Er lehnt neben dem Kamin, eine Reisetasche neben sich. Er trägt immer noch dieselben Klamotten von heute Nacht. Ike, die Dogge, liegt nicht zu seinen Füßen wie so oft, sondern steht neben seinem Herrn, und als wir vorbeigehen, sieht er uns aufmerksam entgegen.

Jetzt hebt Brandon die Hand. Sein Blick ist ernst. Ein letztes Winken. Nicht jeder von uns bemerkt es.

Ich nicke ihm zu und kann Ikes Winseln bis nach draußen hören.

Minuten später haben wir den Parkplatz erreicht.

Nur noch ein Bus steht da. Er wartet mit laufendem Motor zwischen den Vans der Security und einer Reihe von Polizeiwagen. Ein alter klappriger Highschool-Bus aus Fields. Ich frage mich, wie er es über den Pass schaffen will.

Jetzt, wo wir aufgegeben haben, merke ich erst, dass ich friere. Meine Kleider sind nass wie meine Haare. Die Luft scheint mir kälter als die Tage zuvor. Heute Morgen verhält sich das Wetter, wie es typisch ist für diese Zeit.

Und ich will nur noch eines. In den warmen Bus einsteigen und schlafen.

Vielleicht haben die Männer der Security recht, wenn sie behaupten, man würde sich um alles kümmern. Es hat etwas Verlockendes, sich einfach in den Bus zu setzen und den Rest anderen zu überlassen. Vielleicht brauche ich keinen Plan B, weil andere ihn für mich erfinden? Der Gedanke hat etwas Beruhigendes, Tröstliches.

Wie in Trance steigen wir in den Bus. Debbies Kreischen ertönt von irgendwoher.

»Wo wart ihr?«

Sie sitzt ganz vorne und springt auf, als sie uns sieht. In ihrem weiten lila Kleid mit der Riesenschleife auf der Brust sieht sie aus wie eine Pralinenschachtel. Um ihren Platz türmen sich die Kofferberge und mir schießt durch den Kopf, dass ich mir im Notfall von ihr ein paar Fummel leihen kann. Besser als zu erfrieren.

»Los, los, los.« Der Busfahrer drängt zur Eile.

Als Chris stehen bleibt, springt er auf und zieht ihn einfach von der Tür weg. Chris reißt sich los, aber weiter wehrt er sich nicht. Er hat erreicht, was er immer wollte: das Tal verlassen. Ein neues Leben anfangen. Mit Julia.

Verwirrt sehe ich mich um. Es gibt nur noch wenige freie Plätze und die sind über den Bus verteilt. Wir werden getrennt. Jeder ist allein mit seinem Abschied.

Ich lasse mich auf den Sitz fallen, nehme gar nicht wahr, wer neben mir sitzt. Als ich mich zurücklehne, sticht durch die zerschlissenen Polster eine alte Feder in meinen Rücken. Egal. Ich schließe die Augen, lasse mich einhüllen von der stickigen Wärme und dem leisen Brummen des Motors.

Kaum merke ich, wie die Türen sich zischend schließen, wie der Bus sich in Bewegung setzt. Alles, was ich will, ist schlafen und in einem anderen Leben aufwachen.

Einfach vergessen.

Das, was hinter mir liegt, aus dem Gedächtnis löschen.

Ich lasse mich ins Polster fallen.

Es ist vorbei.

Bleib wachsam!

Lass dich nicht täuschen.

Ich schrecke auf.

Bin ich wieder in der Eishöhle?

Ist Paul noch am Leben?

Nein. Neben mir sitzt Jeremiah.

»Alles okay?«, fragt er.

Ich nicke.

Lehne mich wieder zurück und versuche weiterzuschlafen. Aber es funktioniert nicht.

Unaufhörlich kreisen die Gedanken in meinem Kopf.

Es will nur wissen, ob du die Kraft hast zu widerstehen.

Es prüft uns.

Aber ich habe die Prüfung doch bestanden, oder? Ich bin am Leben. Ich habe die richtige Entscheidung getroffen. Vielleicht zum ersten Mal in meinem Leben.

Der Bus holpert über Steine. Wieder schrecke ich hoch.

Und wenn ich mich täusche? Wenn ich getäuscht wurde?

Der Strick, die Brücke – das war nicht ich.

Bleib wachsam!

Lass dich nicht täuschen.

Ich habe nicht entschieden zu springen.

Ich habe nicht entschieden zu sterben.

Ich habe nicht entschieden, am Leben zu bleiben.

Es will nur wissen, ob du die Kraft hast zu widerstehen.

Es prüft uns.

ES.

DAS TAL.

Warum lässt es uns gehen?

Das Böse gibt nicht einfach auf.

Wir können es nur überwinden, wenn wir uns wehren.

Was, wenn das hier die wahre Prüfung ist – das, was das Tal wirklich will?

Mit einem Ruck setze ich mich auf. »Nein!«

Ich erkenne meine eigene Stimme nicht, kenne mich selbst nicht, als ich hochfahre, durch den Gang nach vorn renne und beim Busfahrer haltmache.

»He, was soll das?«, brüllt er.

Für einen kurzen Moment schwanke ich. Zweifele.

Und von ganz hinten höre ich eine Stimme. Sie sagt das Gleiche wie ich. »Nein!«

Robert läuft nach vorne.

»Nein!« Katie folgt.

»Ihr habt recht.« Rose und David.

»Nein.« Schließlich auch Chris. Bestimmt, entschieden, seine Wut ist zurückgekehrt.

Und ganz zum Schluss Debbie. »Oh nein, das ist nicht euer Ernst.«

Der Busfahrer bremst scharf ab. Gepäckstücke fallen herunter.

»Seid ihr verrückt geworden?«

Aber ich weiß genau, was ich tue. Ich fasse ins Lenkrad. Der Bus schlittert die Straße entlang.

Die Räder kommen quietschend zum Stehen – ich sehe, dass wir an der Stelle sind, wo der Wald beginnt und sich die Straße hoch zum Pass windet. Eine Kurve noch, und das Tal wird hinter uns verschwinden.

Ich hämmere auf den gelben Knopf neben dem Lenkrad, mit einem Zischen öffnet sich die Vordertür.

Ich brauche mich nicht umzusehen, ich weiß, dass die anderen hinter mir stehen.

David.

Rose.

Chris.

Julia.

Sogar Debbie.

Und natürlich Robert.

»Kommt«, sage ich nur.

Dann steigen wir aus.

Wir kehren dem Bus den Rücken zu, achten nicht auf die Rufe und Drohungen des Fahrers.

Dort unter uns liegt er. Der Spiegelsee. Eine weite Fläche, die mit einem Himmel verschmilzt, dessen Blau perfekt ist. Keine Wolke steht am Himmel. Nur die Sonne, ein gelber Ballon, der die weißen Gipfel des Ghost überragt.

Ja, ich hatte recht. Das Tal war noch nie so schön wie an diesem Morgen.

»Die Versuchung war groß«, sagt Chris.

Katie nickt. »Aber wir dürfen uns nicht täuschen lassen.«

»Und müssen zusammenbleiben«, fügt Rose hinzu.

»Und jetzt?«, fragt Debbie. »Was machen wir jetzt?«

Ich taste in meiner Tasche nach der Kamera und schaue unsicher zu Robert.

Er steht ein wenig abseits.

Er lächelt erleichtert.

»Kommt mit«, sagt er. »Ich weiß, wo wir anfangen müssen.«

Hopeless Hope

Alles wiederholte sich.

Er kam nicht zur Ruhe. Stunden, Minuten, Sekunden der Entscheidung.

Wieder blieb er als Einziger zurück, seine letzte Hoffnung war verflogen.

Die acht Namen. Er hatte sie gefunden. Hatte sie eingemeißelt in den Felsen. Sie würden dort stehen, bis sie verblassen würden, weil niemand sie mit Leben füllte. Weil niemand bereit war, das Erbe anzutreten.

Verzweiflung überfiel ihn.

Eine nie gekannte Resignation, die ihn lähmte.

Er starrte durch das Fenster auf den Horizont, diese magische Grenze, die den Himmel von der Erde unterschied und ihm war nicht erlaubt, sie zu überqueren.

Wie sollte er weiterleben? Wie sollte er sterben, wenn es keine Hoffnung gab.

Ihm blieb nichts anderes übrig, als die Augen zu verschließen vor dem, was der Welt bevorstand. Und was er sah, war die Dunkelheit der Ewigkeit.

Er wandte sich um und in der Sekunde, als er die Tür hinter sich schließen wollte, hörte er das Geräusch.

Stimmen.

»Ich habe den Schlüssel.«

David Freeman. Der dem Bösen widerstand.

»Beeilt euch.«

Christopher Bishop. Der Kämpfer.

»Wir werden erst gehen, wenn wir verstanden haben.«

Robert. Der den Weg finden würde.

Das Gebäude erwachte zum Leben.

Warum?

Warum waren sie zurückgekehrt?

Er konnte die Spannung kaum ertragen. Es war die letzte Chance.

Er zählte die Minuten.

Ertrug die Stille.

Wartete auf die Entscheidung.

Die Erlösung.

»Wo hab ich nur diesen verdammten Brustbeutel?«, hörte er Katie. »Ich hätte nie gedacht, dass er noch wichtig werden könnte.«

Katie. Die nie aufgab.

Er musste lachen.

Oh, es war gut. Es war so gut.

Sie hatten der Versuchung widerstanden.

Hatten sich entschieden.

Der Kreis – er würde vollendet werden.

Totentafel

Angela Finder

Mark de Vinzenz

Paul Forster

Nanuk Cree

Ted Baker

John Bishop

Peter Forster

Grace Morgan

Milton Jones

Muriel Anderson

Olivia Hill

Tom Levinski

Isabel Hill

Jenn Watson

Taylor Morris

Richard Harper

Sammy Linford (Tim Yellad)

Krystyna Kuhn

Das Tal - Season 2

Der Fluch

David und Katie stoßen auf das Tagebuch von Dave Yellad und kommen damit dem Mysterium des Tals ein Stück näher, Rose jedoch will davon nichts wissen. Doch dann geschieht ein Mord, der Rose auf grausame Weise mit ihrer Vergangenheit konfrontiert und ihr persönlicher Albtraum wird im Tal Wirklichkeit …

Das Erbe

Ein Amokläufer auf dem Grace College! Während der Sicherheitsdienst die Studenten aus der Gefahrenzone bringt, versuchen Rose und Katie vergeblich, den durchdrehenden Kommilitonen zu beruhigen. Dieser will jedoch nur mit David sprechen. Und der ist spurlos verschwunden …

248 Seiten • Kartoniert
ISBN 978-3-401-50534-3
www.arena-verlag.de
Als Hörbücher bei Lübbe Audio

Arena

256 Seiten • Kartoniert
ISBN 978-3-401-50535-0
www.das-tal-lesen.de
Auch als E-Books erhältlich